❧ POSEUR ☙
brigas, garotos e estilo

❧ POSEUR ❧
brigas, garotos e estilo

Rachel Maude

Tradução de
Celina Falck-Cook

Rio de Janeiro | 2009

CIP-BRASIL. CATALOGAÇÃO-NA-FONTE
SINDICATO NACIONAL DOS EDITORES DE LIVROS, RJ

M399p

Maude, Rachel
  Poseur: brigas, garotos e estilo / Rachel Maude; tradução de Celina Falck-Cook. - Rio de Janeiro: Galera Record, 2009.

Tradução de: Poseur
ISBN 978-85-01-08261-9

1. Romance americano. I. Falck-Cook, Celina Cavalcante, 1960-. II. Título.

09-0777.   CDD: 813
                            CDU: 821.111(73)-3

Título original em inglês:
Poseur

Copyright do texto © 2008 by Rachel Maude
Copyright das ilustrações © 2008 by Rachel Maude and Compai

Ilustrações de moda "faça você mesma" de propriedade de Compai.

Os direitos morais dos autores foram assegurados.

Todos os direitos reservados.
Proibida a reprodução, no todo ou em parte, através de quaisquer meios.
Os direitos morais do autor foram assegurados.

Projeto original de miolo: Tracy Shaw
Adaptação de projeto gráfico, composição de miolo
e edição de imagens: Renata Vidal da Cunha
Design de capa: Tita Nigrí

Direitos exclusivos de publicação em língua portuguesa somente para o Brasil adquiridos pela
EDITORA RECORD LTDA.
Rua Argentina 171 - Rio de Janeiro, RJ - 20921-380 - Tel.: 2585-2000
que se reserva a propriedade literária desta tradução

Impresso no Brasil

ISBN 978-85-01-08261-9

PEDIDOS PELO REEMBOLSO POSTAL
Caixa Postal 23.052 - Rio de Janeiro, RJ - 20922-970

EDITORA AFILIADA

Aos Meus Pais

Quem: Janie Farrish
Look: Cardigã de cashmere creme, camiseta vintage com as mangas cortadas do Black Sabbath, sapatilhas de seda amarela da Miss Sixty, pulseiras de prata e *aquilo*.

"Aquilo" ainda estava lá, pendurado com todo o cuidado por dentro da porta do armário, quando ela acordou. Ainda era do mesmo tom de verde vivo, como uma folha de árvore novinha ou um sinal de trânsito indicando "Siga". Era a coisa mais espetacular que ela já havia possuído na vida, e se alguma outra garota de 16 anos já tivesse sido sua dona, seria também a coisa mais espetacular que essa outra já tivera.

Mas sua dona não era nenhuma outra garota de 16 anos; era Janie.

Havia encontrado *aquilo* em uma das lendárias liquidações da Jet Rag, quando tudo custa um dólar. E esse fato havia confirmado definitivamente sua opinião de que a Jet Rag era e sempre seria o melhor entre todos os brechós do universo. Não que ela conhecesse todos os brechós do universo. Mas nem precisava. A Jet Rag ficava ali mesmo no La Brea Boulevard, a apenas 20 minutos de sua casa, do outro lado das colinas, e só a um minuto do museu La Brea Tar Pits. Los Angeles se divide entre os que vão a La Brea por causa desse museu e os que vão lá por causa da Jet Rag. Quem vai lá por causa da Jet Rag provavelmente tem 16 anos, é linda e absolutamente única. Se a pessoa for lá por causa do museu, é porque tem 6 ou 60 anos e é totalmente sem graça. (Tem uma cratera lamacenta e preta no meio de Los Angeles que vive arrotando ossos de dinossauro. Não dá para *se vestir* com ossos de dinossauro, dá? E como não se pode vestir nada, por que ir lá?)

Todo sábado de manhã o pessoal da Jet Rag joga um monte de roupas no meio do estacionamento de asfalto rachado da butique, que os clientes disputam na base do tapa – mesmo – como se fossem camponeses na Revolução Francesa. Cada peça custa exatamente 1 dólar. Dependendo do que você encontra, 1 dólar pode variar de um *negócio imperdível* até um *roubo descarado*. E como a proporção negócio imperdível/roubo descarado é de cem para um, faz todo sentido sair no tapa pelas roupas. Todos os clientes querem ser os primeiros a encontrar *aquilo*.

Par example: a melhor amiga de Janie, Amelia Hernandez, encontrou um casaquinho xadrez Yves Saint Laurent de lã, novinho em folha. Casaco YSL + US$ 1,00 = negócio imperdível. Janie, por outro lado, encontrou uma camiseta do Pinky & Cérebro com manchas de sangue. Pinky & Cérebro + manchas de sangue + US$ 1,00 = roubo descarado. Janie sentiu tanto nojo que até vomitou um pouco do suco de laranja que tinha tomado na hora do café da manhã. Por isso, quem pegou a tal camiseta depois dela precisou encarar manchas de sangue *e* de vômito.

Mas a liquidação de 1 dólar não é para quem tem estômago fraco. É para quem está ligado na indústria da moda e não larga o osso por qualquer besteira: os mais maneiros dos maneiros, os mais descolados dos descolados e os mais fanáticos dos fanáticos.

Bem, e para moradores de rua.

Naquele verão, Amelia parecia que estava mesmo com sorte. Além de achar o tal casaquinho YSL encontrou também uma gracinha de blusa, estilo *country*, linda e sensual, com botõezinhos de pérola, um par de botinhas de camurça azul de saltinho baixo e — *a cereja do bolo diet* — uma camiseta do álbum "Goo" do Sonic Youth, que Janie teve a desagradável impressão de ser realmente da turnê dos anos 1990. Não que ela não tenha ficado feliz com a sorte de Amelia (embora tenha ficado bem mais feliz quando elas viram que a tal camiseta era de um tamanho pelo menos 18 vezes maior que o de qualquer uma das duas).

Lá pelo fim de agosto, Janie ainda não tinha encontrado nada. Estava para se render, erguendo ambas as mãos vazias ao alto, quando viu *aquilo*.

Aquilo, para ser mais exata, era uma minissaia vintage de algodão verde, assinada por ninguém menos que Mary Quant, a estilista suprema dos ícones da moda dos anos 1960, como Mia Farrow e a supermodelo britânica Twiggy. Janie estava começando a pensar que se parecia com um ícone da moda dos anos 1960. Isso pode soar pedante, mas não é. Os garotos não considerariam a Twiggy uma gostosona irresistível, mesmo que soubessem quem ela é, o que não é o caso. Por que considerariam? A Twiggy, na época de ouro dela, parecia uma mistura de ET com um garoto de 11 anos. Fala sério, quem iria querer tirar a blusa daquele palito? Nenhum cara da Winston Prep que prezasse sua reputação, com toda a certeza.

Janie sabia disso perfeitamente.

Sempre tinha sido aluna nota 10 em todas as disciplinas, e agora estava começando a perceber que sua média era inversamente proporcional ao tamanho do seu busto. Os seios de Janie, se é que mereciam esse nome, eram sua grande desgraça na vida. Eram uns traidores absolutos da causa. Mas a causa também não era lá grande coisa, só sua felicidade, seus sonhos, sua própria vontade de viver.

Se não fossem as pernas, ela talvez se sentisse forçada a tomar providências drásticas. As pernas — longas, lisinhas e tonificadas graças às corridas disputadas pelo time de atletismo da escola — eram o que a salvava. Que importava se seu sutiã parecia um par de tapa-olhos costurados um no outro? Ela podia se dar ao luxo de usar minissaia sem medo. E foi por isso que ficou feliz ao encontrar *aquilo*. Pelo menos, até chegar em casa e vesti-la.

Aí sim, entrou em êxtase total.

Janie se sentiu como o tipo de garota que circulava por Londres em um Aston Martin ao lado de Jude Law. O tipo de garota que inspirava os italianos mais velhos de bom gosto a tocarem a aba do chapéu em admiração. O tipo de garota de echarpe de seda atada sob o queixo fazendo sinal para os táxis em Nova York, enquanto turistas encantados tiravam fotos suas (caso ela fosse uma celebridade).

Sentiu-se como o tipo de garota que ela não era.

Se garotas assim não existissem, seria uma coisa (Janie poderia então dizer que estava sonhando com algo impossível), mas elas existiam, sim. E o pior: eram suas colegas de escola.

O caso dos italianos tocando o chapéu? Tinha acontecido na realidade com Petra Greene. A história do táxi em Nova York?

Diretamente extraída da biografia de Melissa Moon. E Londres, o lance do Aston Martin? Com o Jude Pão-de-Law? Só mais um vislumbre da vida cotidiana da Charlotte Beverwil.

Mas falaremos delas depois.

Este ano ia ser diferente. Este ano, Janie ia aparecer na escola usando *aquilo*. E *aquilo* a redefiniria, obrigaria todos os alunos da Winston a parar e reavaliar seus antigos conceitos. *Aquilo* eliminaria para sempre das cabeças deles o ano de caloura de Janie; em um mundo onde as bolsas eram Gucci e as agendas ostentavam o monograma da Kate Spade, Janie apareceu toda largada com uma mochila Everest manchada de tinta. Em um mundo de sobrancelhas feitas quinzenalmente em salões de beleza por depiladores especializados, Janie tinha chegado com dois "girinos" (como a horrorizada Charlotte Beverwil definiu suas sobrancelhas), depilados por ela mesma em casa. Em um mundo de peles imaculadas, Janie havia entrado com as faces, o queixo e o peito salpicados de espinhas. E na Winston Prep a acne era considerada uma doença *histórica*, como a varíola ou a pólio. Ninguém mais pegava essas coisas, pegava? Os novos colegas esnobes da Janie olhavam-na desconfiados, como se ela tivesse acabado de chegar de algum país contaminado do Terceiro Mundo.

Foi a acne que acabou com a vida dela. No fim do primeiro ano colegial o queixo de Janie Farrish era o segundo lugar da lista de "pontos baixos" do livro do ano da Winston. (Tommy Balinger — que tinha atravessado a quadra correndo pelado, no jogo Winston Prep contra Sagrado Coração pelo Campeonato de Badminton, usando apenas duas petequinhas de plástico nos mamilos — era o "ponto baixo" número um.)

Mas hoje era o primeiro dia do segundo ano, um verdadeiro recomeço. As sobrancelhas de Janie estavam perfeitas e bem arqueadas, e ela havia se desfeito da mochila manchada de tinta. O melhor era que sua pele estava perfeita: limpinha, macia e bronzeada. Pela primeira vez em anos, Janie era capaz de ver seu verdadeiro rosto: nariz expressivo e bem-feito, maxilar bem definido, maçãs do rosto destacadas. O lábio superior, mais cheio do que o inferior, perpetuamente franzido, como se ela estivesse fazendo biquinho. E os enormes olhos verdes, sombreados pelos cílios, pareciam suaves e tímidos. Às vezes — quando o sol estava brilhando e ela havia dormido bem, quando músicas agradáveis lhe passavam pela cabeça e a franja lhe parecia perfeita, quando o céu ascendia como um paraquedas azul, e o mundo estava do seu lado — Janie se sentia bonita. Mas a sensação era tão fugidia e nova que o menor contratempo a fazia desaparecer. Era só o sol se esconder atrás de alguma nuvem e a franja virar para o lado errado, e pronto. Ela se sentia feia de novo. Qual seria o sentimento certo? Ela sinceramente não sabia.

Janie arrancou a saia nova do cabide plástico. Vestiu-a, puxando-a por cima dos joelhos bem torneados, manobrando-a para que passasse pelas coxas, e endireitou as costuras, fechando o zíper. Sua "nova" blusa de mangas cortadas (a camiseta do Black Sabbath, cujas mangas ela mesma havia removido na noite anterior) escorregava-lhe do ombro direito, expondo uma alça do sutiã azul-turquesa. Virou-se de frente para o espelho, dando a si mesma seu melhor sorriso tranquilizador.

Estava pronta.

Muito embora houvesse acordado 45 minutos depois da hora, Jake Farrish já estava vestido e tomando café antes de sua irmã gêmea. Ele não perdia muito tempo se produzindo, se é assim que os leitores preferem chamar esse processo. Para a mãe dele, ele não se arrumava, se "desproduzia".

Mas é claro que ele não ligava a mínima para a opinião dela.

Jake usava calças velhas de veludo cotelê, camisas de caubói desbotadas no estilo da década de 1970, tênis Converse All Star preto e um blusão com capuz cinza da United States Apparel com um bóton do álbum Amnesiac do Radiohead todo santo dia. Era nos cabelos que ele investia a maior parte do tempo: cinco minutos e meio cravados. (Quem diria que espalhar um bocadinho de cera para cabelos do tamanho de uma moedinha de 10 centavos poderia exigir tamanha atenção?) Ao terminar, ele se inspecionava de todos os ângulos, franzindo o rosto feito James Dean. Não que ele parecesse o James Dean. Com os cabelos castanho-escuros todos emplastrados de cera, a pele branca como porcelana e as faces coradas (apenas marcadas por um trio de sinais), Jake lembrava o Adam Brody, só que de olhos castanhos. Obviamente, Jake *odiava* a comparação.

— Eu *não* me pareço com esse cara coisa nenhuma! — insistia ele, toda vez que sua irmã colocava o DVD da primeira temporada da infelizmente cancelada série de tevê *The O.C.*

— Eu não acho isso — respondia Janie. — Acho que você se parece com a Summer.

A cozinha da família Farrish era pequena e quadrangular, e os aparelhos domésticos eram todos velhos e defeituosos. Não que a mãe usasse essas palavras. A Sra. Farrish preferia o termo "temperamental"; por exemplo, dizia que "aparelhos temperamentais" exigem "tratamento especial". Jake e Janie deviam "ter muito carinho" na hora de usar a lavadora de pratos, o "máximo cuidado" com o micro-ondas e fechar "com toda a cautela" a porta do freezer. Se fosse a Sra. Farrish que mandasse naquela casa, os gêmeos iriam andar na ponta dos pés pela cozinha, como se ela fosse um sanatório de doentes mentais. A mãe agia como se bater a porta da geladeira fosse causar o suicídio da torradeira.

Quando Janie entrou na cozinha, Jake já estava na sua segunda tigela de cereal orgânico de trigo integral Cheetah Chomps.

— Oi — cumprimentou ela, olhando para dentro da geladeira e se esforçando ao máximo para parecer casual. Era capaz de sentir o irmão avaliando seus trajes da forma superprotetora que os irmãos às vezes têm. Jake era fundamentalmente um hipócrita em matéria de modismos femininos. A equação dele era mais ou menos a seguinte:

Garota + Minissaia = Gostosona

Garota + Genes Semelhantes aos Meus + Minissaia = Repugnante

Janie abriu a geladeira, deixando os cabelos castanhos lisos lhe caírem como uma cortina sobre o rosto. Ela só tiraria os olhos da geladeira quando Jake fizesse algum comentário. De certa forma, esperava que ele lhe dissesse que ela parecia uma vadia. Aí ela ia poder jogar os cabelos para trás de novo, erguer a sobrancelha, e agradecer o elogio.

— Cara — começou Jake, por fim —, sabia que os guepardos quando correm atingem mais de 100 quilômetros por hora?

Janie bateu a porta da geladeira. Que tipo de garoto era aquele, que lia o texto do verso de uma caixa de cereal quando sua irmã, carne de sua carne, sangue do seu sangue, estava diante dele vestida feito uma piranha despudorada?

— Puxa, Jake — disse ela, de cara amarrada. — Mas que coisa impressionante, muito legal mesmo.

— Uau — prosseguiu ele, debruçando-se sobre a caixa de cereal como se fosse um troglodita —, um dos predadores naturais do guepardo é a águia. Mas que espetáculo não deve ser, hein? A águia vindo, toda poderosa... e pum! E o guepardo, tipo assim, "ah, nem vem!"

Depois dessa, ele soltou um guincho de águia superestridente e deu uns golpes de caratê no ar durante uns bons 15 segundos. Janie ficou só assistindo à cena, fazendo força para não rir. Cruzando os braços, fez a seguinte pergunta inevitável:

— Há... Por acaso você é retardado?

— Sou — respondeu ele. E, empurrando a cadeira para trás, Jake apontou com a colher para a irmã. — Por que está vestida assim desse jeito? Parece uma piranha.

— Fala sério! — respondeu ela, dando um sorriso de triunfo e jogando as chaves do carro. — Vamos acabar nos atrasando.

Quem: Petra Greene
Look: Ainda de pijama (um camisão com os dizeres: SALVE OS UNICÓRNIOS)

Do outro lado da colina, na mansão de dez quartos que sua mãe havia concebido como uma "fusão de bom gosto do monte Olimpo com o Palácio de Versalhes", Petra Greene dormia, alheia ao despertador. Ela havia cometido o erro de programar o alarme do "rádio-relógio" para tocar Mazzy Star, cujo som monótono e onírico só serviu para fazê-la afundar ainda mais nos braços de Morfeu. Se não fossem os súbitos e estridentes gritos de sua irmãzinha Isabel, ela talvez não acordasse nunca mais.

— O que está acontecendo? — perguntou Petra, bocejando, ao entrar na cozinha. Removeu um cisco imaginário dos olhos arregalados de cor verde avelã e espreguiçou-se, tirando o elástico que prendia os cabelos cor de mel. Desfeito o rabo de cavalo, seus cabelos caíram-lhe até a cintura, completamente embaraçados, algumas mechas beirando o rastafári. Mesmo assim, embora fossem 7h28 da manhã e ela estivesse sem maquiagem nenhuma, depois de uma noite maldormida, Petra Greene parecia uma deusa. Se aquela supermodelo da Victoria's Secret, a Laetitia Casta, tivesse uma irmã caçula, ela seria a Petra. (E, das duas, a Laetitia é que seria a feia.)

Lola, a incansável babá dos Greene, estava ajoelhada, tentando vestir um aventalzinho azul-marinho em Isabel, de 6 anos. A irmã de 4 anos, a obediente Sofia, já estava em seu avental, observando, calada e fascinada, o escândalo da irmã. Os Greene haviam adotado Isabel e Sofia em um orfanato na China, quando elas tinham só 2 anos e 4 meses, respectivamente. Segundo os pais de Petra, "Não se pode salvar o mundo, mas podemos dar a duas menininhas *profundamente* carentes a oportunidade de crescer em um lar estável e carinhoso. Então, por que não?". Petra não conseguiu conter o riso. Seus pais eram mesmo estáveis e carinhosos, se comparados aos funcionários assediadores do orfanato chinês sem recursos. Mas se comparados a qualquer outro casal, eles eram quem eram: uns doidos varridos irremediáveis. A mãe tinha sido diagnosticada como deprimida, mas era fichinha se comparada ao pai, o qual, segundo a Sra. Greene, era um sociopata. "Imagina se o Pinóquio não só ignorasse o Grilo Falante como também o reduzisse a cinzas com uma lupa ao sol", explicou ela, certa vez, a Petra, na época com 9 anos. "*Isso* é o seu pai, sem tirar nem pôr."

Para compensar seus pais desequilibrados, Petra passou a dedicar-se de modo especial a Sofia e a Isabel. Mesmo quando elas abriam o maior berreiro, Petra era um exemplo de amor incondicional e um apoio cheio de paciência.

— Ela não gostar uniforme novo da escola — explicou Lola, com um suspiro profundo. Isabel soltou mais um grito, de tremer o chão.

— Bebel, colabora — disse Petra, agachando-se. — Deixa eu ver...

Lola recostou-se quando Isabel voltou-se para a irmã mais velha, o rostinho vermelho como um pimentão, os punhos cerrados.

Além do avental azul-escuro, Isabel estava de blusinha de abotoar na frente, de gola arrendondada, rendada e engomada. As meias eram imaculadas e estavam perfeitamente dobradas acima dos sapatinhos boneca envernizados, e um arco xadrez prendia os cabelos lisinhos e curtos.

— Ela tem que usar essa roupa — explicou Lola, meio para Petra, meio para Isabel. — É as regras.

— Não! — gritou Isabel, batendo o pé.

— Isabel — começou Petra, devagar —, você por acaso é uma menina mal-educada?

— Não... — respondeu Isabel, com uma convicção consideravelmente menor.

— Então peça desculpas à Lola.

— Desculpa, Lola — resmungou Isabel, os olhos pregados no chão. E depois, voltando a irritar-se, choramingou: — Eu que... quero ir... com a minha blusa... do... Bob... Esponja!

— Eu sei, Bel — suspirou Petra. — Mas precisa ir de uniforme para a escola. Você sabe muito bem disso.

— Só que VOCÊ não precisa. — Isabel apontou para Petra, o rosto inchado, denunciando aquela injustiça.

— Tem razão. Não parece muito justo, parece? — Sofia e Isabel sacudiram as cabeças. — Então tá — disse Petra, com o cenho franzido. — Vou colocar meu chapéu de meditação. — E aí pegou sua caneca de girassol gigantesca e a colocou na cabeça. Sofia soltou risadinhas enquanto Isabel fungava, enxugando o nariz. Petra fechou os olhos, como se estivesse tentando conjurar os deuses da reflexão.

— Já sei — anunciou, tirando a caneca da cabeça na mesma hora.

— O quê? — perguntou Isabel.

— Eu também vou de uniforme pra escola — explicou Petra. — Mas como não temos uniforme na minha escola, vocês vão precisar inventar um pra mim, tá? Podem escolher o que quiserem, *qualquer coisa*. Eu não vou contestar nem protestar, nem chorar, porque... — E fez suspense um segundo. — É o meu *uniforme*. E sou *obrigada* a ir à escola com ele.

— Podemos mesmo escolher o que quisermos? — indagou Isabel, de olhos arregalados.

— Isso mesmo.

No rosto de Isabel surgiu uma expressão de pura felicidade.

— Vem! — ordenou ela, puxando Petra pela mão. — A gente precisa vestir você *agora*, senão vai chegar atrasada na escola!

Janie e Jake dividiam o Volvo antigo da mãe, um sedã preto 240 DL. O carro, como os gêmeos McFarrish, havia nascido 16 anos antes, o que significava que, *tecnicamente*, eles tinham todos a mesma idade. Porém, conforme Jake havia explicado a seus pais na véspera do aniversário dele e de Janie, no ano anterior, um ano dos humanos equivale, na verdade, a sete anos de um Volvo.

— Que nem cachorro — comentara Janie.

— Exato — disse Jake, colocando a mão no ombro da irmã para apoiá-la. — De acordo com meus cálculos, você está para nos passar um meio de transporte de 112 anos de idade.

— É aí que eu pergunto: será que é seguro? — continuou Janie. O irmão inclinou a cabeça e comprimiu os lábios como querendo dizer: não tenho tanta certeza.

Eles sabiam que essa ia ser uma parada difícil de ganhar, mas talvez eles conseguissem fazer os pais tomarem uma atitude de gente: permitir que os carinhosos filhos chegassem a Winston com *estilo*. Pelo menos uma vez.

— Que tal um MINI Cooper bem bonitinho? — sugeriu Janie.

— Não! — reagiu Jake, lançando-lhe seu olhar mais mortífero. — O que ela estava mesmo querendo sugerir — corrigiu ele, dirigindo um olhar diferente aos pais — era um Mercedes CLS 600.

— Vou pensar no caso — respondeu a Sra. Farrish. Mas é claro que não pensou. Nenhum dos dois pensou.

Pensando bem, os pais deles eram de certa forma uns egoístas.

A viagem até Winston durava de 20 a 35 minutos, dependendo do trânsito. Os primeiros cinco minutos se escoavam no Ventura Boulevard, a principal via pública de San Fernando Valley. Jake voava baixo pela estrada larga de quatro pistas, enquanto Janie assistia ao desfile dos esguios troncos das palmeiras pela janela. O céu matinal assim bem cedo era de um cinza cor de cimento molhado, e os postes de iluminação ainda estavam acesos. Os gêmeos passaram pela DuPar's Coffee Shop, onde os jovens do Vale se reuniam nas noites dos finais de semana, e pararam no Laurel Canyon

Boulevard. À direita deles, diante do banco Wells Fargo, com seu mural de mosaicos do Velho Oeste, um grupo protestava contra a guerra. À esquerda do Volvo, em frente ao Coffee Bean & Tea Leaf, um outro grupo protestava contra os manifestantes.

Janie olhava pela janela e suspirava. Se ao menos pudessem dobrar à direita... Iriam sair na Via 101 Sul, e seguir até a Escola de Artes do Município de Los Angeles, onde Amelia estudava. No 9º ano, Janie e Amelia haviam planejado estudar juntas na Escola de Artes. Amelia iria matricular-se no curso de música, Janie em artes visuais, e juntas elas dariam início a sua carreira de Artistas Torturadas. Mas aí Janie e Jake receberam bolsas de estudo para estudarem na escola preparatória Winston, uma escola particular de excelente reputação em Hollywood Hills. Winston era uma oportunidade que ela não podia, segundo seus pais obcecados por educação, deixar passar. E foi assim que Janie e Amelia, que tinham estudado nas mesmas escolas desde o segundo ano do fundamental, se separaram, seguindo rumos diferentes. Amelia foi para a direita e Janie para a esquerda. Amelia passou a ser uma Artista Torturada, ao passo que Janie passou a ser apenas torturada.

Quando entraram no Laurel Canyon, Janie olhou para a frente. Como sempre, o Volvo era o último de uma fila interminável de carros subindo uma ladeira, como os dentes de um zíper novo e brilhante, perfeitamente imbricados. Toda vez que Jake pisava de leve no freio o Volvo preto soltava uma espécie de gemido baixo, como uma baleia moribunda. Depois de três baleias agonizantes, Janie ligou o rádio. Em questão de segundos o barulho foi substituído pela música "I Will Remember You", de Sarah McLachlan, que, na humilde opinião de ambos, era um trilhão de vezes pior.

Jake colocou então o CD novo do Franz Ferdinand, pondo fim àquela música odiosa. Janie adorava Franz Ferdinand. Aquela batida lhe dava vontade de girar, dançar e aplaudir, mas as letras das músicas lhe davam vontade de deitar, olhar para o teto e chorar. Talvez porque a música deles a fizesse sentir emoções contraditórias, Franz Ferdinand a fazia recordar-se de Paul Elliot Miller.

Ah, o Paul... será que um dia voltaria a vê-lo?

O Volvo continuou subindo a colina chiando feito um asmático, passando pelas ruínas dramáticas de uma casa que havia desabado nos deslizamentos de terra do ano anterior. Janie a achava bem legal, com todos aqueles pedaços de laje de concreto quebrados, o reboco se desfazendo e os cacos de vidro no gramado. Parecia até uma escultura de arte moderna, pensava ela. Infelizmente, Jake pensou a mesma coisa:

— Ah, sim — anunciou ele. — Minha *pièce de résistance*.

Quando eles chegaram ao alto da colina, Jake virou à direita e desceu a Mulholland. Janie recostou-se no assento de vinil marrom claro rachado, lembrando-se da letra daquela velha música do R.E.M. que seus pais adoravam. "If I ever want to fly... Mulholland Drive... I am alive."

Michael Stipe podia se sentir vivo o quanto quisesse, mas Janie, pelo contrário, sentia uma coisa totalmente diferente. Sentia-se, de repente, inevitavelmente, *a caminho da Winston Prep*, exatamente o *oposto* de viva. Puxou a bainha da minissaia verde sentindo o peso daquela verdade pela primeira vez. Deu um profundo suspiro. Não estava nervosa. Estava numa boa.

Mas aí o irmão fez uma curva fechada à esquerda. Seria possível que já estavam em Coldwater Canyon? O Volvo desceu e subiu uma depressão da estrada, e Janie agarrou-se nas laterais do banco. Teve a impressão de que ia vomitar.

— Espera — disse numa voz meio espremida ao irmão.

— Que foi? — respondeu Jake, ainda olhando direto para a frente.

— Precisamos voltar.

— O quê? — E ele franziu a testa. — Por quê?

Será que não estava na cara? Ela estava para entrar em Choque com C maiúsculo!

Choque com C maiúsculo é diferente de entrar em choque com c minúsculo. Choque com c minúsculo é usar brinco de ouro com correntinha de prata. Ou combinar estampado de oncinha com de zebra. Ou calça preta com meia azul-marinho. Entrar em choque com c minúsculo é apenas ligeiramente antiestético. E ligeiramente antiestético não é o fim do mundo.

Choque com C maiúsculo *é* o fim do mundo. Porque Choque com C maiúsculo é quando você usa uma roupa que não combina com todo *o resto da sua existência*. Laura Bush com biquíni fio dental, Marylin Manson de calça de ioga, 50 Cent de sombrinha de renda.

Janie Farrish de minissaia verde.

O acesso de autoconfiança que ela havia tido de manhã cedinho sumira como se tivesse sido uma alucinação. Por que, meu Deus, por que é que ela havia decidido usar aquela saia? Onde estava com a cabeça? Mesmo que tivesse pernas lindíssimas, as minissaias eram o uniforme oficial de gente bonita, não dela! Janie ficou olhando para a parte superior das suas coxas, horrorizada. Parecia uma perfeita e rematada poseur.

Virou-se para o irmão com um olhar suplicante. *Por favor, meu Deus, porfavorporfavorporfavor, faça com que ele entenda.*

— Eu... — começou a dizer. Estava calma. Lúcida. — É que eu só me toquei agora, sabe... não posso me vestir desse jeito.

— O quê?

— Preciso voltar para casa e trocar de roupa.

Jake olhou para a irmã bem de perto, com o cenho franzido de preocupação. Janie soltou o ar dos pulmões, absorvendo a solidariedade do irmão. Ele realmente era um cara espetacular quando queria.

Depois ele desatou a rir.

— Jake! — exclamou ela, empurrando-lhe o ombro. — Não estou brincando!

— Eu sei que não — respondeu ele, ainda rindo. — É por isso que é tão engraçado.

Janie viu, horrorizada, a fachada da Winston Prep surgir entre os galhos dos salgueiros que eram a marca registrada da escola. A Winston Prep era composta de um edifício de tijolos grande em formato de "U" e algumas pequenas casas próximas a ele. O prédio principal antes era um edifício residencial, e não um edifício residencial qualquer, mas um conjunto residencial de Hollywood estilo espanhol da década de 1930. O pátio central era calçado com lajotas de terracota e as paredes eram de cimento armado. Escadarias em espiral levavam ao térreo, vindas das portas das salas de aula. Os corrimões eram de ferro trabalhado, e havia chafarizes de vários níveis e arcadas clássicas. De longe o colégio parecia até um bolo de casamento gigantesco, cor de pêssego. De perto, parecia um presídio mexicano.

Pelo menos para Janie.

Jake ligou a seta do carro. O coração de Janie deu um pulo, virou uma cambalhota, perdeu a consciência e caiu de cara na piscina gelada da boca do estômago.

— O que está fazendo? — perguntou ao irmão, apavorada.

— Estacionando — respondeu Jake, acionando a alavanca do câmbio.

— Estacionando na *Vitrine*?

— Ah... É — respondeu Jake, como se fosse a coisa mais natural do mundo. Como se não estacionassem sempre no subsolo. Janie sentiu uma ligeira vertigem. Sempre havia sentido um pouco de medo de altura, e a Vitrine era o ponto mais alto que já havia atingido na vida. Mesmo que, tecnicamente, se situasse no nível do solo.

★ Paris Hilton de hábito de freira ★

A Vitrine era a glória suprema na Winston (além de sua reputação acadêmica insuperável, claro). Havia ali carros com os quais a maioria das pessoas apenas sonha. O tipo de carro que se dirige rumo ao crepúsculo, com o qual se sobe os Alpes. Com o qual se atravessa um tiroteio. Sério. A maioria dos jovens que frequentavam a Winston era tão rica que os carros eram apenas mais um acessório, tão acessíveis (e, em alguns casos, descartáveis) quanto pulseiras de plástico. Do BMW ao Mercedes, do Porsche ao Ferrari, do Hummer ao Prius, nenhum tipo deixava de marcar presença, nenhum motor deixava de roncar.

A Vitrine tinha esse nome justamente porque era o único nível do estacionamento que ficava ao ar livre. E por isso mesmo o carro da pessoa ficava em exposição. E se o carro da pessoa estava em destaque, a pessoa também estava. O que provavelmente significava que a pessoa gostava de ser vista. E, mais importante ainda, os outros gostavam de olhar para a pessoa, o que só podia significar uma coisa: era uma pessoa popular.

Era fácil distinguir quem era popular na Winston. Algumas pistas eram óbvias: beleza, autoconfiança e estilo. Outras eram mais sutis. *Par example*, garotas populares normalmente prendiam suas chaves em pulseiras roxas retorcidas. E elas quase sempre tinham um pequeno pedaço de chiclete entre os dentes perfeitos e sorridentes. E elas chamavam umas às outras de vaca, vadia e vagabunda, e então se abraçavam, dando gritinhos como se tivessem ganhado algum prêmio.

O que, de certa forma, tinha acontecido realmente.

Já quanto aos caras mais populares, era mais fácil. Os caras populares eram simplesmente aqueles com os quais as meninas populares gostavam de ficar.

Naturalmente havia exceções. Alguns deles eram populares por serem muito mais talentosos do que o normal. Ou extremamente engraçados. Ou incrivelmente legais.

Mas não totalmente burros, pensou Janie quando Jake estacionou em uma das vagas mais cobiçadas da Vitrine. Ela afundou no banco, sentindo vontade de sumir. Ele não podia estar estacionando ali de verdade, podia? Jake desligou o motor, tirou o cinto. *Ele era muito mais que totalmente burro*, percebeu ela então, enquanto abria a porta. *Ele era patologicamente louco.* Janie ficou observando, entre transtornada e incrédula, Jake sair do carro. Naturalmente, sentir-se transtornada e incrédula não era nada perto da paralisia que se seguiu e que deixou a coluna dormente. Quando Jake ergueu a mão e acenou. E Charlotte Beverwil, encostada no capô do seu Jaguar 1969 creme, muitíssimo bem conservado, correspondeu ao aceno. E *sorriu*.

Foi aí que Janie *percebeu*: seu irmão não era burro. Nem louco.

Sem ela saber como, enquanto estava distraída cuidando da sua vida, Jake tinha se tornado popular.

Quem: Charlotte Beverwil
Look: Vestido Blumarine de seda com estampado de folhas de uva, faixinha de cabelo amarela Marni, meia-calça de malha Marc Jacobs cor de ameixa, sapatilhas envernizadas pretas Chanel.

Com aquela sua pele branca de inverno, o cabelo desarrumado escuro da cor de café expresso e os olhos verde-amendoados, Charlotte Sidonie Beverwil parecia-se demais mesmo com a supermodelo da Tiffany, Shalom Harlow. Só que Shalom tinha pouco menos de um metro e oitenta e Charlotte, trinta centímetros a menos. Felizmente Charlotte era dona de pernas longas que, segundo ela, "davam a impressão" de que era alta. De certa forma, era verdade. Ela parecia mesmo bem mais alta do que era. Só que isso nada tinha a ver com as pernas. Ela parecia bem mais alta do que era meramente porque *dizia* que parecia bem mais alta do que era.

E o que Charlotte dizia não se contestava.

Ela escolhera um vestido bem feminino para usar no primeiro dia de aula, com meia-calça de malha e sapatilhas. Esperava que o vestido, no qual ela mesma havia bordado uma intrincada videira com galhos entrelaçados, fizesse Jake se lembrar do verão que haviam passado juntos. Jake e Charlotte estudavam na mesma escola fazia um ano, mas ainda não haviam se conhecido de verdade — ou seja, Charlotte não havia *se dignado* a conhecê-lo — até o mês de agosto daquele ano.

Charlotte devia passar o mês de agosto inteiro em Brugge, uma pitoresca cidadezinha portuária da Bélgica, onde, entre edifícios caindo aos pedaços de tão velhos e canais lodosos, ela devia aperfeiçoar seus conhecimentos de costura fazendo aulas de bordado exclusivas com freiras belgas. Só que depois de apenas quatro dias de picadas de agulhas nos dedos e toque de recolher às 9h, Charlotte não conseguiu mais aturar aquilo. Ligou para o pai e, depois de uma maratona de meia hora de súplicas, combinou com ele como seria o seu resgate. Ria toda vez que se lembrava das freiras correndo todas para fora quando o helicóptero de luxo Augusta 109 do pai dela aterrissou no telhado de uma cervejaria próxima. As pás do aparelho, girando a alta velocidade, causaram um verdadeiro vendaval, arrancando as preciosas petúnias das freiras, explodindo-lhes as rosas brancas bem-comportadas. Quando Charlotte correu até o helicóptero, a nevasca de pétalas redemoinhava como confete ao seu redor, como que brindando à sua recém-conquistada liberdade. As freiras ficaram só assistindo à cena, atônitas, as mãos amarfanhando os hábitos na altura do coração.

Enquanto o Augusta ascendia, Charlotte afundou-se em uma das poltronas de couro confortáveis e saboreou a satisfação que estava sentindo. Estava a caminho do norte da Califórnia; para ser mais precisa, do Napa Valley, onde o pai estava estrelando e produzindo o filme adaptado da obra *Morte no vinhedo*, o épico dos tempos da depressão, vencedor do prêmio Pulitzer, de autoria do famoso e recluso autor Benjamin Nugent. Todos diziam que o livro era "impossível de ser adaptado". O pai dela ia provar que estavam enganados.

Quando Charlotte chegou, o pai levou-a para visitar o vinhedo, beijou-a na testa e lhe disse para "aprontar bastante". Depois de enxugar o beijo dele da testa com um lencinho Bioré, Charlotte deu uma olhada a sua volta. O vinhedo cercava um lindo casarão com uma longa varanda e uma rede. Na mesma hora Charlotte declarou que aquela rede era o seu canto, acomodando-se nela como uma graciosa aranha em sua teia (não admira que os assistentes de produção bonitinhos tenham passado a cercá-la como borrachudos). Centenas de atores figurantes espalhavam-se como gado pelos morros. Estavam ali para simular a vindima. Enquanto os figurantes praticavam um jeito de parecer famintos e negligenciados, os contrarregras passavam com montes de uvas de plástico, pendurando-as nas parreiras. Charlotte deixou a mão pender da beirada da rede até encostar no piso de lajotas espanholas. Se ao menos estivessem mesmo em 1931! Como seria romântico! Muita gente era pobre naquela época, é verdade, mas os artistas de cinema, não. O público nunca deixava de ir ao cinema, por piores que estivessem as coisas. Charlotte aninhou-se em sua teia, suspirando. Os Beverwils teriam se dado muitíssimo bem naquela época.

— E aí!

Charlotte abriu os olhos verdes, piscando, e franziu a testa, aborrecida. Quem é que diria "E aí" para cumprimentar alguém em 1931?

— Você gostaria de... há... um cappuccino batido com gelo?

Era um rapaz moreno, mais ou menos da idade dela, estendendo-lhe uma bandeja de copos de papel cheios de bebidas e pigarreando. Ela tornou a franzir a testa. Cappuccino batido com gelo era, em termos históricos, um anacronismo tão grande quanto aquele "e aí".

— Obrigada — disse Charlotte, meneando a cabeça ao aceitar a oferta. Que se danasse a precisão da reconstituição histórica. Ela gostava de bebidas geladas ainda mais do que da Depressão. Tomou um gole demorado e, na mesma hora, se tocou. Talvez tivesse sido a cafeína.

O tal garoto do cappuccino era superbonitinho

— Meu nome é Charlotte — disse ela, estendendo a mãozinha para ele.

— Eu sei — disse o menino do cappuccino, sorrindo de orelha a orelha e batendo na palma da mão dela, com a sua, em vez de apertá-la. — Estudamos na mesma escola, não?

— O quê? — respondeu Charlotte, semicerrando os olhos por causa do sol. — Ih, minha nossa, você é o *Jake Farrish*?

Ele sorriu, e por que não sorriria? *Charlotte Beverwil sabia o seu nome.*

— É! — respondeu ele.

— Nossa, como você ficou... — começou ela, tentando sentar-se na rede. Mas sua mão passou direto por um buraco da rede, indo bater no chão. Charlotte começou a escorregar. Não era desastrada por natureza, mas sabia fingir que era quando necessário. No instante em que a rede ameaçou virar com ela dentro e tudo, soltou um gritinho de susto. Jake largou a bandeja e correu para ajudá-la a descer.

Exatamente como ela esperava.

— Pronto. — Ele ajeitou a rede e Charlotte segurou-se na mão dele para descer.

Apoiou-se nele para se equilibrar. Ao fitar aqueles olhos cor de chocolate tão de perto, o coração dela quase saiu pela boca.

— Mas você ficou... — recomeçou ela.

Jake deu de ombros, todo cheio de si.

— Eu dei uma esticada este verão.

Mas não era só isso. Seu rosto, antes um verdadeiro bumbum de neném com assadura bem vermelha, estava perfeitinho, liso e luminoso, as faces ligeiramente coradas. E os cabelos dele, então? No ano anterior, ele andava com um rabinho de cavalo comprido e feio, mas agora seus cachos castanho-escuros estavam tosados e muito bem modelados com cera. Não restavam dúvidas. Jake Farrish tinha deixado de ser lixo e virado *um luxo*. Um tremendo *gato*.

— O que está fazendo por aqui? — perguntou ela, apalpando a delicada correntinha que lhe pendia do pescoço.

— Ajudando o meu pai. Ele trabalha no serviço de copa.

— Ah, é? — O serviço de copa era basicamente o serviço de refeições da indústria cinematográfica, o que significava que o pai do Jake devia passar o dia preparando quantidades incalculáveis de café, peito de frango grelhado e enroladinhos de legumes.

— E qual é a sua função?

— Sou escravo do liquidificador, baby — respondeu ele, com um sorriso presunçoso. — Faço mocha, cappuccino, capa-*schnaparhino* dietético gelado sabor baunilha sem açúcar, tudo batido com gelo...

— E margaritas, também? — indagou ela.

Jake sorriu.

— Também.

Aí Charlotte o seguiu até o extremo oposto do *set*, onde ficava o caminhão dos serviços de copa. Sentou-se na beirada da porta traseira do caminhão, balançando os pés como uma menininha de 5 anos, enquanto Jake batia gelo no liquidificador ao lado da lanchonete. O funcionamento dos *sets* de filmagem segue a mesma hierarquia do *Titanic*: primeira classe, segunda classe e serviço de copa. Charlotte corou de tão empolgada. Isso significava que ela era como a personagem interpretada pela Kate Winslet, a Rose, e Jake era como o Jack, interpretado pelo Leonardo di Caprio. *Plus romantique et tu meurs!*

Charlotte praticamente não saiu de perto daquela traseira de caminhão durante três semanas. E depois, quando se encerrou a última noite de filmagens, saiu para dar um longo passeio com o Jake pelo vinhedo. Era uma da madrugada, e a Lua estava cheia e brilhante. As videiras estavam banhadas por um luar prateado, e a terra arada parecia morna sob os pés. E Charlotte sentia o cheiro de tudo, das uvas, da terra. Podia até sentir o cheiro da Lua.

— Charlotte... — disse Jake. E arrancou uma folha de uma parreira. Até no escuro dava para ver que era verde.

— Sim? — murmurou ela.

Ele chegou bem perto dela. O vento soprou uma mecha de cabelos por sobre nariz da menina. Ela estava com os olhos pregados no chão. Se era capaz de fingir que era desastrada, também podia fingir que era tímida.

Jake estendeu a mão, pegou na dela. O cricrilar dos grilhos enchia o ar, a intervalos regulares, como se estivesse marcando os segundos em uma contagem regressiva.

— Toma — disse ele, entregando a folha a ela. Fitou-a direto nos olhos. — Isso é pra você.

E isso foi tudo.

Mas Charlotte jurou a si mesma que a coisa não iria ficar assim por muito tempo.

Charlotte ouviu a porta do carro de Jack destrancar-se, abrir-se e fechar-se. Como não quis olhar direto para ele (ia dar muito na vista), fechou os olhos. Talvez pudesse se enganar, fazendo de conta que era cega e havia desenvolvido uma audição supersônica. E aí poderia só ficar *escutando* aquela gostosura toda dele.

— Charlotte — chamou Jake, acenando. Ela abriu os olhos verde-piscina ao ouvir a voz do garoto, fazendo adejar todos os seus 5 milhões de cílios pretos como carvão.

Uma pena ela estar de óculos escuros.

— Oi! — respondeu Charlotte (como se só tivesse percebido a presença dele naquele instante). Jake foi na direção dela, uma silhueta emoldurada pela luz solar. *Um eclipse perfeito*, pensou ela, orgulhosa da sua analogia. Além do mais, aquilo a fazia lembrar-se de que estava com uma vontade danada de mastigar chiclete.

— *Qu'est ce qui se passe?* — perguntou ela, esmagando um quadradinho branco minúsculo entre duas fileiras perfeitas de dentes perolados.

— Não... Não tenho trocado nenhum — respondeu ele, em tom de quem se desculpa, fingindo revirar os bolsos. — Desculpe.

Charlotte soltou uma gargalhada.

— *Qu'est ce qui se passe* significa "E aí, tudo bem?".

— Ah, sim, claro. — E ele ergueu uma sobrancelha. Depois cruzou os braços como se fosse o Mr. Clean, dos rótulos dos produtos de limpeza. Charlotte sorriu. *Exatamente o tipo de homem que encara uma Miss Dirty.*

— Jake! — Anna Santochi gritou, histericamente, surgindo da selva de armários próxima dali. — Noooooosssaa, olha só o seu cabelo! — Mas Jake mal ergueu a mão para ela, para acenar e retribuir o elogio. Estava ocupado demais olhando para Charlotte, que estava ali parada, sacudindo a caixinha de chiclete como se fosse uma maraca.

— Quer um? — perguntou ela, depois que Anna foi embora, na direção do bebedouro.

— Aham — respondeu ele. Charlotte decidiu que o que mais gostava na vida era ver Jake mastigando. Ele tinha três pequenos e belos sinais ao longo do maxilar inferior e um acima da sobrancelha. Ela conectou-os como se fossem estrelas de uma constelação, navegando pelo seu rosto como um marinheiro em busca de um rumo. Jake olhou para ela e sorriu, fazendo uma das estrelas desaparecer na ruga que se formou no canto de sua boca. Charlotte suspirou, conformada. Ela estava à deriva, sem esperanças de salvamento. Ia se afogar naquele mar.

— Sabe — disse Jake, apontando para sua própria boca —, esse negócio tem sacarina. E isso causa câncer em ratos.

— Você acha que eu tenho cara de rato? — indagou Charlotte com um sorrisinho malicioso.

— Isso certamente explicaria o impulso de pular no seu carro e gritar feito uma menininha — comentou ele.

— E aí, gata? — alguém cumprimentou. Provavelmente Jason. Ou Luke. Ou... e daí? Fosse lá quem fosse, Charlotte fingiu que não tinha escutado.

— Talvez devêssemos parar de mastigar chiclete e começar a fumar — sugeriu ela, os olhos pregados nos de Jake.

— Um plano excelente.

Charlotte levou a mão de unhas feitas à boca, em concha (qualquer coisa pode ser feminina, até o ato de cuspir). Quando expeliu o chiclete, ele ficou na palma da sua mão como uma pérola em uma ostra. Depois de hesitar um momento, ela inclinou-se e grudou o chiclete pegajoso no braço magro porém musculoso de Jake.

— Que ideia foi essa? — disse ele, olhando o braço.

— É um adesivo para eliminar seu vício de consumir sacarina — explicou ela, solenemente.

— Irado — respondeu Jake, achando muita graça. — Eu sou mesmo um tremendo viciado.

Charlotte olhou para o chão, sentindo-se orgulhosa. Em torno dela, a Vitrine estava uma balbúrdia só: cumprimentos e comentários de alunos que voltavam a se ver no primeiro dia de aula, tipo "Nooosssaas", "Eaís", "Mentiras!" "Vocêtádemaises", e "Vocêjáviufulanos?". Portas batiam, armários chacoalhavam, mãos batiam nas palmas umas das outras, meninas soltavam gritinhos histéricos, rádios soavam a todo volume, freios hidráulicos chiavam, os *subwoofers* subufavam, os alunos-figurantes zumbiam, tampas de porta-malas batiam, tênis guinchavam, mochilas agitavam-se, chaves tilintavam, motores roncavam, freios cantavam e alguém, em algum canto, driblava uma bola de basquete: bum-bum, bum-bum, bum-bum...

Mas nada disso chegava sequer aos pés da batida descompassada do coração de Charlotte.

Jake e Janie Farrish eram "bolsistas", uma anomalia na Winston. Também eram "alunos novos", uma outra anomalia, uma vez que a Winston, em geral, recebia os seus alunos no jardim de infância e os conservava até se formarem no Ensino Médio. Mas isso não significava que as amizades vinham desde o jardim de infância. A Dra. Spencer, a mãe de Bronwyn Spencer, tinha ajudado 14 dos 60 alunos do segundo ano do Ensino Médio a vir ao mundo. As mães deles haviam, diversas vezes, esperado na antessala do consultório dela, lendo as mesmas revistas *People*, tomando as mesmas garrafas de Evian, apalpando as folhas do mesmo fícus de vaso.

— Nossos filhos podiam estudar na mesma escola, não é verdade? — gostavam de imaginar. — Afinal, eles formam aglomerados celulares simultaneamente!

Algumas panelinhas se formam logo no nascimento. As do colégio Winston, no momento da concepção.

Charlotte, porém, nasceu em um hospital dos subúrbios de Paris. Sua mãe queria essa privacidade; era famosa a esse ponto. Ela era "Georgina Malta" — que talvez os leitores se lembrem que era aquela gostosona do vídeo de Chris Isaak. Ou seria o vídeo do Meat Loaf? Não fazia a menor diferença. No fim das contas ela era famosa por ser Georgina Malta-*Beverwil*.

Esposa do ator, produtor e diretor de cinema vencedor do Oscar William (o triatleta Bud (ou "Bod") Beverwil ou "Bud") Beverwil.

O ávido colecionador de arte Bud (ou "Bid") Beverwil.

O lendário playboy Bud (ou "Bed") Beverwil.

Ok, seu pai era um ícone de Hollywood. Isso não contava muito para impressionar, não pelos critérios de Charlotte. Em primeiro lugar, seus pais caipiras eram do Meio-Oeste, portanto negando-lhe a linhagem parisiense que ela merecia por direito. E em segundo lugar… ora, não havia segundo lugar. Para chegar ao segundo lugar é preciso passar do primeiro.

E ela jamais passaria dele.

Não havia como evitar. Charlotte era uma francófila irremediável, fanática, rematada. Era Paris Bueller. Era Frenchenstein. Tudo que tocava cheirava a *oui*: seus livros (Colette, Voltaire), suas bebidas (Orangina, Perrier), sua música (Air, Phoenix, o pensativo Eric

Satie), seus bons hábitos (andar de bicicleta, *aventure amoreuse*), seus maus hábitos (cigarros, *ennui*).

E, claro, a moda.

Charlotte gostava de se considerar, em questão de estilo, uma mistura de Maria Antonieta com Jean-Luc Godard. Ou seja, *adorava* calças fusô e saias justas, cintos fininhos e pérolas. *Dava tudo* por golas de renda e manguinhas curtas bufantes, lenços de seda atados em volta do pescoço e sapatilhas. E, é claro, venerava inteiramente Chanel.

E o que tudo isso tinha a ver com Jake e Janie?

Quando se é obcecada assim pela França, até mesmo os insultos são temáticos. Ou seja, Charlotte era responsável pelo apelido altamente infeliz de Janie na Winston. Não que tivesse assumido a autoria. Não precisava. Quem mais poderia ter inventado aquilo?

Nono ano – Balé Intermediário – 15h58.

— Com quem você disse que ela parecia? — perguntou Laila Pikser enquanto se aqueciam na barra. Laila era meio que uma patricinha idiota, mas seus arabescos no balé eram positivamente perpendiculares.

— É o *quê*, não *quem* — explicou Charlotte, conservando os olhos presos ao espelho que ocupava toda a parede. — Eu disse que ela é a versão humana do *Centre Pompidou*.

— O que é isso?

— O museu de arte moderna de Paris — suspirou Charlotte, prendendo um cacho rebelde no seu coque frouxamente preso. — O edifício mais feio, mais esquisito e mais ridículo do mundo.

— Ah — suspirou Laila, estendendo a perna comprida até a barra. — Não dá para simplesmente dizer que ela é feia e esquisita?

— *Sem gra-ça* — cantarolou Charlotte.

— Essa tal de Janie é da turma de francês da minha mãe — anunciou Kate Joliet no meio de um pliê. Os pliês de Kate eram horríveis, mas seu francês era impecável. Madame Joliet, a mãe de Kate, ensinava francês básico na Winston. — Ela me disse que achava que ela era "muito bonita".

— *Não achava nada.*

— Disse que ela tem feições delicadas e um pescoço *comme un cygne*.

— De *cisne*? — engasgou Charlotte, ao traduzir. — Os cisnes têm acne, é? Eu tinha esquecido.

— Talvez eles tenham acne mas as penas devem cobrir — sugeriu Laila.

— Bom, mas voltando ao assunto — continuou Kate, fingindo que não tinha ouvido Laila —, minha mãe ficou muito chateada e disse que ela estava só passando por uma fase ruim… *tente tratá-la bem.* — Ela gemeu e jogou a cabeça para trás, desesperada.

— Para de ficar se olhando no espelho do teto, Kate — Charlotte instruiu.

— Não estou olhando nada! — replicou Kate, indignada, batendo com a sapatilha no chão. Laila soltou uma gargalhada maquiavélica, encantada. — Para de rir, Laila!

— Fala sério — disse Charlotte. As mocinhas ficaram caladas, flexionando os artelhos. Ocasionalmente precisavam se odiar durante alguns instantes. Esse era um desses momentos. Para que isso desse menos na vista, elas observaram o Sr. Hans empurrando o piano de armário de um extremo da sala para o outro. As rodinhas do piano cricrilavam como grilos e o piso de madeira rangia por causa do peso. Pelo que parecia, as três estavam achando os movimentos do Sr. Hans positivamente fascinantes.

— Sabem do que mais? — disse Charlotte, pondo fim ao silêncio de 16 segundos entre elas.

— O quê? — perguntou Kate, seu alívio palpável (detestava quando não estavam falando).

— Não me convence.

— O que não te convence? — Laila prestava *enorme atenção* ao que convencia Charlotte ou não.

— Fases ruins — disse ela, inspirando forte. — Não acredito nisso.

E fala sério, por que acreditaria? Ela jamais tinha passado por uma. Não pessoalmente. Nem nenhuma das suas amigas, por sinal. Em termos de fases, elas haviam se formado em Bebê Fofinho, passado à fase de Criancinha Adorável, Menina Linda e depois Jovem Encantadora. E Charlotte esperava, com ardor, ficar na fase de Jovem Encantadora durante *pelo menos* mais 35 anos.

Tinha certeza disto: fases ruins eram uma espécie de mito. Como os unicórnios. Só que os unicórnios eram bonitinhos.

— Aquela garota bem que *gostaria* de estar passando por uma fase ruim — observou ela, erguendo os braços para formar um arco acima da cabeça. — Mesmo se as espinhas dela sumissem, ela ainda seria uma mocreia.

— Eu sei — concordou Kate. — Para a infelicidade dela, ela é simplesmente... estranha.

— Um pompidou dos pés à cabeça — confirmou Charlotte.

Qualquer um que tenha crescido em Los Angeles sabe um pouco sobre os poços de alcatrão do parque de La Brea, e o que sabem é o seguinte: são pântanos gigantescos cheios de uma lama negra e nojenta chamada "alcatrão". Todo dia bolhas de alcatrão sobem através da crosta terrestre, borbulham penetrando em rachaduras e fendas milenares, até que, por fim, chegam à superfície, formando um pântano ou "poço". Quando a água se acumula na superfície desse poço, algumas espécies, tais como os elefantes, confundem os poços com olhos d'água.

Há muito tempo, os elefantes perambulavam para se refrescar quando ficaram presos nessa lama. Feito areia movediça, a lama os engoliu. Com o passar do tempo, os ossos dos elefantes se transformaram em objetos chamados fósseis. Eles ficaram dentro do alcatrão durante milhares de anos... feito pedacinhos de abacaxi em uma forma de gelatina.

Janie, como a maioria dos habitantes de Los Angeles, aprendeu o que eram os poços durante uma excursão no terceiro ano do Ensino Fundamental. Seu guia tinha rabo de cavalo e a chamava de "senhora", muito embora ela só tivesse 8 anos. Ele levou a turma até a beirada de um dos poços de alcatrão em torno do qual havia uma cerca. Havia uma estátua tamanho natural de um elefante no meio do pântano. "Aqui vemos o alcatrão *em ação*." E o guia apontou para a estátua. "Esse pobre coitado ficou preso nele!"

— Mas não é um elefante *de verdade* — comentou Janie, uma mera garotinha do terceiro ano.

— É sim, senhora — informou-lhe o guia. A turma encostou os rostinhos na cerca, todos murmurando entre si. Ninguém acreditou.

— Se é de verdade, por que ele não se mexe? — perguntou Janie.

— Porque é um elefante inteligente — prosseguiu o guia. — Sabe que se tentar escapar, o alcatrão vai sugá-lo ainda mais. Portanto, decidiu ficar assim totalmente parado. Não é à toa que sobreviveu tanto tempo!

À medida que foi crescendo, Janie entendeu que o guia estava só brincando. Mas levou a lição a sério. E por isso, sete anos depois, no primeiro dia do segundo ano do Ensino Médio na Winston Prep, Janie ficou dentro do Volvo. Tinha resolvido ficar absolutamente imóvel. Se agisse como uma estátua, estaria a salvo do desastre.

Alguns minutos depois de ela ter feito o voto de nunca mais se mexer, seu celular tocou. Ela tinha programado para que ele tocasse com a trilha do filme *As virgens suicidas,* da banda Air. Janie deixou o telefone tocar tempo suficiente para imaginar que ela mesma era Kirsten Dunst – louríssima e numa pior. Mantendo o resto do corpo paralisado no mesmo lugar, deslocou a mão até o telefone. Perguntou-se quantos centímetros iria afundar no alcatrão por causa disso.

— Alô?

— Janiezinha! — gritou Amelia de um jeito esganiçado do outro lado da linha. Janie encolheu-se ao ouvir aquela entonação animada da amiga. Uma Kirsten *As apimentadas* demais para o momento que estava vivendo.

— Tudo bem? — Janie empurrou com um dedo seus óculos escuros retrô da Lolita.

— Como está sendo o primeiro dia? — perguntou Amelia, num sussurro exagerado.

— Há... ainda não sei muito bem.

— Como assim?

— Ainda estou dentro do carro.

— Aimeudeus.

— Amelia — confessou Janie —, eu acho que virei... tipo assim, um elefante.

— O quê? — a voz do outro lado da linha zombou. — Você é a pessoa mais magra que eu conheço!

— Não, você não entendeu. Lembra daquela excursão da escola no segundo ano? Acontece que eu *percebi* que Winston é um poço de alcatrão. E *eu* sou o elefante. E isso *significa*...

— Pode parar por aí mesmo — ordenou Amelia. — Você definitivamente pirou de vez.

— Não pirei, não — disse Janie, num tom bem calmo. — Só estou tentando *sobreviver*. — E ouviu o som que Amelia produziu ao bater com a palma da mão na testa.

— Puxa, me desculpa, viu, fazer isso com você — gemeu ela —, mas esse tipo de comportamento exige medidas drásticas. — E então, antes que Janie pudesse dizer a sua melhor amiga que estava *só brincando*, Amelia berrou a plenos pulmões:

— *Paul!*

Quando o som daquele nome repercutiu pelo carro, Janie arquejou ao telefone.

— Não, Amelia!

— Paul! — gritou Amelia outra vez.

— Não, não, não! — disse Janie, apavorada. — Não faz isso, eu te *odeio*!

47

— Quê? — a voz áspera de Paul Elliot Miller respondeu, entrando na linha. Sua voz soou confusa.

E também maravilhosa.

O nariz de Paul era delicado, com sardas esparsas; as narinas, sempre ligeiramente dilatadas, lhe davam o ar pedante porém vulnerável de um lorde inglês — um lorde inglês *lindo*, não um desses pálidos e sem queixo. Paul tinha um olho azul-esverdeado e o outro castanho-esverdeado, exatamente como Kate Bosworth (uma comparação que Paul detestava). Também tinha um minúsculo *piercing* na sobrancelha esquerda e outro do lado direito do lábio inferior. Seus cabelos, como sua disposição, mudavam constantemente, indo de um branco-prateado a verde-elétrico, até um azul-mancha-de-tinta-de-esferográfica. E mesmo assim. Mesmo com todos os piercings, o delineador, a má postura, a tintura Manic Panic e tudo, não havia como esconder a verdade óbvia: Paul Elliot Miller era um gato. Não conseguiria nunca, apesar de todo o esforço que fazia, ficar feio. Ele até chegara a pagar seu amigo Max para lhe dar um soco na cara, bem ali no estacionamento da Whole Foods em Brentwood, e apesar do nariz quebrado e do olho roxo, o rosto de Paul sarou sem nem sinal de dano permanente. Tinha, sim, uma cicatriz finíssima acima do lábio superior, mas isso tinha sido (o que é bem embaraçoso) da catapora.

Além disso, a cicatriz só chamava a atenção para sua boca de lábios cheios e sensuais que (apesar da torrente interminável de palavrões que despejava) era o que ele tinha de mais atraente.

Durante muito tempo Amelia guardou segredo sobre essa beleza inegável de Paul. Sempre que ele entrava na conversa, ela mantinha os detalhes estritamente neutros. "Paul pensa que é um deus da guitarra", dizia Amelia revirando os olhos. Ou "A noção de esforço profissional de Paul é uma porcaria". Ou então: "Paul anda obcecado com os Pixies, o que está contribuindo bastante para incrementar o nosso som."

Só quando as duas meninas esbarraram com ele por acaso em Melrose foi que Janie finalmente descobriu a verdade.

— Por que não me disse que ele era tão lindo? — arquejou ela, assim que se viu sozinha com Amelia.

Amelia fez uma careta, tipo *pô-não-zoa*.

— Não posso me dar ao luxo de pensar nos caras assim — e mostrou a língua. — Eles são como se fossem uma *família* para mim. Além disso — acrescentou, depois de uma pausa —, eu não ia querer fazer nada. Sabe... para não pôr em risco a banda.

Janie sacudiu a cabeça devagar, incrédula. Às vezes era difícil acreditar na disciplina da Amelia. Era mesmo.

Desde o encontro em Melrose, ela tinha visto Paul só duas vezes, uma quando ele passara na casa de Amelia para procurar suas chaves, que encontrou atrás da mesa de cabeceira dela, e uma vez quando Janie foi assistir ao ensaio da banda. Naturalmente ela pediu para voltar, mas Amelia ficou enrolando. Alguns dias depois, quando Janie voltou a pedir para comparecer ao ensaio, sua melhor amiga suspirou. "Fica meio difícil se concentrar com outras pessoas perto." A confissão de Amelia a surpreendeu, deixando-a chocada. (Desde quando Janie pertencia à categoria "outras pessoas?") Ao mesmo tempo, ela entendeu (o que ela sabia sobre ter uma banda?). Portanto, Janie procurou se virar com o que tinha nas mãos. Economizava suas lembranças de Paul como as formigas estocam comida para durar o inverno inteiro. Toda noite, ao contemplar a Lua e as estrelinhas grudadas no teto do seu quarto, optava por escolher *apenas um detalhe* do qual lembrar. Segunda-feira: pensava nele pendurando as chaves perdidas na correntinha prateada presa na altura de seus quadris estreitos. Terça-feira: pensava nele sugando a argolinha minúscula do seu carnudo lábio inferior. Sexta-feira: pensava nele levantando a camiseta esgarçada preta para coçar aquela barriga chapada acima do cinto de couro cravejado com quadrados de metal. Quando só restavam duas ou três lembranças dele, quando ela pensava que ia morrer de inanição, Amelia passou o telefone para ele.

— Alô? — resmungou ele, uma segunda vez. Janie mal conseguiu respirar. Depois de toda a privação que tinha passado, o mero som da voz de Paul era uma sobrecarga para todos os sentidos.

— Ah, oi, meu! — gemeu ela, antes de literalmente morder o punho. *Oi, "meu"? Hein?* — Como vai a escola de arte? Vocês usam... tipo assim, boinas?

— Quem é que está falando? — indagou ele, parecendo confuso.

— Há... — Janie não conseguiu se lembrar, por mais que se esforçasse.

— Oi — disse Amelia, pegando o telefone de novo. — Sou eu de novo.

— *Meudeuseuteodeio!* — disse Janie, soltando a respiração e tapando os olhos com a outra mão livre.

— Nem ligo — respondeu Amelia. Janie praticamente ouviu-a revirando os olhos. — Foi só um lembrete. Existe vida fora da Winston. Existe!

— Que alívio — respondeu Janie, de cara amarrada.

— Agora você tem duas opções — prosseguiu Amelia. — Pode ficar dentro desse carro aí feito um elefante obediente. Ou pode se arriscar. Pode atravessar a Vitrine como se fosse *dona* dela. E é *isso* que você vai fazer, porque você *mudou*. Nas palavras de William H. Shakespeare: "O mundo inteiro é uma passarela", e já é hora de você, Janie Mae Farrish, assumir seu papel e *interpretar,* cacete! Está me ouvindo?

— Ok. Essa quase me fez vomitar — respondeu Janie.

— Me diz que vai atravessar a Vitrine como se fosse a dona do pedaço!

— Tudo bem.

— Diz com vontade!

— Tudo bem. Uhu! Eu mando na Vitrine!

— É isso aí!

Janie sorriu. Por mais irritante que fosse a Kirsten de *As apimentadas*, ela conseguiu mudar sua disposição. Janie desligou o celular com uma sensação estranha. E a sensação impulsionou-lhe os dedos, a fez abrir a porta, pôr os pés no chão, e com toda a sua altura, de 1,65m, saiu do Volvo e entrou no mundo. Olhou em torno de si: as folhas banhadas de sol, os carros lisos como geleiras, as faixas de BEM-VINDOS, FALCÕES!, balões azuis balançando, purpurina verde faiscando.

E se sentiu *otimista*.
Aquilo lhe deu uma ânsia de vômito.
Também a fez fechar a porta às suas costas.

Quem: Melissa Moon
Look: calças pretas aveludadas Juicy Couture, escarpins de salto agulha prateados Jimmy Choo, camiseta rosa e preta D&G, brincos de brilhante Bvlgari

Melissa Moon dirigia o seu Lexus conversível prata voando baixo pelo Sunset Boulevard, com o som tocando no último volume o mais recente álbum do Seedy que tinha chegado a disco de platina: *Mo'tel*. Caramba, ela adorava esse disco. *Mo'tel* era o primeiro álbum a realmente tratar dos conflitos inerentes à infância e a adolescência dos mestiços que eram meio negros e meio coreanos em South Central, Los Angeles. Na faixa predileta dela, "Gimme All Your Love, Gimme All Your Money", Seedy descrevia a noite em que seu pai negro conheceu sua mãe coreana e se apaixonou por ela (durante um assalto rotineiro à adega da família dela). Alguns acharam a música ofensiva. Melissa, ao contrário, a considerava uma obra-prima, coisa de gênio.

Uma opinião totalmente imparcial, claro.

Além de ser o rapper e produtor mais controvertido do mundo, Seedy (também conhecido como Christopher Duane Moon) era o pai dela. Para a família Moon, rap era tão tradicional quanto Bing Crosby no Natal. Só que eles não ouviam Bing Crosby no Natal, preferiam o álbum de festas de fim de ano de Seedy: *Chestnuts Roasting and I Open Fire*.

Melissa pressionou o pedal do acelerador com o bico de tirinhas do seu sapato de salto agulha Jimmy Choo. O conversível acelerou, transformando seus cabelos tratados a alisamento japonês em um milhão de chicotes a se agitarem ao vento. Ela estremeceu, puxando as mechas rebeldes para trás e prendendo-as num rabo de cavalo.

— Uaaaaau! — gritou alguém de um Escalade que passava. Melissa estava acostumada com aquilo. Seu rosto já havia detonado mil caminhonetes.

Com seus olhos sedutores, sua pele escura e seus lábios cheios com biquinho feito o da Angelina Jolie, Melissa tinha o tipo de beleza que se costuma chamar de "exótica". Mas ela odiava esse termo. Exótica de acordo com *quem*, ora essa? Algum branco azedo criado a leite de vaca com uma estaca de cerca enfiada no rabo? Logo no início do namoro com Marco Duvall, ele cometeu o erro de dizer que ela parecia "estrangeira". Sua reação foi dizer na lata: "Olha só, fui *eu* que nasci e cresci aqui. Se alguém aqui é 'estrangeiro' é *você*, tá!"

Marco tinha acabado de se mudar para lá vindo de Tucson, Arizona.

Melissa dava grande importância às raízes. Muito embora ela morasse em um palácio em Bel Air, não estava a fim de deixar o grande público esquecer onde tinha crescido: "South *Central*, tá, mermão? Num apartamentinho." E depois punha uma das mãos nos quadris, desafiando o interlocutor a criticá-la por isso. Para sua interminável decepção, ninguém nem pensava em retrucar. Mas também, ninguém era maluco pra isso. O pai tinha mandado fazer uma tatuagem de Melissa no seu *punho*. E nem era do nome dela, não. Era ela mesma, quando bebê, com todos os detalhes.

Melissa chegou a um cruzamento no Sunset Boulevard com a North Beverly Drive e parou em um sinal vermelho. Tirou os óculos escuros Christian Dior, exalando seu hálito que recendia a canela nas lentes cor-de-rosa. Um súbito assobio masculino penetrou até o tímpano do seu ouvido esquerdo, mas Melissa nem pensou em dar atenção. Infelizmente, o cachorro dela deu.

— Emilio Totó, não! — gritou Melissa quando o lulu da Pomerânia castanho-claro e creme pulou no seu colo. — Vai já lá pra trás! Agora! — Em dois segundos, Emilio já estava sentadinho no banco de trás, trêmulo, seus óculos de motorista verde-oliva escorregando-lhe da carinha minúscula. Melissa deu um suspiro, metendo seu cappuccino 500 ml no suporte de copos. Depois esticou-se toda e abriu o porta-luvas, tentando localizar o rolinho adesivo para remoção de pelos. Quando o encontrou, o Lexus já estava dividindo pista.

Melissa ficou com uma mão no volante e foi passando o rolinho com a outra, nas suas calças pretas Juicy. Gostava de se considerar uma mistura de J.Lo com Condoleezza Rice em matéria de moda. Isso equivalia a dizer que, ao mesmo tempo em que fazia o tipo gueto glam, também Inspirava o Respeito Mundial. E isso era justamente o efeito que se conseguia ao se usar calças Juicy — quando elas não estavam cobertas de pelo de cachorro.

Ela ergueu o queixo para olhar o retrovisor depois que terminou o que estava fazendo.

— Desculpa eu ter gritado contigo, fofinho. Me perdoa?

Emilio colocou as patinhas na parte de trás do banco forrado de couro dela e lambeu o lóbulo enfeitado de brilhante da orelha da dona. Claro que ele perdoava.

Quando o Lexus entrou faiscando na Winston Drive, as calças Juicy de Melissa estavam impecáveis. Marco detestava aquelas calças. Comparava-as a um "gramado de Beverly Hills à noite": preto, imaculado e impossível de penetrar.

Mas não dizia isso em voz alta.

— Mêêê-lis-sa! — chamou ele com aquela sua voz de barítono ressonante, do outro lado da Vitrine. Melissa meio que acenou com a mão que segurava o cappuccino, controlando o volante com a outra. Marco aproximou-se dela a passos largos e ágeis, seus braços cheios de músculos protuberantes e as costas musculosas esticando a camiseta com os dizeres PREFERIA ESTAR EM BUCARAMANGA. Trazia um colar de tira de couro em torno do pescoço forte e largo. Suas centenas de cachinhos bem enrolados, de um castanho suave, que todas as meninas amavam e Marco detestava, estavam metidos em um chapéu Kangol de pelúcia verde-vegetal.

— Espera aí! — disse ele, ofegante, trotando ao lado do Lexus.

— Não está vendo que não posso tirar os olhos da rua? — replicou ela, mal-humorada, quase atropelando uma garota de minissaia verde. A garota soltou um grito quando o carro parou de repente, a centímetros de suas coxas nuas; ela cambaleou e perdeu o equilíbrio, batendo com a bunda sumariamente vestida no capô, produzindo um baque alto.

— Tudo bem aí? — gemeu a menina.

— Sai de cima do meu carro! — respondeu Melissa. — Por favor.

A garota ficou de pé na mesma hora, como se o Lexus fosse uma chapa quente. Não que Melissa tenha notado. A freada súbita tinha desencadeado uma explosão de cappuccino, cujos efeitos ainda se faziam notar na sua camiseta D&G novinha em folha. Melissa ficou olhando a mancha, horrorizada, e, pela sua cara, parecia até que era sangue.

Ela não era a única.

— *Aimeudeus! Argh!* — exclamou uma voz esganiçada, soando o alarme. Marco ficou paralisado, quando ouviu uma suave vibração no ar — suave mas apavorante, como um bando de macacos voadores. Virando-se, já foi se preparando: seis mocinhas de sandália de dedo vinham vindo direto na sua direção. Elas estavam em perfeita formação de "V", sendo que Deena Yazdi, que se considerava a melhor amiga de Melissa, liderava o bando. Durante o verão, Deena tinha feito no cabelo preto e ondulado luzes com cores variadas: vermelho, acobreado e louro. A maioria das luzes era perto do seu rosto bronzeado atraente porém meio acavalado. Suas narinas cuidadosamente modeladas por um cirurgião plástico eram minúsculas e estreitas, como se estivessem perpetuamente captando algum fedor. Seus olhos, pintados com o delineador Chanel esfumaçado de costume, estavam esbugalhados, manifestando uma exagerada preocupação.

— *AimeuDEUUUUUS!* — gritou ela, com aquela voz esganiçada, uma segunda vez. (Quando se estressava, Deena parecia uma pastora evangélica). — O que foi que houve?

— Não foi nada — explicou Marco, procurando dispensá-la com um gesto. — Ela quase atropelou essa menina aqui.

— Quem? — E Deena olhou em torno. Pelo jeito a tal menina tinha se mandado. — *Viu* o que ela fez na blusa da Melissa?

— Na *blusa* da Melissa? — respondeu Marco, boquiaberto e incrédulo. E Deena semicerrou os olhos.

— Você... é... um... grosso!

— Ela quase atropelou uma pessoa, e você vem me falar da blusa!

— Não é essa a questão!!!!

Marco estava para dizer a Deena onde enfiar a "questão" dela, quando Melissa saiu do carro. Ele recuou, procurando avaliar a cena.

— Puxa — murmurou ele, sacudindo a cabeça. — Você está bem.

— Não — retrucou Melissa. — Estou com a blusa manchada.

— É — disse seu dedicado namorado, arriscando-se a dar uma boa olhada nos seios tamanho 50 dela. — Uma mancha *muito boa*.

Ela revirou os olhos, estendendo as chaves para ele:

— Vai... vai estacionar o carro, certo?

— Toma. — Deena presenteou Melissa com uma garrafinha de água Fiji. — Talvez ainda dê para tirar a mancha, né?

— Não dá, não — disse Melissa, franzindo os lábios. — Essa camiseta aqui só pode ser lavada a seco.

— Que merda! — exclamou Deena, o rosto contraindo-se diante daquela grande injustiça. Até se lembrar do *vanilla latte* que trazia na mão direita. — Espera aí. — Tirou a tampa e (procurando certificar-se de que Melissa via o que ela estava fazendo) jogou todo o café na sua camiseta Theory, branquinha como neve.

— Deena! Você enlouqueceu? — disse Melissa, horrorizada.

— Até parece que eu ia deixar você andar por aí assim sozinha! — declarou sua melhor amiga com orgulho. Diante dessa lógica, a formação em "V" não teve saída senão fazer o mesmo. Uma a uma, elas despejaram seus *Doppios*, cappuccinos e *chais* sem açúcar nas blusas, que absorveram as bebidas como esponjas. Os sutiãs com forro de espuma que usavam incharam feito esponjas. Elas todas soltaram gritinhos de satisfação, cada uma mais alto do que a outra, até que atingiram a FREQUÊNCIA IDEAL, aquele nível de decibéis que só as meninas atingem, embora seja comumente reservado para piscinas extremamente geladas e jogos de "pega-pega" com segundas intenções. Mesmo assim, apesar do volume, ninguém pareceu notar a presença delas.

Melissa, no meio de toda aquela comoção, levou as mãos à boca. Sacudiu a cabeça, sem emitir nenhum som.

Só que ela é que era o modelo de comportamento.

Glen Morrison estava à porta do Grande Salão, tocando "Fire and Rain", de James Taylor, em seu violão amarelo-ranúnculo. Os alunos passavam por ele como salmões subindo o rio. Quando um deles se dignava a notar sua presença, Glen o cumprimentava, com um aceno de cabeça. Depois sacudia os cabelos grisalhos caídos na cara, para afastá-los dos olhos, e sorria.

Talvez tivesse que repetir a dose duas vezes.

Em 1976, Glen e vários outros pais hippies tinham fundado a Escola Preparatória Winston como uma "alternativa não-tradicional" para outras escolas particulares de Los Angeles. Eles sentaram-se em um círculo não-hierárquico e debateram sua visão "sem preconceitos". Em termos educacionais, Winston procurava dar ênfase a uma educação "sem estresse". Em vez de exclusividade, Winston oferecia *criatividade*. Em vez de competição, Winston oferecia *comunicação*. Winston nutria tanto a mente quando o coração. Procurava tratar os alunos como *gente*.

A visão deles sobreviveu mais ou menos o tempo que dura um litro de leite. Esquecido no porta-malas de uma van sem ar-condicionado. No Vale da Morte.

Mas mesmo assim Glen continuava tocando.

O Grande Salão consistia em um espaço imenso do tamanho de um salão de bailes. A luz solar jorrava de altas portas envidraçadas, e as folhas dos salgueiros chorões cintilavam atrás das vidraças. Não havia cadeiras onde se sentar, nem carteiras atrás das quais se esconder. Todos, fossem alunos ou professores, sentavam-se no chão liso de concreto escovado. Aparentemente os alunos podiam se sentar onde quisessem. Mas, prestando-se bastante atenção, via-se que todos se sentavam no mesmo lugar todos os dias. Havia uma distribuição rígida de lugares, e o lugar de alguém no chão, assim como na hierarquia geral, dependia inteiramente do nível social. Mas se as vagas no estacionamento tinham a ver com o carro que a pessoa dirigia, os lugares no chão tinham a ver com quem a pessoa era. E quem a pessoa era se definia pelo que a pessoa vestia. E, naturalmente, *como* vestia.

Os winstonianos menos populares sentavam-se no meio do salão, conhecido como "Ponto Zero". O objetivo era se sentar o mais longe possível do Ponto Zero. Quanto mais longe a pessoa se sentava, mais bem vista era. Os lugares mais cobiçados eram os que ficavam na periferia: nesse caso, encostado na parede. Sentar-se junto a uma parede era um sinal claro para o corpo discente que a pessoa tinha "chegado lá".

Melissa e suas amigas sentavam-se ao longo da parte mais ensolarada da Parede Leste. O pessoal da Parede Leste tinha cara de quem passava o almoço imerso numa banheira de água quente com o Snoop Dogg. Todos usavam roupas de marca coladinhas no corpo que brilhavam enquanto andavam. A galera da Parede Leste era chique até dizer chega. Regra Básica: se você não consegue combinar seus sapatos escarpim de salto agulha com as pedrinhas de brilhante engastadas nas suas unhas, *vá se sentar em outro canto*.

Charlotte e suas amigas sentavam-se no lado oeste. A galera da Parede Oeste era chamada de "queridinhos alternativos" da Winston Prep. Tinham cara de quem passava o almoço visitando galerias de arte com Sofia Coppola e Chloë Sevigny. Vestiam-se com tecidos discretos, porém caríssimos: seda, cashmere, algodão diáfano. Regra

Básica: se você não consegue combinar calça capri vintage com sapatilhas de grife, *vá se sentar em outro canto*.

Janie e seus amigos sentavam-se mais para o fundo, perto do meio: essa era a Terra de Ninguém. O pessoal da Terra de Ninguém tinha cara de quem passava a hora do almoço... ora, almoçando. Eram pessoas que usavam jeans da Sevens e camisetas da Banana Republic, e isso quando estavam *muito* a fim de se produzir. Vestiam-se para que ninguém os notasse, e ninguém os notava. Regra Básica: há, o pessoal da Terra de Ninguém não precisava de regras.

— Bom dia, gente! — saudou Glen bem alto, com as mãos em concha na boca. Prendeu a franja grisalha atrás da orelha e pigarreou, esperando que eles se acalmassem. Como sempre, não adiantou. Glen observou-os com um misto de impaciência e medo, como um chefe de cozinha inexperiente na tevê. — Bem-vindos à primeira Assembleia do ano! — gritou ele, incitando uma onda de vaias e apupos. — Sei que é o primeiro dia de aula e estamos todos empolgados para encontrar todo mundo depois de longas e supostamente restauradoras férias de verão. Mas temos vários anúncios muito importantes que exigem sua total atenção. Portanto, não tirem os olhos de mim. Vamos procurar nos concentrar agora.

Ao ouvirem isso, os 314 alunos assumiram posição de borboleta no chão de concreto escovado. Uma onda de silêncio envolveu a todos. Glen uniu as mãos, entrelaçando os dedos, satisfeito. Mas (previsivelmente) aquela sua sensação de vitória foi curta. Percebeu que a atenção deles, embora completa, estava decididamente voltada para algo que *não era ele*. Em outras palavras, estavam claramente olhando não para ele, mas para outra pessoa. Alguém atrás dele.

E por isso ele se virou.

Janie entrou no Grande Salão, mortificada ao constatar que era o foco de todos os olhares. Puxou a bainha da sua minissaia verde e ficou de olhos pregados no chão. Sabia o que estavam pensando: *aí vem a Janie Farrish, o novo ornamento do capô da Melissa Moon. Abram alas para a Janie Farrish, o quebra-molas particular da Melissa Moon. Olha aí a Janie Farrish, o mais recente animal atropelado pela Melissa Moon.* Só que, obviamente, ela estava numa ainda pior do que um animal atropelado.

Pelo menos os animais atropelados tinham a decência de morrer.

Para se sentar na Terra de Ninguém, ela teria que ziguezaguear entre a vasta multidão de alunos sentados no chão. Sob circunstâncias normais, passar por toda aquela gente não seria problema, mas naquele dia ela estava de minissaia. Eles só iam precisar olhar para cima para... ai, droga. Melhor nem pensar nisso.

Janie precisava optar: assumir seu devido lugar na Terra de Ninguém e correr o risco de todos verem a cor da sua calcinha, ou sentar-se exatamente onde estava. Mas exatamente onde ela estava era na Parede dos Fundos. A Parede dos Fundos (também chamada de Gueto da Cannabis) pertencia a alunos que eram tão descolados a ponto de passarem o almoço nas clínicas de reabilitação frequentadas pelos famosos. Regra Básica: se você não se parece com o integrante mais bonito da Sgt. Pepper's Lonely Hearts Club Band, *vá se sentar em outro canto*. Só que, pela primeira vez, Janie nem estava ligando para isso. Principalmente porque estava com as suas calcinhas do dia dos namorados da Target. Aquela com os dizeres EM SEUS SONHOS repetidos inúmeras vezes em letrinhas rosa-choque.

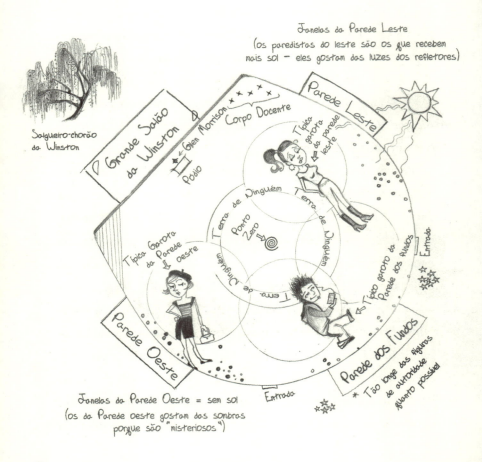

Ela viu um espaço vazio ao lado de Joaquim Whitman, e embora ele cheirasse a patchuli e picles, Janie dobrou os joelhos e sentou-se ao seu lado. Para sua surpresa, Joaquim cumprimentou-a com um sorriso cordial e um "e aí?" cantarolado.

— E aí — respondeu ela, meio que se perguntando se aquela simpatia toda escondia alguma armação.

— Legal — Joaquim respondeu, plugando os fones de ouvido no seu iPod nano. Sorriu, balançando a cabeça ao ritmo da música como um bonequinho de cabeça de mola, desses que enfeitam painel de carro. Janie soltou um suspiro de alívio. Joaquim não parecera se importar nem um pouco com o fato de ela estar sentada ali. Ele tinha sido até *simpático*.

Ela esticou o pescoço, procurando Jake na vasta extensão da Terra de Ninguém. Mas não o viu em lugar nenhum. Com um peso no coração, virou-se para oeste. Seu sexto sentido havia funcionado perfeitamente. Seu irmão estava lá, sentado ao lado dela! Janie gostaria de dizer que o irmão parecia deslocado ali, mas ele não parecia. Com aquele corte de cabelo curto e despenteado e o rosto perfeito, a camisa de caubói puída e o par de Converse All Star velho, Jake Farrish parecia a própria cara da Parede do Oeste. Janie ficou observando Charlotte Beverwil tirar o arco amarelo-canário do cabelo e colocá-lo no cabelo de Jake, rindo. Ele levou tudo na esportiva. *Eu hein,* pensou Janie. *Será que ele não se enxerga?*

Exatamente nessa hora, encontrou o olhar de Bethany Snee, uma das únicas amigas de Janie na Winston e colega da Terra de Ninguém. *Será que ela não se enxerga,* Janie viu os lábios beiçudos de Bethany pronunciarem para Farrah Frick, uma ruiva sardenta com uma risada irritante. Janie corou quando Farrah virou-se para lhe lançar um olhar escandalizado. Logo as meninas estavam com as mãos em concha em torno dos lábios fofocando loucamente uma com a outra. Janie tentou não pensar no que estavam dizendo, mas não deu para evitar. Será que estavam rindo da sua saia? Será que a achavam metida a besta? Será que ainda a deixariam lanchar com elas? Será que pensavam que ela agora era uma viciada? Agora que estava na Parede dos Fundos, será que *todos* pensavam que ela estava viciada?

Janie fechou os olhos com força. Se ao menos alguém tivesse vindo para a escola com um look mais desproposital que o dela... Um look tão fora de propósito que a minissaia dela parecesse uma bobagem se comparada a ele. Janie tentou imaginar como seria esse look, mas não conseguiu. E aí, exatamente quando tinha desistido...

Petra Greene entrou no Grande Salão.

Na mesma hora todos se esqueceram da minissaia de Janie.

Quem: Petra Greene
Look: Só vendo pra crer

Apenas duas coisas no corpo de Petra Greene eram à prova de um debate caloroso: a mão esquerda e a direita. Das pontas de seus finos dedos até os delicados ossos dos pulsos, eram perfeitas. E como implante de dedo e plástica no pulso são coisas que não existem, o pessoal da Winston atribuía suas mãos perfeitas à natureza, aos genes, à sorte, fosse o que fosse. Até os mais rigorosos críticos de Petra concordavam: as mãos de Petra Greene eram 100% isentas de intervenção estética.

O resto de suas feições, porém, era definitivamente suspeito. Beleza como a dela simplesmente não era natural, ou assim presumiam as pessoas em geral.

Dr. Robert Greene era o mais procurado cirurgião plástico de Beverly Hills. Devido à profissão dele, todos duvidavam da beleza de Petra. Ela não é *bonita*, insistiam seus inimigos. Ela é um *produto*, a mais recente obra da "varinha mágica do papai". Era só boato, claro, mas um boato que até o papai espalhava. Quando os clientes elogiavam a foto da filha dele, colocada em lugar de destaque no consultório, dr. Greene dava uma piscadela marota e dizia: "minha melhor obra até o momento". Não era exatamente uma mentira. Petra era mesmo obra dele, uma vez que todos os filhos são "obras" dos pais. Se os pacientes do dr. Robert achassem que ele estava se referindo a alguma outra coisa, *era interpretação deles*.

Quando Petra soube dos comentários do pai, não ficou exatamente surpresa. Como a mãe, mais de uma vez, já havia declarado sob efeito de conhaque, o pai de Petra era impiedoso. Em termos de preço, o preço dele era o mais alto. Em termos de dignidade, ele era o mais baixo. Dr. Greene tinha a reputação de fazer qualquer coisa por qualquer um a qualquer momento. (Havia um bom motivo para dizerem que Michael, Cher, Liza e Angelina tinham *todos* passado pelas suas mãos.) Petra às vezes desejava que as salas de cirurgia funcionassem feito concessionárias de veículos, para as pessoas poderem ver seu pai como ele realmente era: o apresentador de tevê mandando os espectadores "virem até o palco". "Venham todos ver o Rei do Colágeno! O Barão do Botox!! O Senhor da Lipo!!!", gritava ele, agitando uma touca cirúrgica imensa. Fazendo malabarismo com os bisturis, rindo como um maníaco.

Mas ninguém via o seu pai dessa forma.

Ninguém a não ser Petra.

Sua terapeuta lhe informara que *ela não detestava o pai — detestava o comportamento dele*. Mas não, Petra detestava seu pai, sim, do fundo do coração, e por isso fazia tudo que fosse humanamente possível para estragar o corpinho e o rosto perfeitos que Deus tinha lhe dado. Não ia ser a propaganda gratuita dele. Recusava-se a prestar-se a esse papel. Ia perambular de aventais esmulambados e camisetas roídas de traça. Não ia nunca lavar os cabelos nem penteá-los, e nunca, nunca mais ia usar maquiagem, nem mesmo manteiga de cacau nos lábios.

De verdade.

Em termos de atos rebeldes, Petra Greene era a sétima colocada entre os dez de todos os tempos na Winston, derrubando Billy Bresler (que tinha tocado fogo numa rede de tênis em 1989), para oitavo. Na Winston, não ligar para as aparências era *muito* mais subversivo do que incêndio criminoso. E Petra não ligava nem um pouquinho.

E a Assembleia não era exceção.

Seiscentos olhos ávidos observaram-na atravessar a sala. Ela estava usando uma sapatilha rosa no pé direito, uma preta no esquerdo. A bainha rasgada da sua saia de linho cor de vinho ia se arrastando pelo chão, e uma camisa de cor cinza-esfregão estava toda embolada sob sua camiseta baby-look. Um lenço todo esfiapado pendia-lhe do pescoço, onde um colar de pérolas lutava para não sufocar. Sua camiseta amarela, que parecia ser dez tamanhos abaixo do seu, dizia PROPRIEDADE DE BOB ESPONJA. O toque final era uma coroa de papel da lanchonete Burger King, colocada de lado sobre os cabelos sujos e embaraçados.

Mesmo assim, sabe o Johnny Depp, que insiste em aceitar papéis que arruínam o visual dele? E mesmo assim — apesar das mãos de tesoura em um filme, os dentes todos podres no outro — consegue parecer pra lá de maravilhoso? Petra Greene sofria do mesmo tipo de doença. Por mais que tentasse, *não* conseguia deixar de ser linda. Aliás, quanto mais se desleixava, mais atraía olhares.

Era uma coisa bastante trágica realmente.

— Sente-se, Petra — disse Glen, acenando com a cabeça enquanto ela se sentava, a saia inflando-se como uma nuvem de explosão atômica vermelho-vinho. — É bom ver você.

E não era mesmo verdade?

A Winston Prep tinha tirado o termo "Assembleia" dos quacres, uma comunidade de séculos atrás de cristãos não-violentos que, se eram parecidos mesmo com o cara da caixa de aveia Quaker, consideravam os chapéus piratas o máximo em termos de moda. Ou seja, as semelhanças entre as assembleias da Winston e as dos quacres começavam e acabavam no nome.

As assembleias da Winston eram todas iguais: anúncios chatos e mais anúncios chatos, numa ladainha interminável e chata até o fim, quando os alunos eram premiados sempre com os mesmos eternos *bagels* sem graça, acompanhados por pacotinhos individuais, ligeiramente mais animadores, de cream cheese. Aí, enquanto os alunos do sétimo ano consumiam seus carboidratos sentadinhos como manda o figurino (os alunos mais velhos ignoravam o prêmio), Glen lembrava a todos que, além dos anúncios, a Assembleia constituía uma forma de *expressão comunitária*.

— Vamos lá, pessoal! — E procurava voluntários entre a plateia.
— A Assembleia não precisa ser chata!

Esse era o mais chato dos anúncios.

Ninguém, em seu perfeito juízo, ia se arriscar a aproveitar o momento de expressão comunitária, que expressava uma coisa e apenas uma: eu sou um tremendo de um otário. Owen Meyer, por exemplo. Em comemoração ao 13º aniversário da morte de Kurt

Cobain, Owen havia cantado à capela "Jesus Doesn't Want Me for a Sunbeam", e ainda por cima, para o choque e delírio de todos os presentes, chegou a *chorar*. Depois dessa todos passaram a chamá-lo de Owen Chorão, o que o fazia chorar ainda mais, e apenas provava que ele era mesmo isso. No fim ele acabou se mudando para o Texas, que os alunos chamaram de O Estado da Lágrima Solitária, mas só durante mais ou menos um dia. No dia seguinte, todos já haviam esquecido Owen e seu rosto gordo.

— Refleti muito durante o verão, sabem. — Glen olhou para um ponto distante, as narinas dilatando-se como um conquistador. — Pensei sobre as assembleias de antigamente. E aí pensei em como são agora: a criatividade toda peneirada, do jeito que se peneira a polpa do suco de laranja. *Embora a polpa seja a parte mais nutritiva!*

Ele os fuzilou com seu olhar mais severo.

— Percebi que precisamos fazer umas mudanças bem drásticas por aqui — anunciou. Os alunos se remexeram em seus lugares e trocaram olhares alarmados. Do que exatamente o Glen seria capaz? Será que tinha permissão para colocá-los de castigo? Mandá-los para um internato? Para a Academia Militar? Para a escola técnica ITT Tech?

— Eu gostaria de apresentar nossa nova diretora de Cursos Especiais. — E Glen voltou-se para o canto direito da sala. — Srta. Paletsky.

O fato de ninguém saber o que eram "cursos especiais" realmente não importava; o insulto era óbvio. Todos sabiam que "especial" era sinônimo de "retardado", até Glen. Mas antes de eles poderem protestar aos gritos, a mais nova professora de Winston aproximou-se do microfone.

Uma coisa se poderia afirmar da nova professora de Estudos Retardados: ela sabia como se vestir para o papel.

Suas roupas pareciam alguma coisa que se troca por cigarros do outro lado do Muro de Berlim. É que elas eram, tipo, meio anos 80, mas um anos 80 nada descolado. Ela havia combinado calças marrom-claras elásticas de cintura alta com um collant magenta e um cinto assimétrico de couro branco. As botas pareciam pequenas chuteiras brancas. Seus brincos de gatinho eram de pressão. Ela cheirava a maçãs e mentol, e laquê Suave. Parecia ter uns 28 anos, mais ou menos a mesma idade do seu batom, que era de uma cor ligeiramente beterraba.

As forças da moda haviam se unido contra ela. E mesmo assim. Era ela uma gracinha.

Deu para notar isso pela forma como alguns dos professores se endireitaram nas cadeiras. Em sua maioria, os professores da Winston sentavam-se todos curvados como abutres. Todos de ombros caídos diante dos seus laptops. Quase caíam em seus copinhos de café. Murchavam diante dos quadros-negros. O corpo docente da Winston tinha adquirido aquela postura horrorosa na faculdade, curvando-se gradativamente sob o peso dos seus cérebros. A maioria deles tinha se formado em Stanford ou Yale, o que era meio deprimente, caso se pensasse seriamente no assunto (e a gente sabia que *eles* pensavam no assunto, tipo assim, o tempo todo).

A Srta. Paletsky pressionou as coxas com as mãos e fez uma reverência rápida.

— *Ch'alô, ch'ente!* — murmurou no microfone. Sua voz era ao mesmo tempo sussurrante e com sotaque eslavo, uma mistura esquisita de Marilyn Monroe com Drácula.

— *Ch'alô!* — repetiu ela, um pouco mais alto dessa vez.

Glen pôs as mãos em concha em torno da boca.

— A Expressão Comunitária precisa da nossa ajuda!

A Srta. Paletsky franziu a testa, confusa por aquele arroubo de entusiasmo meio fora de hora.

— Si-im — continuou ela, com um sorriso tímido. — Essa "Expressão Comunitária" não é uma coisa muito popular. Mas como nova diretora de Cursos Especiais, estou aqui para resolver esse problema. Muito bem. O que é esse Curso Especial? Curso Especial é uma matéria que vocês, os *chalunos*, criam. Pode ser qualquer coisa que quiserem, e, contanto que seu curso seja aprovado, vocês têm um encontro por semana. E isso significa...

— É preciso um mínimo de quatro alunos! — interrompeu Glen, explodindo de tanto entusiasmo. — Não pode ser menos de *quatro* para que seu curso seja aprovado como oficial. Todo Curso Especial deve abranger atividades *legais* e *apropriadas para sua idade*. Ou seja, nada de sexo, drogas, nem violência de nenhuma forma! Se tiverem uma ideia, por favor, falem com a Srta. Paletsky. É necessário apenas quatro ou mais alunos interessados, e nós oficializamos a aula: seu Curso Especial, que você mesmo vai organizar, pode começar!

Com uma expressão grave e preocupada, a Srta. Paletsky assistiu a Glen agitando os punhos no ar. Depois voltou a olhar para os alunos, sorrindo corajosamente.

— Muito bem — continuou Glen, ainda sorrindo, como se fosse o Santo Padroeiro dos Manés. — Está encerrada a nossa Assembleia!

Até a hora do almoço, Jake já havia se inscrito em duas matérias: Física Avançada e Cinema Francês. (Adivinha em qual Charlotte também se matriculou?) Física Avançada era em uma sala de aula da Winston sem nada de mais (escrivaninhas de mogno, quadros-negros, janelas envidraçadas com uma vista espetacular para o cânion),

75

e o curso de Cinema Francês simplesmente não era em nenhuma sala de aula.

Graças à generosa contribuição de Alan e Betty Kronenberg, o campus da Winston era equipado com uma sala de cinema de cem lugares. Fora a tela, que era digital, supermoderna, o teatro era todinho em estilo anos 1920. Cortinas de seda creme pendiam em pregas escalonadas. As cadeiras tinham braços forrados de um cálido veludo vermelho. As luminárias de parede em formato de concha projetavam leques dourados luminosos nas paredes. Havia até uma bilheteria com janela que se abria e fechava como uma sanfona. Os alunos mais sofisticados desprezavam o cinema, dizendo que era "uma porcaria", mas afundavam nas suas cadeiras, inclinavam as cabeças para trás e suspiravam. O teto negro cintilava devido à verdadeira galáxia de minúsculas luminárias brancas.

Imagina então se ele fosse "bom"...

Charlotte convidou Jake para se sentar com ela na última fila, e ele aceitou. As luzes se apagaram e apareceu o título do filme. O primeiro filme do ano era um clássico francês em preto-e-branco chamado *Les Quatre Cents Coups* (*Os incompreendidos*).

Charlotte jogou seu pescoço longo para trás e riu, tão musicalmente como um sininho de vento. Jake deu uma olhadela furtiva na sombra suave entre os seios dela. Quando olhou para cima, notou que Kate Joliet, a melhor amiga de Charlotte, estava olhando fixamente para ele, com nojo. Jake olhou direto para a frente, e fingiu concentrar-se no filme.

Depois da aula, Charlotte pediu licença e foi ao banheiro, com suas duas melhores amigas. As duas tinham passado o filme olhando para Jake sem parar, daquele jeito supercrítico, e Jake achava que sabia por quê. O *por quê*? era o porquê. Charlotte sentar-se ao lado dele? Por quê? Rir das piadas dele? Por quê? Pedir emprestado o suéter dele quando o ar-condicionado começou a funcionar? Por quê?

Depois que elas perguntassem isso, Jake podia ir dando adeus a sua sorte. Porque depois que perguntassem, Charlotte perceberia: ela *não sabia* exatamente por quê. Logo, logo, esse *porquê* se transformaria em *o quê* (é que ela tinha na cabeça?) e *como* (é que tinha deixado isso acontecer?) e *onde* (ela podia chutar ele) e *quando* (assim que possível).

Jake observou o objeto de sua afeição dirigir-se à saída, ficando cada vez menor, como um balão que ele tivesse deixado escapar sem querer. Quando pequeno, ele teria um acesso de raiva. Mas não era mais criança. Meteu as mãos nos bolsos com força e deu de ombros. Era só um balão. Só uma garota.

Seguiu os outros até a saída, pelo corredor, em direção à luz do Sol. Piscou, levando um momento para se acostumar com a luz. Jake estava tomando um remédio para acne, e um dos efeitos colaterais — sensibilidade à luz — transformava em desafio o ato de sair de um prédio para o ar livre.

Mas os resultados compensavam esse pequeno sacrifício.

Quando Jake e Janie se transferiram para Winston no ano anterior, a pele deles tinha ido de mal a pior. Os poros foram substituídos por espinhas, as espinhas por pústulas. Depois nasceram espinhas dentro das pústulas.

O que equivale a dizer que até as espinhas deles tinham espinhas.

— Viramos leprosos! — tinham reclamado com os pais, torcendo as mãos e correndo pela casa.

— Ótimo — murmurou o pai apertando uma corda do violão de 12 cordas. — Assim podemos mandá-los para um leprosário.

Mas a Sra. Farrish marcou para eles uma consulta com um dermatologista.

O dr. Kinoshita passou a consulta inteira sentado em um banquinho giratório com rodinhas que guinchavam. Em vez de andar, ele empurrava o banquinho com os pés e deslizava a toda velocidade pelo piso de cerâmica branca e lisa. Ele colocou um espelho enorme diante dos rostos dos gêmeos, examinando-os com um olho aumentado por uma lente, sem piscar. Era um verdadeiro ciclope. Um ciclope sobre rodinhas.

— Caso de acne bastante exacerbada — declarou ele, dando uma palmada nos joelhos. Jake e Janie entreolharam-se. Será que podiam dizer "Dá?"

— Já tentamos de tudo — disse a mãe, suspirando.

— Vou fazer uma pergunta a vocês dois. — E o dr. Kinoshita pôs a mão no ombro da Sra. Farrish. — Chamo isso de o "teste do saco de papel". É muito fácil, só uma pergunta, que é a seguinte: quando você sai na rua, sente vontade de colocar um saco de papel na cabeça?

— Sinto é vontade de pôr uma pilha de sacolas de papel uma por cima da outra — disse Jake.

O dr. Kinoshita assentiu.

— Tem um remédio que só receito para quem tem uma acne tão exacerbada que sentem como se não conseguissem sair de casa — explicou ele.

— Eu me sinto como se não pudesse sair de casa, e olha que a minha pele é boa — brincou a mãe. O dr. Kinoshita riu de leve. Os filhos não acharam graça.

— Esse negócio aí funciona mesmo? — Jake não conseguiu evitar uma sensação de desconfiança.

— Bom, depende de cada pessoa. Mas digamos que todos os meus pacientes ficaram bastante satisfeitos com os resultados.

— Esse remédio tem algum efeito colateral? — interveio a Sra. Farrish. Jake e Janie gemeram, frustrados. A mãe não ia deixar uma besteirinha como uns efeitos colaterais impedir que a pele deles ficasse impecável, ia? Por eles, podiam até virar dois Hulks! Contanto que a pele verde não tivesse espinhas, *quem se importava*?

— Tem sim, alguns — disse o dr. Kinoshita, entregando à mãe deles um folheto de propaganda do remédio, impresso em papel couchê reluzente —, mas é importante lembrar que...

— Meu Deus do céu! — disse a Sra. Farrish, arquejante, os olhos deslocando-se pela lista interminável. — Perda de cabelos? Sangramento do reto? — Jake e Janie entreolharam-se. Assim também não. Ninguém queria saber de gente careca sangrando pelo rabo, nem mesmo o Hulk.

— Lembrem-se de que a maioria desses efeitos colaterais é extremamente rara — respondeu o dr. Kinoshita. — Eu nunca tive, por exemplo...

— O que foi que você teve? — interrompeu a Sra. Farrish de novo.

— Rachaduras nos lábios. Desidratação. Sensibilidade à luz...

A Sra. Farrish pôs a lista no colo.

— O que tem nessa pílula, afinal? Jack Daniels?

O dr. Kinoshita tornou a rir de leve.

— Não, nada disso. Aliás, deve-se evitar bebidas alcoólicas durante o uso dessa medicação. Ela reduz consideravelmente a tolerância ao álcool.

— Claro... — reagiu Jake, pensativo, assentindo.

— Como assim "claro"? — interrogou a mãe. — Você anda bebendo, é?

— E também — interrompeu o dr. Kinoshita — essa medicação causa defeitos congênitos muito graves. Se decidir tomá-la — aconselhou a Janie —, você vai *ter que* começar a tomar contraceptivos orais ou evitar filhos de alguma outra forma.

A Sra. Farrish soltou uma risadinha nervosa que mais pareceu um gorjeio.

— Ah, acho que isso não vai ser necessário — disse ela dando um risinho, sem perceber o olhar mortificado que a filha lhe lançou. A total falta de experiência sexual de Janie era uma coisa. Mas isso ser o objeto de zombaria da sua própria mãe??!

Era um pouco demais.

— E aí, quando podemos começar? — indagou Jake, num tom de voz esperançoso.

— Bom, não sei — disse a Sra. Farrish, enxugando uma lágrima do olho ainda semicerrado de tanto rir. Virou-se para dar uma boa olhada nos seus dois filhos. Eles pareciam estar querendo isso com todas as forças. Aquelas bocas cravejadas de espinhas estavam praticamente babando pelo remédio.

— Acho que isso é com vocês — disse ela, dando um suspiro.

Quando os olhos de Jake finalmente conseguiram focalizar os arredores do Teatro Kronenberg, viu a irmã saindo pela Vitrine. Os alunos do segundo ano podiam almoçar fora do colégio, um privilégio que Janie parecia impaciente para usar. Ela martelou com o dedo várias vezes o botão do sinal para pedestres como um pica-pau, e Jake correu até ela, alcançando-a bem no momento em que o sinal ficou verde.

— Vai ao Baja Fresh? — perguntou ele, seguindo-a até a rua.

— Não amola — respondeu ela.

— Que foi? Por quê?

Janie parou de repente, plantando os pés no chão como se tivesse um freio neles.

— Você não viu o que aconteceu lá na Vitrine?

— Não — disse Jake, confuso. — O que houve?

Janie semicerrou os olhos.

— Nada — disse, fervendo de raiva, e seguiu em frente, soltando fumacinha.

— Espera aí! — E ele agarrou-a pelo cotovelo ossudo. — O que aconteceu?

— Acho que você estava ocupado demais azarando a inimiga para notar!

Jake corou.

— Não estávamos nos azarando.

— Ha.

— Somos só... amigos! — disse ele, todo atrapalhado. — Além disso, quem você pensa que é? Minha babá?

Janie se enfureceu loucamente e Jake recuou. Sua irmã às vezes podia ser um tanto intensa.

— Será que não se lembra de nada? — perguntou Janie. — Ela é aquelazinha! Que me chamou de "Pompidou" praticamente um semestre inteiro!

— Ah, foi?

— Fala sério, você tem uma memória de peixinho dourado!

— Ah, mas é melhor que ter memória de elefante.

— *Eu não sou elefante!*

Jake cruzou os braços na altura do peito e franziu o cenho, fitando o chão. Como era possível que ele e a irmã fossem gêmeos? Não pertenciam nem à mesma espécie!

— Como foi que isso aconteceu? — estrilou Janie, os olhos agora ficando meio vidrados. — Como é que você ficaram, entre aspas, "amigos"?

Antes que Jake conseguisse responder, uma buzina anasalada chamou a atenção dos dois. Olharam para cima e viram o Jaguar reluzente e cor de creme dobrando preguiçosamente a curva. Ela inclinou o tronco na direção da janela, seus cachos negros e brilhantes caindo pelos ombros cobertos por um casaco de capuz cinzento batido. A princípio aquilo deixou Janie meio confusa. Charlotte Beverwil não usaria um casaco com capuz nem morta. Depois notou um trequinho brilhando perto do zíper. Um bóton do álbum Amnesiac. Janie empalideceu de horror.

Ela estava com o casaco do seu irmão.

— Ei! — chamou Charlotte, dirigindo-se a Jake, com um sorriso ofuscantemente branco na direção de Janie. Janie fingiu não notar.

83

— Só um segundo — disse Jake, indo até o carro de Charlotte. O motor o recebeu com um ronronar gutural. A música saía pela janela pairando suavemente como fumaça de cigarro.

Assim como a fumaça do cigarro.

— Vamos ao Kate Mantellini — anunciou Charlotte, jogando a guimba do seu Gauloise de ponta dourada na rua. — Quer vir com a gente?

— Ah — disse Jake, erguendo e abaixando as sobrancelhas, surpreso. Um convite para almoçar no Kate Mantellini, a caríssima meca das saladas no Wilshire Boulevard, só podia significar uma coisa: ele havia passado no teste das Melhores Amigas. E a intuição de Jake estava correta. Depois de um brutal (porém necessário) interrogatório no banheiro, Kate e Laila haviam concedido a Jake o novo status de "gato". Em uma escala de uma até cinco borboletas, ele conseguiu atingir a espetacular avaliação de *quatro e meia* (infelizmente, por não ter sotaque britânico, perdeu alguns pontinhos). Usando o seu Treo novo em folha, Kate anunciou que Jake devia ser incluído no site administrado pelos alunos cujo nome era: Os Mais Cobiçados da Winston. Jake Farrish foi instantaneamente admitido.

Ele lançou um olhar ao banco traseiro do carro de Charlotte, onde Kate e Laila estavam sentadas olhando-se nos espelhinhos de dois estojos de pó compacto M.A.C., pretos e idênticos. No momento em que ele lhes dedicou sua atenção, os estojinhos se fecharam exatamente ao mesmo tempo. Elas voltaram-se para ele, dando-lhe sorrisos sincronizados realçados por brilho labial.

— E aí? — perguntaram as duas, em uníssono.

— Há... — E Jake voltou-se para consultar a irmã, mas ela já estava longe, na metade do quarteirão. — Tá — disse, por fim. — Acho que estou a fim de ser sequestrado.

Jake estendeu a mão para a porta do lado do passageiro do carro de Charlotte. A tranca abriu-se com um clique luxuoso, e ele abaixou-se, afundando no banco de couro macio feito manteiga. Charlotte inclinou-se para ele. Seu assento de couro soltou estalidos. Os olhos dela soltavam faíscas luminosas. E ela não estava cheirando a cigarro, nem um pouco. Cheirava a flor de laranjeira. Cheirava a chuva de verão.

Cheirava igualzinho a sua avó.

— Pronto? — perguntou Charlotte.

Jake não precisou responder. Ele já havia fechado a porta.

Tirando Amelia, o Caderno de Esboços Canson era o melhor amigo de Janie. Ela folheava revistas e desenhava as coisas que queria ter, as coisas de que precisava, as coisas que *não podia deixar de ter*. Quando ficava entediada, desenhava coisas que nem existiam. Ficava contemplando as vitrines de sua imaginação e desenhava o que encontrava. Vestidos de gaze tipo baby doll e vestidos de coquetel rabo-de-sereia. Mangas curtas e mangas longas românticas, mangas largas, mangas colantes. Saias com fendas e saias pregueadas. Blusões militares, blusões bufantes, jaquetinhas, capas impermeáveis. Desenhava anáguas. Calças apertadas, calças marinheiras, chapéus de caubói e barretes cilíndricos. Babados e franjas, laços e botões, fitas e faixas, fivelas e zíperes e gravatas e clipes.

Desenhava todas as coisas que *usaria* um dia — assim que tivesse coragem.

Mas naquele dia, ao sentar-se para almoçar no Baja Fresh em Beverly Hills, Janie desenhou por um motivo totalmente diferente. Abriu o caderno de esboços, preparando o lápis como um raio. Esfaqueou o papel com uma energia elétrica. Não era um simples desenho. Era, nos padrões do dr. Frankenstein e outros cientistas malucos, uma *criação*.

Primeiro ela desenhou seu modelo: uma garota esguia com cabelos castanho-claros e pernas de fechar o comércio (qualquer semelhança com ela mesma era pura coincidência). Depois desenhou uma camiseta preta e cortada nos ombros, uma hachura aleatória, que representava pontos vermelhos em torno da gola. Depois desenhou shortinhos. Bem curtos. Janie acompanhou os contornos com a pontinha da borracha, criando um efeito de luz refletida. Só um material reflete a luz assim: vinil. E ela iria cortar aquele modelo do vinil mais liso, mais elástico, mais sensacional disponível no mercado. O short ia aderir à sua pele feito gloss sabor de fruta. A cor seria vermelho cereja artificial.

Chamaria esse modelito de "Doce Vingança".

Depois acrescentou os escarpins. Pretos de bico arredondado e saltos tipo plataforma, com fitas que subiam entrelaçadas pela perna até o joelho. Janie semicerrou os olhos, avaliando sua obra, acrescentando uns dois centímetros a cada salto, para arrematar. Mais do

que três passos com sapatos assim, e ela ia se estatelar no chão como uma árvore cortada, para o mundo inteiro ver. Mas esses sapatos não tinham sido concebidos para andar.

Eram feitos para ficar de pé, com cara de mal com o mundo.

Janie passou aos acessórios. Nada de exagero: só umas pulseiras de couro, alguns alfinetes de segurança, cinco brincos, 11 anéis, dois cintos de correntinha e... uma tatuagem? Ela franziu o cenho, mordiscando a última cutícula que restava nos dedos... não conseguia se decidir.

— Número cento e oitenta e dois? Cento e oitenta e dois, seu pedido está pronto.

Janie empurrou para trás a cadeira onde estava sentada e se aproximou do balcão.

— Obrigada. — E fez um sinal com a cabeça, agradecendo e levando a bandeja até o balcão de molhos. Olhou suas opções: molho pico de galo, salsa fresca, chipotle, coentro picado, fatias de limão, pimenta em conserva. Desembrulhou seu taco, acrescentando um pouquinho de cada coisa. Sim, ela tinha mania de enfeitar demais as coisas, até mesmo os tacos.

— Ai! — exclamou uma voz masculina não identificada.

Janie relanceou os olhos para o cara que estava exatamente ao seu lado. Ele parecia uma versão menos carrancuda do Heath Ledger, um dos seus atores absolutamente preferidos. Era alto e forte, com membros bem tonificados e uma pele dourada e lisa. Seus cabelos de comprimento médio, também com reflexos dourados, terminavam em cachos ligeiramente enrolados em torno das orelhas. Suas mãos pareciam habilidosas e calejadas (pelo que Janie podia inferir) pelo surfe, e estava vestido de roupas de praia: shorts verde-oliva e chinelos de borracha, um blusão marrom bem folgado. Em suma: parecia o tipo de sujeito que não dirigiria a palavra a ela de jeito nenhum.

E mesmo assim...

— Como é que você consegue? — E ficou olhando o taco encharcado de molho salsa com uma expressão próxima do assombro.

— Ah... — respondeu Janie, um tanto chocada. — Não é tão apimentado assim.

— Ah, bom — disse ele, com um sorriso de orelha a orelha que revelou umas covinhas lindas de morrer. — Pra você talvez não.

Talvez não para *ela*? O que ele estava querendo dizer com isso?

Com toda a coragem que conseguiu reunir, Janie conseguiu olhá-lo nos olhos. Para sua surpresa, eles lhe pareceram familiares. Onde é que tinha mesmo visto aquele formato de meia-lua? Aquela mistura clorada de azul e verde?

— Evan! — Ao ouvir seu nome, o clone do Heath Ledger desviou a atenção de Janie para Joaquin Whitman, que estava com a cara esmagada contra a janela. — A gente tá aqui fora, maluco — chamou Joaquin, embaçando o vidro com seu hálito de maconha.

— Já vou — e o garoto chamado Evan dispensou Joaquin com um aceno.

— Você estuda na Winston? — perguntou Janie, incrédula. Será que ele tinha passado despercebido para ela esse tempo todo?

— Acabei de ser transferido — respondeu ele. — É uma longa história, sabe.

— Ah — disse Janie, concordando com a cabeça, e na esperança de parecer o tipo de garota que sabia tudo sobre longas histórias. Muito embora não soubesse nada. Sua própria história, se é que merecia esse nome, era bem curta. Além de insignificante.

— Meu nome é Evan — disse ele, estendendo a mão.

— O meu é Jane — respondeu ela. — "Jane" lhe pareceu mais sofisticado.

— Jane — repetiu ele, com um tom solene. Janie riu. Seria impressão dela, ou ele parecia um pouco com o Tarzan dizendo isso?

— Qual é a graça? — perguntou Evan, franzindo o cenho.

— Nada. — Ela sorriu. — É esse negócio, sabe, *você Evan, eu Jane*.

Ele pareceu confuso. Tentando desesperadamente forçá-lo a entender a brincadeira, Janie bateu no peito e soltou um grito de Tarzan.

Aaaaaiiiiaiiiiaiiiiaiiiia!

Fez-se uma longa e excruciante pausa. O zelador do Baja Fresh ergueu os olhos do seu esfregão. Ali perto, um envoltório de papel de burrito farfalhou.

— Ahhh, tá... — e Evan concordou, como se talvez ela fosse doida. Pegou sua bandeja e ergueu o queixo. — Até.

Janie correu para sua mesa e olhou o telefone: uma ligação perdida de Amelia. Olhou para o seu taco ainda intacto e ficou pensando no que devia fazer com a boca. Falar ou comer? Se comesse, ia ficar remoendo obcecadamente a breve e trágica conversa que acabara de ter com o garoto chamado Evan. Se falasse, porém, podia morrer de fome. Ok, talvez a escolha fosse óbvia.

Pegou o telefone e apertou o botão CHAMAR.

— A Criaturas de Hábitos vai tocar na SPACELAND! — explodiu Amelia, como cumprimento. Janie deixou o queixo cair ligeiramente. A Spaceland era, sem dúvida nenhuma, a casa de shows mais quente de Los Angeles, tendo lançado lendas da música tais como Elliott Smith, Death Cab for Cutie, Foo Fighters, Jurassic 5, The Shins, The White Stripes, Jet, Supergrass, Modest Mouse e Weezer. A lista continuava, interminável. Assim como a fila para entrar. Não que ela já tivesse visto o lugar por dentro: o mais perto que tinha chegado de lá fora o trecho de calçada irregular diante da entrada principal. Janie ficara contemplando a insípida fachada de cimento, perguntando a si mesma se havia encontrado o lugar certo. Se não fosse o letreiro de neon compacto no telhado, onde se lia SPACELAND, aquilo podia até ser um motel, possivelmente mal-assombrado. Naturalmente, ela esteve ali num domingo, no horário nada glamuroso de 14h45. A forte luz solar e o silêncio dominical expunham as boates como elas realmente eram: umas caixas pequenas, sem janelas, feias e deprimentes. Se ao menos ela pudesse ver como era a Spaceland em uma *noite de sábado*, quando a escuridão escondia as rachaduras e o neon iluminava o céu... Se ao menos pudesse passar por aquelas portas pesadas, grossas como as de um estábulo, descer aquele corredor negro que parecia uma garganta, e penetrar naquele pulsante e reverberante mundo interior...

Mas, naturalmente, não podia.

— Como você conseguiu marcar um show no Spaceland? — perguntou ela. — Não precisa ter 21 anos? — Ao contrário da maioria dos jovens da sua idade, Janie ainda não tinha descolado uma identidade falsa.

— Tem que ter 21 para *entrar*, não para *tocar* — explicou Amelia.

— Ah — respondeu Janie, ainda meio confusa. As bandas novas não deviam começar em lugares um pouco mais modestos? Não deviam primeiro treinar um pouco tocando em barzinhos, depois melhorar a técnica, conquistar um grupo de fãs, e ir subindo devagar, bem devagarinho?

Amelia parece que leu seus pensamentos.

— O Chris falou que gosta de jogar talentos novos no lado fundo da piscina. É nadar ou afundar.

— Quem é Chris?

— Chris Zane! — esclareceu Amelia, como se isso explicasse tudo. — O produtor musical!

— OOOOh — disse Janie fingindo reconhecer o nome.

— Nós nos conhecemos na festa de noivado da tia do Paul...

— Você foi a uma festa? — interrompeu-a Janie, sem conseguir esconder a mágoa na voz. Desde quando Amelia ia a festas sem convidá-la?

— Ai, J.! — gemeu Amelia, frustrada. — Fomos com a banda, para tocar! Não era exatamente uma *feeeesta*, festa. Era *trabalho*.

— Ah, sim — respondeu Janie. — Sei.

— Então, depois do nosso número, o Zane vem falar com a gente e diz: olha só, vocês estão *prontos para serem lançados*. E aí a gente diz, tipo, como é que é? E aí ele pegou o celular ali bem na nossa frente e liga para a Spaceland, tipo, ali mesmo! Na nossa cara! Foi tão... irado!

— Uau! — disse Janie, bem baixinho.

— Nossa — respondeu Amelia —, que uau mais chocho...

— Desculpa — suspirou Janie. — É que... acho que eu queria poder ir...

— Mas você *pode*!

— Teria que ser maior de idade!

— Garota, você não entendeu? *Você vai entrar com a banda!*

Janie ficou olhando fixamente para sua cestinha de chips de tortilha. Os chips apontava para ela como as flechas douradas do destino.

— Alô?

— Desculpa — disse Janie, tentando recobrar-se. — Acho... Acho que ainda não caiu a ficha...

Amelia riu.

— Olha só, você faria aquele vestido pra mim? Aquele que você desenhou na minha casa no final de semana passado?

— O da Vampira Leiteira de Londres? — E Janie procurou o esboço no seu caderno. Quando examinou o desenho, ficou desanimada. — Não tem como. Só o material iria custar tipo uns duzentos dólares.

— A gente levanta essa grana!

— Ah, sim, sei. — Janie revirou os olhos. Amelia era só a maior gastadeira do planeta.

— Bom, é nossa única opção — declarou Amelia. — Eu preciso ter aquele vestido.

— Sabe o que eu podia fazer? — disse Janie, pensativa. — Começar um Curso Especial.

— Um o quê?

— Um troço novo que inventaram lá na Winston. Podemos criar nossos próprios cursos, que podem ser o que a gente quiser. E eu podia começar, tipo, um Curso de Levantamento de Fundos para o Vestido da Amelia! — Janie riu da ideia. — Pronto, problema resolvido.

— Mas essa ideia é... — respondeu Amelia — totalmente brilhante!

— Eu estava só brincando.

— Bom, obviamente, não vai chamar o curso de Levantamento de Fundos para o Vestido da Amelia. Você pode chamar de Modelagem de Moda, ou coisa assim. E aí cobra uma taxa. Bem salgadinha. Obviamente aqueles bacanas da Winston vão ter grana pra bancar.

— Não sei, não — hesitou Janie.

— Janie, por favor, vai! — lamuriou-se Amelia. — Acabei de te convidar para vir aos bastidores da Spaceland passar uma noite inteirinha só olhando para a bundinha do Paul!

— Tá legal, tá legal — disse Janie, corando. — Vou propor um Curso Especial.

— Uhu! — comemorou Amelia.

— Não posso te prometer que alguém vai querer participar — acrescentou Janie.

Mas sua melhor amiga já havia desligado.

PROPOSTA DE CRIAÇÃO DE CURSO ESPECIAL

Nome: Janie Farrish
Ano: Segundo
Matrícula: 804-228
Título sugerido para o curso: Design de Moda

Por favor, defina seu curso especial no espaço abaixo:

Todos temos um Look perfeito na nossa imaginação. É o Look que não se consegue encontrar nas lojas de departamentos, nem em um brechó, nem em nenhuma butique retrô, por mais que se procure. Não importa quanto dinheiro você tenha ou o quanto procure: esses Looks não existem. Você tem que fazê-los. O objetivo do curso de Design de Moda é mostrar aos alunos como.

Forneça um plano de aulas provisório para um curso de dez semanas no espaço abaixo:

Primeira semana: Desenhar nossos Looks.

Segunda semana: Criticar nossas criações.

Terceira semana: Apresentação do desenho definitivo.

Quarta semana: Compra dos materiais. (***Talvez seja preciso obter doações ou promover algum tipo de evento para levantar fundos?)

Quinta à oitava semanas: Costurar a roupa. (Eu até sei costurar um pouco, mas seria bom se alguém que _realmente_ soubesse costurar também participasse do curso).

Nona semana: Crítica dos modelos prontos.

Décima semana: Desfile de moda.

Se pudesse resumir seu Curso Especial em uma só linha, qual seria?

Sua cabeça é o melhor shopping do mundo.

PROPOSTA DE CRIAÇÃO DE CURSO ESPECIAL

Nome: Charlotte Beverwil
Ano: Segundo
Matrícula: 804-663
Título sugerido para o curso: Círculo de Costura

Defina seu curso especial no espaço abaixo:

Meu interesse por costura começou com a dança. Como estudante de balé, sempre consertei as fitas das minhas sapatilhas e remendei meus figurinos. Decidi não parar por aí, pelo contrário, quero aperfeiçoar esse meu talento. Este verão estudei como fazer pregas na sede da Issey Miyake em Paris. Também estudei bordado na Escola de Passement Werk em Brugge, Bélgica. Infelizmente, devido a problemas familiares que estão fora de meu controle abandonei o curso antes de terminá-lo.

Durante centenas de anos, mulheres de todas as idades e nacionalidades se reuniram para costurar. Além de dividirem material e compartilharem umas com as outras os truques do ofício, elas trocavam entre si confidências e conselhos. A costura manual, porém, está virando coisa do passado, assim como os círculos de costura. Este curso especial dedica-se a ressuscitar uma tradição em vias de extinção.

Forneça um plano de aulas provisório para um curso de dez semanas no espaço abaixo:

Toda semana vamos trazer nossos próprios materiais, sentar em círculo e trabalhar. O curso deve desenvolver-se naturalmente, sem uma estrutura formal.

Se pudesse resumir seu Curso Especial em uma só linha, qual seria?

Não tire o olho da agulha.

PROPOSTA DE CRIAÇÃO DE CURSO ESPECIAL

Nome: Petra Greene

Ano: Segundo

Matrícula: 804-554

Título sugerido para o curso: Fibra Moral

Defina seu curso especial no espaço abaixo:

A obsessão por moda nesta escola é tamanha que chega a me dar nojo. Proponho uma linha de modelos que seja contra a moda, não a favor dela. O nome da minha antigrife é "Fibra Moral". Os cinco objetivos da Fibra Moral são:

1. Eliminar o anseio corrupto e imoral por peles e couro de origem animal.

2. Promover fibras naturais que não provenham de crueldade contra os animais, como cânhamo e seda de milho.

3. Defender corantes não-poluentes, como o suco de romã e a tinta de lula.

4. Protestar contra a dependência criminosa de mão-de-obra semiescravizada.

5. Estimular a consciência social.

É hora de mudar o foco do consumidor americano, deslocando-o do custo para a causa. Do mais-mais-mais para o mais-mais-moral.

Forneça um plano de aulas provisório para um curso de dez semanas no espaço abaixo:

PRIMEIRA SEMANA: APRESENTAÇÕES. EXERCÍCIOS DE CONFIANÇA.

SEGUNDA SEMANA: COMPRAR CAMISETAS DE ALGODÃO DA UNITED STATES OF APPAREL, ONDE NÃO SE EMPREGA A SEMIESCRAVIDÃO.

TERCEIRA SEMANA: DEBATER A PROPAGANDA RUIM DA UNITED STATES OF APPAREL. SERÁ QUE ELA EXPLORA SEUS EMPREGADOS DO SEXO FEMININO?

QUARTA SEMANA: DEVOLVER AS CAMISETAS.

QUINTA SEMANA: FAZER NOSSAS PRÓPRIAS CAMISETAS DO ZERO. TIE-DYE.

SEXTA SEMANA: CRIAR A GRIFE FIBRA MORAL. CADA UMA DAS ETIQUETAS TERÁ ESCRITO: 100% FIBRA MORAL.

SÉTIMA SEMANA: VENDER CAMISETAS PARA LEVANTAR FUNDOS PARA DOAR PARA INSTITUIÇÃO DE CARIDADE ESCOLHIDA. VENDA DE BOLOS VEGAN.

OITAVA SEMANA: COMPARECER A UMA REUNIÃO DO PETA.

NONA SEMANA: DEBATER TUDO QUE SE APRENDEU.

DÉCIMA SEMANA: MEDITAÇÃO SILENCIOSA.

Se pudesse resumir todo o seu Curso Especial em uma só frase, qual seria?

A MODA É UMA DROGA.

PROPOSTA DE CRIAÇÃO DE CURSO ESPECIAL

Nome: Melissa Moon
Ano: Segundo
Matrícula: 804-262
Título sugerido para o curso: Melissa Moon: O Curso

Defina seu curso especial no espaço abaixo:

Na grandiosa tradição de Jennifer Lopez e Oprah, sonho em ser mais do que apenas uma pessoa. Sonho em ser uma <u>grife</u>. Vejo "Melissa Moon: O Curso" como o primeiro passinho para que eu alcance este objetivo. Hoje, o curso; amanhã, o mundo.

Infelizmente, muitas pessoas acham que eu devia apenas pedir ajuda ao meu pai. Ele transforma joões-ninguém em ícones só estalando os dedos. Se quiserem uma prova, olhem a namorada dele, Vivien Ho. Ela passou de "dançarina gostosa desconhecida de clipe" a "princesa regente das bolsas de grife" em apenas uma hora. Com certeza, encontram-se as "Bolsas Ho" em lojas de departamento de luxo de Tóquio a Timbuktu, mas, fala sério, <u>e daí</u>? Foi tudo uma conquista do meu pai, não dela!

Eu nunca vou querer que digam "ah, aquela menina conseguiu tudo isso por causa da família que tem". A Paris Hilton tem que aturar isso. Talvez tenham razão. Mas <u>talvez não</u>. É realmente impossível saber, certo? Bom, quando chegar a hora certa, quero que as pessoas SAIBAM 100% sem sombra de dúvida: o sucesso da Melissa Moon é SÓ DELA. E o Curso Especial é exatamente o tipo de início modesto, bem básico, do qual eu preciso para provar meu valor. Porque o <u>meu</u> destino é fruto de TRABALHO ÁRDUO, NÃO DE VANTAGENS GRATUITAS!

Forneça um plano de aulas provisório para um curso de dez semanas:

MM1: Como grife, o que Melissa Moon representa? Qual o sonho que vendemos? Quem compra Melissa Moon? Debate aberto.

MM2: Encontrar nosso "visual". Criar uma grife.

MM3: Qual produto que a grife Melissa Moon vai lançar? Maquiagem? Perfume? Joias? Coleção de moda? Calendário? Disco?

RESPOSTA: TODAS AS OPÇÕES ACIMA. Maquiagem Melissa Moon: natural ou glam? Perfume: floral ou picante? Joias: ouro ou platina? Roupas: acessíveis ou alta-costura? Calendário: refinado ou sensual? Disco: pop ou aplaudido pela crítica?

RESPOSTA: TODAS AS OPÇÕES ACIMA.

MM4: Excursão à Rodeo Drive com fins instrutivos.

MM5-MM12: Acho que o restante do curso deveria ser planejado de acordo com as decisões do comitê. Creio firmemente que todos os integrantes da minha equipe deveriam ter uma oportunidade de apresentar ideias criativas próprias. Todos os componentes da equipe têm valor. Nunca pretendo passar a impressão de que "Melissa Moon: O Curso" gira apenas em torno da minha pessoa.

Se pudesse resumir seu Curso Especial em uma única frase, qual seria?

Faça da Moon uma Musa.

Quem: Srta. Paletsky
Look: Blusão folgado I.N.C na cor ameixa com ombreiras, calça marrom stretch de zíper lateral, botinhas acinzentadas, imitação de couro, brincos de ouro em formato de estrela-do-mar.

A Srta. Paletsky meteu a proposta de Melissa Moon no meio da enorme pilha de papel na sua velha escrivaninha de carvalho, ajeitando com a outra mão os óculos de leitura octagonais. Pressionou cada pálpebra fechada com o dedo. Continuou pressionando até ver fogos de artifício, que explodiram em torno de uma pergunta: será que todos aqueles estudantes eram completamente malucos?

Além da campanha de Melissa em prol da dominação mundial, a Srta. Paletsky havia lido uma proposta de uma Aliança da Hora da Sesta (por que só as criancinhas de 5 anos é que podiam se divertir?), um Grupo de Pedicure (pedicure, do latim "ped", que significa "pé", é uma arte antiquíssima), e a sociedade S&M&M (você gosta de jogar nos outros e/ou que joguem em você balinhas duras de chocolate?). Cadê os clubes do livro?, perguntou-se. Um novo partido político? Uma sociedade de idiomas? Um curso de culinária?

A jovem professora recém-contratada suspirou, preparando-se para a cansativa tarefa de compilar propostas diferentes que tivessem algo em comum, criando alguns cursos consistentes. Por exemplo, combinando-se a Aliança da Hora da Sesta com o Clube de Interpretação dos Sonhos, não só criaria uma proposta mais convincente como também garantiria o interesse de pelo menos dois alunos. Infelizmente, ia precisar deixar de lado o Grupo de Pedicure e a Sociedade S&M&M, colocando-os na pilha de REJEITADAS.

Trabalhou sem parar, escutando as Variações Goldberg de Johann Sebastian Bach a um volume excessivamente alto. Toda vez que chegava à proposta de Melissa, metia-a de novo no meio da pilha. A ambição da garota tinha algo de tocante (embora meio assustadora), de modo que a Srta. Paletsky não conseguia decidir onde colocá-la. Tinha acabado de colocar "Melissa Moon: O Curso" na pilha de REJEITADAS quando, durante as primeiras notas da Variação 20, leu uma proposta que gerou na sua mente uma centelha de inspiração. Uma proposta interessantíssima sobre uma aula de "Design de Moda", com uma série de desenhos criativos surpreendentemente muito bem executados. Estava na cara que a mocinha que havia desenhado aqueles modelos tinha talento.

Resolveu combinar "Melissa Moon: O Curso", "Design de Moda", "Círculo de Costura" e um curso esquisito porém bem-intencionado chamado "Fibra Moral". Abriu as quatro propostas em leque no meio da escrivaninha e balançou a cabeça, aprovando. Juntas, as quatro garotas talvez pudessem ter verdadeiro potencial. Sim, as ideias das meninas eram muito diferentes umas das outras, mas todas brotavam de uma mesma semente: a moda. A Srta. Paletsky escreveu os nomes delas na sua planilha de Excel impressa.

Melissa Moon. Janie Farrish. Charlotte Beverwil. Petra Greene.

A Srta. Paletsky sorriu, revelando seu canino trepado no incisivo. Ela gostava do som dos nomes delas, assim todos juntos. Soavam bem. Harmonizavam-se.

Pois é. Talvez uma professora de música tivesse percebido a dissonância.

Quem: Janie Farrish
Look: Jeans Seven surrados, camiseta regata de algodão azul-clara superlarga, tênis Puma vermelho, pulseiras de plástico pretas.

Quando tocou o sinal no quinto dia de aula, aquele agito geral de início de período e a fantástica sensação de novidade já haviam desaparecido completamente. O choque de cortes de cabelo radicais e perdas de peso drásticas já havia se dissipado. Os carros novos e vistosos já haviam envelhecido, canetas e compassos já haviam se perdido, os fichários já estavam arrebentados. As fofocas mais recentes já haviam circulado. Duas vezes. E já havia dever de casa para fazer até demais, pressão demais, sono de menos, tempo de menos.

Só que talvez o sinal de ressaca mais óbvio fosse a súbita irrelevância do verão. Como tema de conversas, o tal "o que eu fiz nas férias de verão" já estava muito, muito ultrapassado. Os únicos que ainda estavam nessa fase eram Jake Farrish e Charlotte Beverwil, que ainda consideravam o tema novíssimo e super em dia. Naturalmente, o "verão" não passava de uma fachada muito mal aplicada do *verdadeiro* assunto da conversa.

Os dois.

— Vamos ter que parar na casa da Charlotte na volta — informou Jake à sua irmã, enquanto se preparavam para sua viagem de volta no fim do dia.

— Por quê?

— Sei lá — disse Jake sorrindo e olhando para seu Nokia preto.

— Ela acabou de me enviar uma mensagem de texto.

— Ela te enviou uma mensagem de texto?!? — repetiu Janie, fazendo uma careta. — Vocês dois estavam *conversando* há, sei lá, dois segundos atrás!

— E daí?

Janie saiu da vaga tão depressa que Jake perdeu sua frase seguinte em meio a uma nuvem de poeira. Quando ela entrou no fluxo de tráfego, o carro cantou pneu, uma proeza e tanto para um Volvo.

— Qual o problema? — perguntou Jake, recostando-se no canto formado entre seu banco e a porta.

— Nada! *Você* é que está obcecado por essa Bever-vaca.

— Eu ainda não botei o cinto de segurança — observou ele.

A irmã ficou olhando fixamente para a frente.

— Eu não sou sua babá, esqueceu?

Quando era pequena, Janie tinha pesadelos repetidos. Em um deles, Jake caía em um poço coberto de trepadeiras. Em outro, uma escada rolante o comia vivo. Mas o que ela realmente detestava, o que a perseguia durante horas depois de ter acordado, era o sonho em que Jake entrava em um carro estranho e ia embora. Exatamente quando o carro dobrava numa esquina, Janie sentia uma coisa esquisita, como se fosse acontecer algo horrível.

Ela nunca saía com o carro antes que ele tivesse colocado o cinto. Nunca.

— Valeu — disse Jake, soltando o cinto passado sobre o ombro. Janie escutou o barulhinho produzido pela polia de náilon e a pancada da fivela contra a janela. Depois de alguns segundos, ela parou o carro de repente.

— Ok — resignou-se ela. — Põe o cinto.

Jake obedeceu, sacudindo a cabeça, exasperado. Aliás, aliviado. Uma coisa era ter que aturar a cólera da irmã, outra era ter que aturar sua apatia. O fato de ela ainda se preocupar com sua segurança, importando-se se ele ia sobreviver ou não, significava muito para ele. Significava tanto que ele teve vontade de abraçá-la. Jake olhou-a de soslaio. Não, decidiu. Estava emburrada demais para ser abraçada. Suspirou, resignando-se. Ia ter que se expressar de alguma outra forma, mais disfarçadamente.

E aí soltou um peido.

— Você é nojento! — explodiu Janie, abrindo a janela enquanto Jake soltava uma gargalhada maligna triunfante. Ela meteu a cara pela janela, respirando ar fresco. — Fala sério, o que está acontecendo?

— Foi mal. — E ele procurou fazer cara de "palhaço triste". Em retaliação, Janie lhe mostrou o dedo do meio. Jake arregalou os olhos, tocando a ponta do dedo dela com a ponta do seu.

— Amigo — disse ele na sua melhor imitação da voz rouca do E.T.

Janie recolheu a mão. Os cantos da sua boca mexeram-se, mas ela procurou conter-se. Se sorrisse, Jake venceria. Então cerrou os dentes.

— Como é que todo mundo na escola já sabia do seu Fantástico Verão Romântico antes de mim?

— Dá para parar de chamar disso? — gemeu Jake. — A gente só estava lá, de bobeira.

Janie soltou uma risada irônica.

— Olha só, a Charlotte e eu passamos 24 horas por dia durante três semanas em um *set* de filmagens no meio do nada. É esquisito. A gente fica, tipo, longe do mundo, num lugar artificial mas que é real. É muito intenso. A Charlotte para mim é... como se fosse uma companheira de *quartel*.

Janie olhou para o irmão como se ele houvesse acabado de confessar que tinha urinado em público.

— Tudo bem. — E concordou, com a cabeça, depois de uma longa pausa. — Eu te levo lá.

— *Obrigado.*

— Onde você disse que ela mora?

— Na Mullholland. — Jake sentou-se ereto no banco. — Logo a leste da Beverly Glen.

— Tá, mas só para você ficar sabendo — e ligou a seta —, vou contar a ela que você peidou no carro.

Jake fez cara de horrorizado.

— Vai nada.

Em vez de responder, Janie ligou o rádio e ficou balançando a cabeça ao ritmo da música feito um metrônomo enlouquecido. Jake ficou olhando para ela. O sorriso maléfico no seu rosto era bastante perturbador.

— Vai nada — repetiu ele, fingindo uma profunda convicção. No entanto, ele e o seu traseiro se comportaram direitinho durante o resto da viagem.

Quem: Don John
Look: Bermudas xadrez Vince, camisa polo Lacoste amarela, echarpe azul com franjas da Burberry, sandálias Gucci, arco plástico azul da Target

Se pedíssemos a Charlotte Beverwil para descrever seu quarto em uma só palavra, ela responderia *parfait*, palavra francesa que significa "perfeito", mas que os americanos usam para designar uma sobremesa gelada. Ela havia enfeitado a cama de mogno de quatro colunas, importada de uma loja chique da Martinica, com uma colcha de seda de brocado amarelo-limão e branco-suspiro. As fronhas dos travesseiros, feitas do mais fino algodão egípcio, eram cor de hortelã. Um biombo de papel de arroz antiquíssimo (séculos de idade), de Kyoto, encontrava-se meio desdobrado ao lado da sua minúscula lareira. Quando se acendia o fogo (ela procurava mantê-lo aceso durante a maior parte do tempo), o delicado desenho de flores de cerejeira se iluminava e bruxuleava como se fosse um céu estrelado. Como toque final, ela pendurou uma fileira de camisolas antigas ao longo das suas janelas de sacada que iam do chão até o teto. A lingerie esvoaçante e transparente iluminava-se com a luz solar, um efeito, segundo Charlotte decidiu, decididamente *parfait*: tão saboroso quanto uma sobremesa, superestético, inegavelmente *français*.

Mas naquela tarde, enquanto ela se segurava com todas as forças ao poste de mogno da sua cama, a palavra do dia era *dor*. Atrás dela, com o pé apoiado contra a cama, Don John, amigo de Charlotte, puxava as fitas do seu corpete verde-jade, apertando sua cintura já fininha para torná-la mais fina ainda, e a dor era quase insuportável.

Além de ser vizinho dos Beverwils, Don John, de 18 anos, era também confidente de Charlotte. Seu rosto arredondado, com narinas eternamente dilatadas, e olhos saltados como os de Bette Davis, não tinha nada de mais, e sua dedicação infindável às pinças e outros produtos de beleza Tweezerman, a produtos de salão de beleza para cabelos e a autobronzeador Guerlain tornava a situação dez vezes pior. Contudo, Don John estava convencido de que seu rosto era do tipo que viraria sensação em Hollywood da noite para o dia.

Seis semanas antes, Don John tinha fugido de Corpus Christi, Texas, mudado de nome (rejeitando o deprimente Dee Jay) e se mudado para a casa de hóspedes do vizinho, uma casa de tijolos que ficava ao lado da piscina pertencente ao vizinho idoso e paralítico dos Beverwils, um ex-produtor de Hollywood que atendia pelo nome de "Mort". Em troca de serviços de "limpeza simples da casa, preparação de refeições e conversação estimulante", Don John podia morar na propriedade de Mort sem pagar aluguel. Charlotte não fazia ideia de como ele conseguia prestar seus serviços a Mort e passar quase 24 horas por dia na casa dela, mas ele conseguia. E, se ela chegasse sequer a mencionar o emprego dele, Don John estalava a língua e dizia: "Ah, o velhote pode esperar." Quem era Charlotte para discutir? Ela *precisava* de Don John. Don John era o melhor estilista particular que uma garota poderia pedir a Deus.

Ou assim ela pensava até aquela tarde.

— Não dá para eu usar isso! — gritou Charlotte depois que Don terminou de apertar o corpete. Virou-se para um de seus vários espelhos com molduras douradas. — Pareço uma dançarina do *Moulin Rouge*!

— E...?

Don John jogou a cabeça para trás, perplexo. Que tipo de garota não ia querer parecer uma dançarina do *Moulin Rouge*?

— Anda, tira isso! Tira!

— Sim, srta. Charlotte — resmungou Don John como se fosse a Mammy de *E o vento levou*, que era o filme predileto de Don John. *Moulin Rouge* vinha em segundo lugar, quase empatado.

— Por que tudo me faz parecer como se eu estivesse me esforçando *demais*? — reclamou Charlotte.

— Porque você *está* se esforçando demais — respondeu Don John, sentando na beirada da cama dela. — Precisa *relaxar* um pouco. Não é o dia do seu casamento.

— Eu sei — suspirou ela, com um sorriso sonhador. E se ela e Jake realmente se casassem? Coisas mais estranhas que isso eram possíveis.

— Tá legal, tá legal, tá legal — e Don John estalou os dedos de unhas recém-feitas diante do rosto da moça. — Qual é o seu mantra?

— Amigos, amigos; roupas à parte — respondeu ela. Só que Charlotte nunca acreditara menos nesse mantra como agora. Tirou o corpete da cintura depois que Don o soltou e, como uma autêntica *chipie*,* jogou-o contra a parede. Don John não gostou.

---

* Gíria francesa para "vaca".

— Olha só o que você fez com o Dylan Leão! — ralhou ele.

Tecnicamente o corpete era da estilista britânica Vivienne Westwood, mas Don John jamais chamava as roupas pelo nome dos seus criadores. Tinha um método totalmente diferente, que impôs a Charlotte como um oficial militar. Conforme suas instruções, ela devia a) manter um diário com registros detalhados de cada look usado quando um rapaz a beijava; b) se o cara tinha chegado a *tirar* alguma coisa, dar o nome dele àquela peça de roupa. Além de "Dylan Leão", Charlotte batizou o seu corselete Chloé cor de lavanda de "Henry Fitzgibbon", seu bolero Nanette Lepore de "Max Bearman", e o seu minivestido com franjas Missoni de "Gopal Golshan". E também, naturalmente, não poderia esquecer Daniel Todd, o gatíssimo fotógrafo de 19 anos que tinha conhecido na Côte d'Azur na primavera anterior. Para sua última noite juntos, Charlotte tinha combinado um cardigã de cashmere curto e bem justo com uma saia Dolce & Gabbana, que tinha uma fileira emocionante de colchetes de gancho atrás. A maioria dos rapazes iria ficar meio chateada (será possível que não bastava o desafio de abrir um sutiã?), mas Daniel Todd conseguiu, gancho por gancho, argolinha por argolinha, até que, finalmente, a saia caiu no chão do quarto dele, vazia como uma sobrecapa de livro (e tão fácil de ler quanto). Momentos depois, Charlotte recompensou seus esforços com sua virgindade. E isso tornou o "Daniel Todd" a peça mais importante do seu armário.

— A peça mais importante *não* significa que o cara é o mais importante! — recordou-lhe Don John quando, três semanas após o acontecido, Charlotte estava jogada aos seus pés, soluçando. Já fazia três semanas que tinha voltado para Los Angeles e o tal Daniel ainda não havia telefonado. Muito embora ela tivesse lhe entregado sua flor.

Muito embora tivesse lhe dado *o buquê inteiro*.

— Sabe o que esse homem é? — tinha ralhado Don John. — Descartável! Uma coisa que você devia usar e depois *fuu*! Jogar fora!

— Mas *por quê*? — gemeu Charlotte, desesperada.

— Por que ele está fora de moda!

— Tem certeza? — lamuriou-se ela. — Quer dizer, como você sabe?

— Como é que a gente sabe? — repetiu ele para uma plateia invisível. Voltando a concentrar-se em Charlotte, fez a pergunta definitiva: — Charlotte, quem decide o que está na moda?

— A *Vogue*?

— A *Vogue* não! *Você*! Você é que decide!

Daquele dia em diante, Charlotte Beverwil mudou. Nunca mais ia deixar um cara significar mais para ela do que o mais recente acessório, um pingente ridículo que se pega num gesto impensado e se esquece ao se voltar da Neiman's para casa. Os caras não eram mais do que coisas que se usam num impulso, para reexaminar mais tarde em fotos e ponderar: "Mas onde eu estava com a cabeça?" Depois que se passa a ver os caras dessa forma, é bem mais fácil envolver-se emocionalmente. O que significa não se envolver. Durante meses Charlotte comportou-se dessa forma. Durante meses, ela se sentiu no comando da situação.

E aí conheceu Jake Farrish.

Só de pensar nele já se sentia toda derretida, feito um ovo de chocolate Cadbury esquecido ao sol. E pensar que antes nem sequer notava a existência dele... Pensar que não fazia ideia de como ele era maravilhoso! Isso parecia impossível agora, e no entanto, quem é que ia saber que por trás de todas aquelas espinhas havia um príncipe?

Quando Don John desapareceu no seu armário, Charlotte voltou a pensar na ideia de casamento. Quanto mais pensava nisso, mais inevitável parecia. Ela e Jake iriam se apaixonar perdidamente, namorar durante todo o Ensino Médio, e, devido a pressões externas, iriam se separar antes da faculdade. Charlotte ia estudar na *Sorbonne*, em Paris, sem consumir nada a não ser café e cutículas, e começar um caso destrutivo com um professor bonito porém cruel de... botânica. Enquanto isso, Jake iria herdar o serviço de copa do cinema, começar a pescar, começar a beber, e namorar uma ajudante de figurino de capacidade mental limitada chamada Charlene. Cinco anos depois, Jake e Charlotte iriam esbarrar um no outro (talvez em um posto de gasolina em Cherbourg, França?), olhar bem no fundo dos olhos um do outro, e então...

— É isso! — exclamou Don John, saindo aos pulos do armário dela segurando uma saia DVF vermelha pelos cantos da cintura, sacudindo-a feito um toureiro sacode a capa. — Concorda comigo?

14 de julho

Evento: Festa de Crepes Anual Comemorativa da Tomada da Bastilha de Kate Joliet no hotel Château Marmont.

Traje: Minivestido com franjas Missoni vermelho, verde e dourado, sandálias de plataforma douradas Lanvin, pulseiras de topázio da mamãe.

Acompanhante: Gopal Golshan, 1,78m, formado em Ciência Política pela Universidade Brown, pele perfeita, cabelos espessos e negros. Óculos de aviador Marc Jacobs, muito agressivo. Abriu o zíper do meu vestido no elevador mais ou menos às duas e quinze da madrugada. Vive la libération!

Charlotte suspirou.

— Não concordo.

— Então tá, quem é esse cara? — e jogou a saia no piso de parguê de nogueira e bordo. — O Orlando Bloom?

Ela se jogou na cama.

— Imagina o único cara no mundo que jamais sai de moda.

— Ai, meu amor. Tudo sai de moda.

— Nem tudo.

— Me diz uma outra coisa, então — desafiou-a Don John. — Além desse menino, quero dizer. E do Orlando Bloom.

Ela franziu a testa, pensativa. Devia haver *alguma coisa* que não saía de moda. E aí, uma inspiração lhe bateu:

— É isso! — e sentou-se na mesma hora.

— O quê? Que "isso"?

Charlotte encarou seu adorado confidente com uma expressão tão animada que ele chegou a estremecer. Bateu palmas feito um filhote de foca.

— Já sei o que vou vestir!

Quem: Blanca (sobrenome desconhecido)
Look: Saia até o joelho de lã cinza em tecido espinha de peixe, blusa de algodão cinza de abotoar na frente e com gola, avental branco, sapatos pretos Naturalizer de bico fechado e salto alto, tatuagem de cascavel na parte inferior da coluna (detalhe extraconfidencial).

Blanca, a *dame de la maison* dos Beverwils (termo francês para "mordoma"), abriu a porta para os gêmeos com uma leve mesura. Blanca era de primeira, sabia fazer mesuras como ninguém mais: convidativa mas ao mesmo tempo desdenhosa, respeitosa porém superior, educada porém desmoralizadora. Ela era alta e severa e sombria. Seus cabelos, negros e raiados de cinza, estavam presos na nuca, formando um coque do tamanho de uma bala de revólver. Sua pele — da cor do couro, mas fina como papel — revelava uma veia azul palpitante na têmpora. Seus olhos de pálpebras semicerradas reluziam como se houvessem sido tratados com várias camadas de vaselina. Sua boca era fina e larga como a de um sapo, fechada a ponto de parecer vedada e impenetrável. Será que uma boca daquelas conseguia falar? Comer? Será que conseguia rir?

Conseguia respirar, até?

Jake e Janie não ousaram perguntar. Seguiram a mordoma através dos portões de ferro trabalhado da casa dos Beverwils com a silenciosa reverência de órfãos de contos de fadas.

A Chateau Beverwil parecia uma típica mansão de Hollywood, só que com uma dose reforçada de hormônio do crescimento. A casa principal era no estilo colonial espanhol de 750 metros quadrados, com janelas e portas hondurenhas clássicas de mogno. Ao entrar, porém, as coisas antigas cediam lugar às ultramodernas. Tudo, desde as obras de arte abstrata até a mobília arrojadíssima, exibia linhas retas e límpidas. Até mesmo os raios do sol, que penetravam por janelas e claraboias impecavelmente limpas, pareciam medidos, controlados, projetados. Jake e Janie nunca tinham visto uma coisa igual. Era como entrar numa loja da Apple dos deuses.

Blanca fechou a porta com um estrondo firme. Janie prendeu a respiração quando duas pombas alçaram voo. Um instante depois, as pombas voltaram a pousar nas vigas expostas do teto, viraram-se de frente uma para a outra e começaram a arrulhar baixinho.

Depois emporcalharam de fezes o chão todo.

Sem hesitar, Blanca puxou um paninho de dentro das pregas de sua saia cinza-claro e ajoelhou-se no chão. Janie fez menção de ajudar, mas Blanca impediu-a com a mãozinha pálida. Janie afastou-se para um lado, permitindo que Blanca limpasse a sujeira com uma das suas patenteadas expressões ambíguas (dessa vez, repugnância e prazer.)

— Oi! — disse uma voz lá de cima. Os gêmeos viraram-se, deixando de contemplar o drama Blanca *versus* Pombas, e passaram ao alto de uma escadaria ampla e imensa. Charlotte estava lá de pé, com uma das mãos no corrimão de ferro trabalhado, a outra nos quadris angulosos, sorrindo. Estava com o vestidinho preto básico mais perfeito que Janie já vira. Era o tipo de pretinho que Audrey Hepburn usaria. O tipo de pretinho que toda menina *devia* ter, mas nenhuma jamais conseguiria. Era o pretinho básico mítico. O pretinho básico dos sonhos. O pretinho básico que nunca sai de moda. Jamais.

— Obrigada por ter vindo — disse Charlotte, descendo as escadas delicadamente. — Se não cuidar dessas coisas na hora, *nunca* cuido. Sabem o que quero dizer?

Eles não sabiam.

— Eu não contei a vocês? — E Charlotte levou a mão à testa, tocando-a de leve. (Por que estava agindo como se fosse uma atriz canastrona?) — Jake, há..., você esqueceu uma coisa no meu carro, sabe...

— Esqueci? — disse ele, ainda com cara de perplexo.

Charlotte virou-se para Janie com um sorriso trêmulo. Se Janie não a conhecesse muito bem, acharia que estava nervosa. Mas meninas como Charlotte nunca ficavam nervosas.

Ou ficavam?

— Dá para me esperar só um segundo? — pediu Charlotte. E subiu, mais rápido do que havia descido, requebrando-se toda, balançando a bundinha, os pés escorregando para fora das chinelinhas de salto baixo. Jake não pôde deixar de contemplar.

Janie não pôde deixar de contemplar o irmão contemplando.

Depois que sumiu de vista, Charlotte saiu correndo pelo corredor e bateu à porta do irmão mais velho com toda a força. Adorava ter uma desculpa para bater com toda a força. Seus nós dos dedos angulosos eram mais duros que metal.

— Que é? — E ele surgiu por fim, o rosto amassado revelando uma tremenda irritação. Charlotte havia interrompido uma série de abdominais fundamental, mas não ligou. Arrancou o fone de ouvido do iPod da orelha dele como se fosse uma erva daninha.

— Você precisa me ajudar. Agora.

— Há... não — respondeu ele, tentando fechar a porta.

— É importante! — E Charlotte segurou a porta com seu pezinho tamanho 35, rápido como um raio. O irmão gemeu.

— Você já não tem o *Bombom* pra te ajudar?

— Don John — corrigiu ela. — E ele está levando o Mort para um passeio. — E empurrou a porta, invadindo o quarto dele, fechando-a atrás de si. Encostou-se contra ela, o peito arfando, ansiosa. — Tem uma garota lá embaixo — informou ela, baixinho.

— O quê?

— Precisa distraí-la.

— Por quê? Quem é ela? — indagou ele, começando a ficar desconfiado. Charlotte suspirou fundo, preparando-se para uma longa explicação. Seu irmão interrompeu-a como se fosse um guarda de trânsito. — Pode parar! Pode parar! Nem precisa começar — ordenou. Ela fechou a boca. — Está bem — ele continuou, depois de se sentir mais seguro. — Tudo que eu quero saber é: ela é gostosa?

Charlotte franziu o nariz ao ouvir a palavra "gostosa". Sabia que devia dizer sim, mas estava se sentindo meio frustrada. Tinha feito a maior força para tratar Janie bem — tinha até dito *olá* — e

Janie tinha semicerrado os olhos como uma víbora. É verdade que Charlotte implicara com ela no primeiro ano, mas isso tinha sido, tipo, um ano antes. Janie Farrish devia deixar disso. Esse negócio de guardar rancor era coisa de velhotas e integrantes de quadrilhas, não de jovenzinhas atraentes. As jovens atraentes viviam obcecadas *consigo mesmas*, não com os *outros*.

Seria possível que a Janie não soubesse que era atraente?

Afinal de contas, sua transição de Ignorável para Adorável tinha acontecido numa velocidade supersônica, e mudanças de identidade rápidas assim podiam causar pane geral do sistema. Mas enquanto Jake estava encarando sua mudança com uma tranquilidade impressionante, Janie estava surtando. Charlotte concluiu que ela estava sofrendo de uma crise aguda de Complexo de Patinho Feio, ou "CPF". Charlotte ficou preocupada, não porque gostasse de Janie, mas porque se preocupava por seu futuro com Jake. Se o complexo da irmã dele ficasse sem solução, Janie iria continuar rancorosa, e seria capaz de dizer ou fazer qualquer coisa para virar Jake contra ela.

Charlotte não ia deixar isso acontecer de jeito nenhum.

— E aí? — indagou Evan. — Ela é gostosa ou não?

— Ela é... bonitinha. — conseguiu admitir Charlotte. O irmão ergueu as sobrancelhas, interessado. Conhecia a irmã muito bem. Charlotte insistia que suas amigas, que pareciam uns cachorros pelados de maquiagem, eram "engraçadinhas". Só as mais gostosas conseguiam inspirar aquela descrição ressentida "ela é... bonitinha".

— Bonitinha, é?

Charlotte sorriu. Conhecia o irmão muito bem. Nada o deixava mais assanhado do que um "ela é... bonitinha". Agora Evan ia azarar Janie até dizer chega, o CPF da Janie ia desaparecer num instante e Jake finalmente iria pertencer, verdadeira e completamente, a Charlotte.

— Como é? — Charlotte conteve um sorrisinho presunçoso de triunfo. — Vai ou não vai?

Ele vestiu uma camiseta limpa sobre seus queridos músculos abdominais cuidadosamente cultivados e respondeu:

— Vou.

Evan ficou pasmo ao constatar sua imensa sorte. Não somente a tal menina era gostosíssima como também era "aquela" menina gostosíssima. Aquela que estava com aquele vestido. Ou seria aquela coisa verde uma saia? Como qualquer cara que se prezasse, ele jamais conseguia se lembrar da diferença.

Desde que a conhecera no bar de tacos, tinha decidido perguntar quem era uma menina chamada "Jane"; ninguém parecia saber de quem diabos ele estava falando. Não havia como eles se esbarrarem na aula (Evan estava no último ano, e Jane devia ser ou caloura ou do segundo ano). A próxima Assembleia iria ser dali a dois dias. Ele ficou fazendo hora no Baja Fresh, mas não conseguiu encontrá-la mais. Estranho. Winston era uma escola relativamente pequena. Será que uma menina feito aquela podia simplesmente desaparecer?

E aí, como num passe de mágica, ela reaparecia no vestíbulo da mansão dos seus pais?

Evan desceu as escadas ruidosamente, descalço, cumprimentando-a com seu melhor sorriso de gato irresistível.

— E aí?

— Aí — gaguejou Janie. — Há, oi. — Seu pé virou-se na direção do tornozelo, como costumeiramente acontecia sempre que ela ficava perturbada. *O clone do Heath Ledger é irmão da Charlotte?* Não era possível. Se seu pé virasse mais um grau, seu tornozelo ia se partir.

— Eu estava começando a pensar que tinham te sequestrado — brincou ele.

— O quê? — E Janie sentiu as faces corarem. — Por que você ia pensar que... Há. Sequestrada? Não.

Jake assistiu a essa interação entre Evan e Janie com a testa franzida, meio desconfiado.

— Vocês se conhecem?

Jane confirmou e negou com a cabeça ao mesmo tempo. Não podia dizer que conhecia Evan. Ao mesmo tempo, não podia dizer que não o conhecia. Só podia dizer, com certeza, que, num esforço frustrado para fazê-lo rir, tinha imitado o Tarzan em pleno restaurante mexicano, atingindo níveis de pagação de mico que jamais deveriam ser atingidos. Quando se lembrava da cena (*Aaaaiáááiááááíááái ááái ááá*), ficava mortificada demais para respirar. E por isso, das quatro vezes que tinha avistado Evan no campus nos últimos dois dias, tinha procurado rapidinho um lugar para se esconder.

— Meu querido Evan, leva a Janie para conhecer a casa! — ordenou Charlotte do corredor. E puxou Jake pelo cotovelo.

— Então... — disse Evan, depois que os irmãos dos dois se foram.

— Então... — disse Janie, em resposta. Naturalmente tinha ouvido falar que o irmão de Charlotte tinha voltado para Winston para fazer o último ano do ensino médio lá, exatamente como o cara do Baja Fresh tinha dito. Como é que não tinha pensado em juntar dois e dois? Por que não tinha sacado que o irmão da Charlotte e o clone do Heath Ledger eram a mesma pessoa?

— Será que eu posso... há... trazer alguma coisa para você beber? — perguntou ele, desesperado para preencher aquele silêncio. — Um *spritzer*?

— Claro — respondeu Janie, seguindo-o até a cozinha supermoderna e monocromática. Evan puxou a porta pesada de uma geladeira Sub-Zero, que fez um som semelhante a um beijo estalado e com muita pressão. Encontrou uma Orangina e entregou-a a ela, abrindo a tampa.

— Obrigada. — Ela tomou um golinho bem rápido antes de devolver a garrafa ao balcão. Eles se postaram um de cada lado do balcão gigantesco da cozinha, que tinha tampo de granito. Evan pôs as mãos em ambas as quinas do balcão, de frente para Janie como um oponente de *air hockey*. Até que não seria má ideia improvisar uma partidinha de *air hockey* ali mesmo, percebeu, ansioso.

— Gostei da garrafa — comentou Janie, virando a Orangina para o rótulo ficar de frente para ela.

— Você é igualzinha à minha irmã — respondeu Evan, querendo se mostrar simpático. Charlotte gostava tanto das garrafas dos produtos que não as jogava fora. Enfileirava-as nos peitoris das janelas do quarto como se fossem soldados de vidro.

— Não me pareço nada com sua irmã — respondeu Janie, com uma risadinha.

— É — disse ele, sorrindo. — Acho que não.

— Sério? — perguntou Janie, pensativa. — Acha mesmo que não somos *nem um pouco* parecidas?

Evan deu um suspiro profundo. Aquele seu comentário sobre a irmã tinha sido meramente fortuito e descartável. Como tinha se transformado naquele, digamos assim, assunto *tão sério*? Mas Janie estava esperando ele responder, e era melhor ele inventar qualquer coisa. Coçou a parte de trás do tornozelo com o chinelo e refletiu. Sua irmã era baixinha. Janie era alta. Sua irmã tinha cabelos encaracolados. Janie tinha cabelos lisos. Sua irmã era sua irmã. Janie *não era* sua irmã.

— Acho que vocês são bem diferentes — concluiu.

Ela concordou. Claro que ele ia dizer que eram diferentes. Charlotte era linda, autoconfiante, rica, bem-vestida, bem-vista. Janie não era. Ela cruzou os braços sobre o peito e ficou olhando o chão.

Evan levou meio segundo para perceber que tinha pisado na bola (por quê, ainda era um mistério), mas antes que pudesse retirar o que havia dito, Jake entrou na cozinha.

— Jake! — exclamou Janie, aliviada.

Jake ficou parado, com um sorriso rasgado a ponto de lhe distorcer o rosto.

— O que foi? — indagou Janie.

— Nada — respondeu ele, de um jeito meio vago, como quem disfarça. — Oi, e aí? — disse ele, cumprimentando Evan com a cabeça.

— Tudo certo — disse Evan, cumprimentando-o também com a cabeça.

Janie virou-se para Evan, meio acenando.

— Foi bom te conhecer. De novo.

— É — murmurou Evan, enquanto a via sair. Seus quadris estreitos oscilaram como um pêndulo de relógio. *Desculpa, cara*, pareciam dizer. *Seu tempo acabou.*

Evan contornou devagar o balcão da cozinha e tentou compreender o que tinha acabado de acontecer. Olhou para a Orangina quase intocada de Janie, suas palavras ecoando-lhe nos ouvidos. Posso te oferecer um *spritzer*? E encolheu-se ao lembrar disso. Que cara em sã consciência usava a palavra *spritzer*?

Evan agarrou a garrafa de Orangina pelo pescoço, levou-a até a pia e virou-a no ralo. O líquido cor de laranja escorreu, gorgolejando e espumando. Ele ficou observando-o um instante, depois abriu a torneira, deixando a água correr. O líquido sumiu na mesma hora, eliminado da sua pia para sempre.

Se ao menos ele conseguisse tirá-la da cabeça...

Se ao menos ele conseguisse tirá-la da cabeça...

Apenas 23 minutos antes, Charlotte Beverwil tinha puxado Jake para dentro da lavanderia, onde, entre o zunido e as emissões de vapor de uma lavadora e uma secadora de aço polido, tinha lhe dado, afinal, "aquilo que ele tinha esquecido no carro". Jake estava esperando que ela lhe devolvesse seu suéter de capuz. Ou talvez seu CD do Arcade Fire. Em vez disso recebeu um beijo sôfrego, apaixonado, daqueles que se dá empurrando o outro contra a parede. Não era o que ele estava esperando.

Era exatamente o que estava querendo.

Só que agora, sentado no Volvo com sua irmã emburrada ao volante, o pânico tinha começado a surgir. Porque o que pegava era o seguinte: Charlotte Beverwil tinha experiência. Aliás, de acordo com seu colega Tyler, ela nem mesmo tinha ido à tal escola de bordado na Bélgica. De acordo com seu colega Tyler, a tal "escola de bordado" tinha sido só uma metáfora bem elaborada para esconder, sabe como é. "É, até eu faço esse tipo de bordado", zombou ele, enquanto amarrava o sapato ao lado do armário de Jake na escola. "A agulha entra, a agulha sai. A agulha entra, a agulha sai. Já *viu* o que que ela estava fazendo lá na tal da *Bélgica*, né, cara."

Jake bateu a porta do armário, fazendo uma careta para o amigo.

— Cara, você é tão idiota quanto parece quando fala assim?

Mas Tyler tinha razão. Meninas como Charlotte não trepavam apenas. Elas exsudavam sexo. Eram o próprio sexo. E decididamente não se davam ao trabalho de aturar uma viagem longa até a Europa só para bordar. Não restava nenhuma dúvida, Charlotte Beverwil tinha experiência. E experiência levava a uma outra palavra temida começada com ex: expectativas. Uma gata como Charlotte tinha muitas expectativas, e Jake não sabia se conseguiria corresponder. Afinal, ele ainda era virgem. E se ela descobrisse? E se ela tivesse conseguido perceber de alguma forma? Jake empalideceu ao pensar nisso. Se Charlotte soubesse que ele era virgem, ia perceber que ele não era nada descolado, e Jake ia se transformar no pior tipo de ex que existe:

O ex-pseudonamorado.

Jake podia resumir toda a sua vida sexual em apenas uma menina: Melody Chung. Tinha conhecido Melody na última primavera no curso avançado de Kumon, uma aula de matemática ensinada de acordo com um método japonês muito exigente. Melody Chung tinha pele morena, cabelos lisos e negros e franja comprida e fina. Usava sandálias de dedo com saltos de plataforma e enrolava a bainha da calça jeans. Tinha uma boquinha pequena e linda, da mesma forma e tamanho dos clipes de borboleta que usava para prender os cabelos, e uma sarda na orelha direita.

À primeira vista, Melody parecia tímida e meiguinha. Mas não era. Cantava as equações como se fosse uma ditadora. Batia com a caneta Hello Kitty como se ela estivesse conectada a um dispositivo explosivo. Gostava da expressão: "Qual o problema, você é burro?" Mas gostava de Jake. E cheirava a balinha de goma sabor morango. Jake gostava quando ela se sentava ao lado dele durante a aula. E quando continuava sentada ao seu lado, mesmo *depois* da aula, Jake gostava ainda mais. E aí, assim de uma hora para outra, Melody Chung perguntou se ele gostaria de sentar-se com ela "lá fora".

Eles começaram uma sessão de amasso meio desesperado no beco atrás da Igreja Unitarista em cuja sala alugada eram dadas as aulas do Evergreen Kumon. Ouviam a aula dos iniciantes, que era logo depois da deles, cantarolando pelas janelas abertas: *cinco vezes dois, dez! Cinco vezes três, quinze! Cinco vezes quatro, vinte!* Jake e Melody sugaram-se mutuamente no beco até o *nove vezes onze*, e aí ele cometeu o erro de tocar em um dos seios de Melody, que lhe meteu a canetinha da Hello Kitty nas costas. Isso deu um súbito fim ao amasso.

No dia seguinte, Melody evitou-o. Recusou-se até a olhar para ele ou falar com ele, a menos que se contasse a hora em que Jake não conseguiu se lembrar de um número primo, quando ouviu (baixinho, do fundo da sala) ela dizer: "Qual o problema, você é burro?"

E foi isso. A experiência de Jake, bem resumida. Toda a história (sem a glória). Ele não era páreo para Charlotte. Nem mesmo dava para competir. Fala sério, onde ele estava com a cabeça?

No momento de maior entusiasmo do amasso deles na lavanderia, Jake tinha se afastado de Charlotte e olhado para o chão, sério.

— Que houve? — indagou ela.

— Nada. É que... — E ele tentou pensar em alguma coisa para dizer, tudo menos a verdade. Charlotte cruzou os braços na altura do peito, quando Jake olhou para cima, contemplando seus olhos, aquelas piscinas verde-azuladas, sem conseguir dizer nada.

E ela pigarreou.

— Isso tem alguma coisa a ver com a sua irmã?

— T-tem — concordou Jake, antes que pudesse pensar bem na resposta.

Sentiu-se mal pondo a culpa em Janie, mas o que ia fazer? Pôr a culpa na sua ridícula falta de *culhão*? Na *Charlotte*? Jake tapou os olhos com as mãos. Se ao menos não gostasse tanto dela... Seria tudo tão mais fácil!

Mas ele gostava dela, sim, e nada era fácil.

— Quer ouvir um CD? — perguntou Janie, interrompendo os pensamentos do irmão. Com um pouco de esforço, Janie conseguiu trazê-lo de volta à realidade do Volvo. Lá atrás, os portões automáticos da mansão Beverwil fecharam-se, trancando-se. A grade de ferro trabalhado estremeceu.

Jake vasculhou o estojo dos CDs.

— Põe esse aqui — disse ele entregando-lhe um CD do Elliott Smith.

— Ô-ôu — disse ela, examinando a escolha dele. — Acho que alguém está meio tristinho...

— Ah, me deixa — respondeu ele. Mas sem muita convicção.

— Ei... — disse Janie sorrindo. — Tudo bem. Eu também estou meio tristinha.

Depois disso, deixaram o Elliott Smith expressar o que sentiam. Jake encostou a cabeça na janela, observando o sol desaparecer atrás de um véu de poluição cor de ferrugem. Sem dúvida, a roupa dos Beverwils tinha terminado de lavar e secar agora: estava dobradinha em quadrados perfeitos, guardada dentro daquelas altas cômodas de cedro da Suécia, descansando naquela escuridão perfumada de cedro. A imagem preencheu Jake com uma dor estranha, oca. Seus pensamentos rodopiavam-lhe pela mente como lençóis na secadora, recusando-se a secar.

Quem: Melissa Moon
Look: minissaia de sarja A&G, camiseta de algodão rosa Rebecca Beeson, colete acolchoado prateado da Baby Phat, mules prateados com salto agulha e detalhes em strass, brincos de argola de platina do tamanho de um pires, mãos feitas (esmalte "Paparazzi", da Chanel)

Melissa Moon não estava contente.

Sua proposta de curso especial — que tinha passado três horas inteiras escrevendo, perdendo uma consulta de terapia com cristais muito necessária — tinha sido rejeitada.

Não só tinha sido rejeitada, como também arrastada e sequestrada por outra proposta de curso especial. Uma coisa chamada... espera só um segundinho...

Geração de Tendências.

Como se ela fosse se matricular em uma coisa com um título assim tão chinfrim e ralé.

Felizmente, Melissa não era do tipo que ficava só sentada aceitando tudo. Era do tipo que agia. Deixou o cartão da biblioteca de lado e começou a andar. Seus saltos agulha ressoavam feito tiros. Seu chiclete Canela Infernal estalava como um chicote.

— *Aimeudeus!* — gritou Deena à sua esquerda. Melissa a deteve com a mão, num gesto bem clichê mas sempre confiável. Deena ficou passada, mas ela que se tocasse.

Agora não era hora.

Melissa abriu de supetão a porta verde-escura da sala da Srta. Paletsky.

A diretora de Cursos Especiais ergueu os olhos da tela do computador e olhou para a porta, sorrindo por trás de seus óculos octagonais sem grife. Só de ver aqueles óculos, Melissa sentiu vontade de gritar: "Vou te dizer cinco palavrinhas! *Armação Gucci retangular de tartaruga!* Compra uma, antes que eu te dê um bofetão e faça voar essas placas de trânsito horrorosas da tua cara!"

Mas ela não disse nada.

Em vez disso, perguntou, na voz mais gentil possível:

— Posso fechar a porta?

E a Srta. Paletsky convidou-a para sentar-se. Melissa olhou para o sofá verde aveludado, onde a Srta. Paletsky tinha arrumado uma fileira de almofadinhas em que se viam bordados alguns animais selvagens. Uma codorna bordada encontrava-se ao lado de um coelhinho bordado. Um esquilo bordado comia uma noz bordada. Aquelas almofadas estavam deixando Melissa bordadamente desconfortável. Principalmente a de esquilo, que parecia estar olhando direto para ela.

— Tudo bem? — perguntou a Srta. Paletsky, naquele seu sotaquezinho eslavo que mais parecia o ronco de um motor. Perguntou-se por que Melissa continuava de pé, olhando estranho para o sofá, como se ele tivesse ofendido a honra da sua família.

— Não exatamente — suspirou Melissa, empoleirando-se na pontinha do braço meio afundado do sofá. Agarrou a almofada de esquilo e apertou-a no colo. — Meu curso especial... — começou, fazendo uma pausa para dar ênfase — foi rejeitado. — E deu um suspiro pesado, esperando que a professora se desmanchasse em mil desculpas. Mas a Srta. Paletsky não fez nada, só deu um sorriso e fez uma cara de boazinha.

Foi de morrer de raiva.

— Eu estava pensando, sabe — continuou ela, adotando um tom mais firme —, se não teria sido, assim, um engano?

A Srta. Paletsky uniu as mãos macias até elas se apoiarem como uma batata no seu colo.

— O... — e pigarreou. — O principal engano, acho eu, foi a palavra "rejeitado". Sua proposta não foi rejeitada. Foi *aceita* e *combinada* com outras propostas para ficar mais forte.

— Está dizendo então que minha proposta era *fraca*.

— Não estou dizendo isso — respondeu a Srta. Palesky com um sorriso meigo. — Todas as quatro propostas foram bastante fortes. Mas como tinham muita coisa em comum...

— Não tenho nada em comum com gente que pensa que "Geração de Tendências" é um nome legal para um curso.

— Bom, fui eu que inventei esse nome, não elas — admitiu a Srta. Paletsky, meio constrangida. Pensava que o nome "Geração de Tendências" era bastante criativo: uma nova *geração* de garotas que *geravam* as novas tendências. Sacaram? — A Srta. Paletsky apertou sua almofada estampada de florzinhas, meio envergonhada. — Tenho certeza de que você e as meninas podem bolar alguma coisa... como dizem mesmo... mais atraente.

— Mais atraente que Melissa Moon? — perguntou Melissa, incrédula. — Se "Melissa Moon" não for atraente, não sei o que é.

— Por que não sugere isso às outras e vê o que elas pensam? — sugeriu a Srta. Paletsky.

— Não posso. Elas iriam achar que eu sou uma egocêntrica.

A professora soltou uma risadinha de leve.

— Você não é egocêntrica. (Para quem não sabe, o cargo da Srta. Paletsky exigia que ela desencorajasse os alunos de se verem como egocêntricos. Mesmo quando eles eram mesmo.)

— Ora, *eu* sei disso — disse Melissa, caindo para trás no sofá de veludo. — Meus *amigos* sabem disso. Mas todos os outros vivem dizendo: "Ah, a Melissa! Ela se acha!" Muito embora eu não me ache coisa nenhuma.

— Claro que não.

— Eu só tenho uma personalidade forte!

— Exato.

— Acho que meu Curso Especial deveria ser comigo e com minhas amigas — concluiu Melissa. — Minhas amigas entendem meu jeito.

— Claro — disse a Srta. Paletsky. — Suas amigas são apaixonadas por moda como você?

— São sim. Elas compram coisas, tipo, o tempo todo.

A Srta. Paletsky ergueu as sobrancelhas e tirou os óculos.

— É assim que você define paixão? Pelo consumo?

Melissa teve a sensação de que não era exatamente isso.

— Pois saiba que — disse a Srta. Paletsky — Charlotte Beverwil estudou bordado e confecção de renda com freiras belgas. — Ela abaixou os óculos colocando-os no colo, esfregando a lente esquerda com a ponta do cardigã. — E Janie Farrish desenha e produz suas próprias roupas. — Passou da lente esquerda para a direita com a ponta do cardigã. — E a Petra Greene quer criar sua própria grife, exatamente como você.

— A Petra quer criar uma grife? — zombou Melissa. — Qual vai ser o nome, Baranga Mischka?*

— O que estou tentando lhe dizer — continuou a Srta. Paletsky, recolocando os óculos — é que é possível que você seja mais bem-sucedida com *elas* do que com amigas que só sabem comprar até cansar.

Melissa riu.

— Nem pensar.

— Muito bem — disse a Srta. Paletsky. — Talvez eu tenha pulado alguma coisa. Explique por que acha melhor trabalhar com suas amigas.

— Amigas são leais.

— Bom! — aprovou a Srta. Paletsky. — Que mais?

Melissa refletiu bem, mas a única coisa que conseguiu lembrar foi de "diversão", e, em termos de argumentação, "diversão" não seria a coisa mais convincente. Ela havia observado o pai. Começar um negócio exigia concentração e trabalho árduo, não diversão.

Ela ia precisar usar outro argumento.

— Nada é mais importante que lealdade — declarou.

— Talvez. Mas... lealdade sem independência — deu de ombros a Srta. Paletsky — é coisa de cachorro, não é?

---

* Referência à marca Badgley Mischka.

Sentindo-se tremendamente humilhada, ela deu razão à professora. Por mais que Melissa as adorasse, suas amigas, ela precisava admitir, não tinham nada em mente em matéria de carreira, nem eram muito inteligentes. Na verdade, elas tinham, sim, algo em comum com os cachorros (por mais limpinhos e adoráveis que fossem os cãezinhos), mais do que ela havia notado até ali. Melissa comprimiu os lábios, acompanhando a beirada da almofada com o dedo. Por mais que adorasse pensar em começar um negócio com um bando de adoráveis lulus da Pomerânia, não era uma coisa prática.

— Entendi — admitiu ela, depois de fazer uma pausa. — Estou entendendo o que você quer dizer.

Ela olhou para cima, e ficou satisfeita ao constatar que a expressão no rosto carregado de pó-de-arroz da Srta. Paletsky era de puro choque. Melissa sabia que, quando dizia o que devia, as pessoas faziam cara de susto. Ela se levantou, devolvendo a almofada ao seu lugar no sofá. Estranho. O esquilo, por algum motivo, lhe pareceu mais bonitinho. Suas bochechas pareciam mais... bochechudas. Até a noz dele parecia mais... tentadora.

— Tudo bem, então — concordou ela. — Vou tentar.

— Maravilha! — disse a Srta. Paletsky, radiante, unindo as mãos e apertando-as de encontro ao coração.

Melissa foi até a porta, depois percorreu o corredor e saiu ao sol.

— Adorei essas almofaaadas! — cantarolou. E depois foi embora.

A Srta. Paletsky ficou olhando a porta aberta. Por mais que se parabenizasse pelo sucesso com Melissa Moon, não podia deixar de pensar nas outras três meninas. Cada qual tinha entrado na sua sala convencida de que Geração de Tendências era a pior ideia do mundo. E, ao contrário da Melissa, nada que a Srta. Paletsky pudesse dizer iria convencê-las do contrário.

Ela olhou de relance pela janela da sala. Se a Geração de Tendências se desfizesse, seu emprego praticamente perderia o sentido. E ela precisava daquele emprego. Era a única coisa que lhe dava uma desculpa para sair de casa, afastar-se de Yuri, o homem obeso e com roupas manchadas de suor que era dono da loja de cópias e impressões em Fairfax. Mas Yuri era cidadão americano. Se a Srta. Paletsky não encontrasse outra alternativa, e rápido, iria se casar com o Yuri para poder obter seu visto de residente. Ela e Yuri... *casados*! Ela inclinou a cabeça para trás, para não deixar as lágrimas caírem na mesa. Esperava que as meninas dessem uma chance a esse curso.

Talvez elas pudessem fazer seu vestido de casamento.

Quem: Petra Greene
Look: Saia longa de fibra de cânhamo cor de amêndoa, *colant* de listrinhas coloridas, bata de chifon amarelo, bolsa estilo cult com estampa de oncinha, fitas de papel de presente com desenhos de trevos de quatro folhas.

— Será possível que você não pensa em mim? — indagou a mãe de Petra. Ergueu a faca de cortar carne, partindo uma maçã com um golpe certeiro e ruidoso. Montes de frutas fatiadas estavam de cada lado dela como se fossem areia na balança da justiça.

— Você está fazendo *mais uma* torta? — perguntou Petra, deixando cair sua fiel bolsa no piso de lajotas italianas, e depois encostou-se na geladeira rosa-argila e cruzou os braços.

— As filhas que gostam da mãe — continuou Heather Greene, erguendo a faca uma segunda vez — não andam por aí vestidas assim. Filhas que gostam da mãe (*tec-tec-tec*) vestem-se direito. Porque a aparência delas (*tec-tec-tec*) reflete a educação que receberam!

— Por que a mamãe está zangada? — perguntou Sofia, puxando a parte de trás da saia de Petra.

— Mamãe está chateada com o traje que a Petra escolheu, querida — explicou Heather.

— O que é *traje*? — berrou Isabel da outra sala.

— Isabel, OLHA O VOLUME! — gritou Heather da pia da cozinha, fechando os olhos com força. Depois de uma pausa tensa,

Isabel apareceu à porta, procurando endireitar a alça torcida do seu avental azul-marinho.

— O que é *traje?* — perguntou ela baixinho a Petra.

— Ela não gostou das minhas roupas — respondeu Petra, ajoelhando-se para endireitar a alça da irmã.

— Mas fui eu e a Sofia que escolhemos!

— É — repetiu a Sofia, baixinho. Aos 4 anos e meio, o único dever de Sofia constistia em dizer "é" depois de cada coisa que sua irmã de 6 anos e 3 meses falava. E levava essa tarefa muito a sério.

— *Fomos* eu e a Sofia — corrigiu a mãe, virando-se para Petra.

— É verdade?

— A Isabel não está gostando porque agora tem que usar uniforme, portanto eu lhe disse que, se ela quisesse, podia escolher as roupas para mim. Não me importo mesmo.

— Eu posso ser criativa o quanto quiser! — declarou Isabel com os lábios franzidos, desafiando a mãe.

— Estou vendo. — Heather fez força para sorrir, passando uma vista rápida de olhos na última seleção de Isabel. Petra estava arrastando uma saia comprida de cânhamo de um tom marrom meio pardo, combinando-a com um *colant* de listras coloridas e uma bata dos anos 1950 de chifon amarelo. Chifon amarelo *rasgado*. Seus cabelos pendiam em duas longas tranças embaraçadas, uma ligeiramente mais grossa que a outra, atadas com fitas de papel de embrulho.

Heather desviou os olhos da sua filha mais velha e rasgou o alto de um saco de açúcar mascavo para abri-lo.

— Não é hoje a primeira reunião do seu curso de moda?

— É. — E Petra fez uma careta. Ainda não tinha conseguido entender como havia sido convencida a perder seu tempo com aquela besteira.

A mãe, porém, tinha adorado.

— Não acha que devia usar alguma coisa que expresse a *sua* noção de moda, não a da sua irmã de 6 anos? — E esvaziou o saco de açúcar em uma tigela de metal grande, produzindo um som semelhante a um sinal distante de uma escola. — Já sei! Que tal aquele lindo vestidinho de alcinha da Miu Miu que compramos em Florença?

— Está se referindo ao vestidinho de alcinha da Miu Miu que *você* comprou, né? — disse Petra. — O que expressa a *sua* noção de estilo, não a minha?

Heather suspirou enquanto usava o rolo de massa, aplicando todo o peso de seus 42 quilos em uma bola de massa esbranquiçada.

— O que houve com você? — perguntou. E desviou o olhar para Isabel e Sofia, arregalando os olhos para impressioná-las. — Quem foi que raptou minha filha, minha filha *linda*, e substituiu-a por essa *mendiga*? — As duas garotinhas, que achavam o vocabulário dos adultos hilário, puseram-se a dar risadinhas. Heather sorriu, encantada. Petra mal tomou conhecimento da cena. Estava ocupada demais, de olhos pregados nos balcões de mármore rosado, nas pilhas de farinha meio desmoronadas, nas maçãs e no açúcar, nas cascas de ovos quebrados, vazias, ainda pingando clara. A visão a deixou apavorada. A mãe só cozinhava quando não estava comendo. E só deixava de se alimentar quando não estava tomando remédios.

— Mamãe, você não fez quatro tortas semana passada?
— Eu gosto de fazer tortas! — exclamou Heather, triufante, enquanto esfregava as mãos uma na outra. — E o jantar da Sherry está chegando.
— É, daqui a três semanas.
— Estou aperfeiçoando uma nova receita, tá? Tente não ser tão *crítica*.

Só que não dava para Petra fingir que não via. A primeira vez que a mãe tinha resolvido "aperfeiçoar uma nova receita" tinha feito 28 tortas em apenas uma semana. Logo depois se internou no que o pai de Petra, Robert, chamava de "retiro restaurador de relaxamento" e o resto do mundo, de "hospício". Três semanas depois, quando a mãe voltou, Robert anunciou a decisão mútua de adotarem mais crianças. De acordo com ele, a depressão da esposa se devia a uma "falta de responsabilidade". Quando Petra começou a achar que isso devia ter alguma coisa a ver com Rebecca, a recepcionista boazuda do pai, que ainda era estudante universitária, o pai desatou a rir sem parar. "Não seja ridícula!"

Dois meses depois, eles trouxeram Isabel e Sofia para casa, e Rebecca foi "dispensada".

A mãe de Petra rasgou uma folha de papel-alumínio na beirada da caixa, brandindo-a como se fosse um escudo.

— Que lado eu viro para cima? — Petra ouviu-a dizer, distraidamente. — O brilhante ou o fosco?

— O brilhante! — Sofia e Isabel responderam, batendo palmas e pulando. Em geral suas filhas pequenas preferiam o lado brilhante.

— Eu já volto — anunciou Petra à mãe. Saiu da cozinha e apertou o número 3 no celular.

— Consultório do dr. Greene — disse uma voz melosa do outro lado da linha. — Um momento, por favor. — Antes que ela pudesse dizer "OK", uma explosão de violinos vibrantes, a música de espera da linha, começou a tocar: as Quatro Estações de Vivaldi. (O dr. Greene só tocava uma estação, a Primavera, sem parar. Era uma piada interna com seus pacientes.)

Clique.

— Consultório do dr. Greene — repetiu a voz, como se fosse uma secretária eletrônica.

— Vicki? — perguntou Petra.

— É a Amanda que está falando.

— Posso falar com a Vicki, por favor? — Vicki, uma cinquentona loura, animada e desinibida, já era recepcionista do pai fazia três anos, usava sombra com brilho e pontuava suas risadas com uma tosse seca. O pai dela jamais pensaria em dar em cima de Vicki (e nem Vicki ia querer saber dele).

— A Vicki já não trabalha mais aqui faz alguns meses — suspirou Amanda. — O que deseja?

Petra protegeu o bocal do receptor com a mão, virando-se para a parede.

— Alô? — insistiu Amanda, com um suspiro.

— Desculpa, mas... como você é?

— Hein?

— Petrinha, meu bem — gritou Heather. Ao ouvir o som da voz dela, Petra quase deixou o telefone cair. Encerrou a chamada apertando o botão END com o polegar e soltou o ar devagar, voltando à cozinha. — Você vai chegar atrasada — alertou-a a mãe.

— Desculpa — disse Petra, observando a mãe enquanto ela moldava o papel-alumínio em volta da beirada de uma fôrma de torta. O lado fosco estava virado para cima.

☮ ☮ ☮ ☮

Aos 16 anos, Petra ainda não tinha carteira de motorista. Não porque tivesse sido reprovada na prova (errara só uma pergunta). E também não era, ao contrário do que todos presumiam, para preservar o meio ambiente (seus pais prometeram dar a ela qualquer híbrido zerinho que ela quisesse). Ela não dirigia porque morria de medo. E quanto mais tempo ficava sem carteira, mais apavorada ficava. E quanto mais apavorada, *mais ficava parecida com a mãe*.

O que a apavorava mais do que qualquer outra coisa.

— Bom dia — disse Lola, a babá das garotinhas, alegremente, quando Petra se sentou no banco da frente do gigantesco Hummer preto dos Greenes. — Todo mundo de cinto?

— SIM! — gritaram Sofia e Isabel do banco de trás, remexendo-se sob os cintos de segurança.

— Quase — disse Petra. — Bebel, pode me passar um refrigerante?

— Aham. — Isabel usou ambas as mãos para abrir a minigeladeira do carro. Petra estendeu a mão por trás dela.

— Obrigada. — E sorriu, descansando um refrigerante de *grapefruit* no colo da sua saia de cânhamo grosso. Olhou pela janela quando Lola deu ré, saindo da garagem. A melhor maneira de descrever a casa de Petra seria dizer que parecia uma mistura bizarra entre o Capitólio e um prostíbulo de Nova Orleans: uma monstruosidade carregada de excessos e cheia de colunas brancas e ferro trabalhado, portas envidraçadas e escadarias glaciais. As paredes externas eram rosa-amarelado, como *sorbet*. As cercas vivas eram cubos rígidos, simétricos. E no meio disso tudo, cercado por cascalho de um branco faiscante e canteiros de petúnias em formato de meias-luas, o orgulho e a alegria do pai: uma escultura de mármore de Afrodite que pesava duas toneladas. Dr. Greene adorava mostrá-la aos seus convidados, apontando seus "vários" defeitos físicos. "Está vendo?", dizia, enquanto dava tapinhas no traseiro avantajado da estátua. "Até mesmo o corpo da deusa da Beleza poderia ser melhorado."

Petra apertou a testa contra a janela, deixando as saliências do asfalto lhe chacoalharem os miolos. Imaginou se um dia eles não chegariam ao ponto de lhe tirar o juízo.

Talvez já tivesse acontecido isso.

Assim que Lola a deixou na entrada sul da Winston Prep, Petra foi direto para o ginásio, cujos fundos davam para a base da encosta íngreme e enlameada de um morro; depois de subir só um pouquinho, ela podia desaparecer de vista. Pendurou-se no galho de uma árvore e subiu, agachando-se entre as folhas decompostas, depois abriu seu refrigerante e o esvaziou no chão. O líquido transparente ferveu, formando pequenos rios que saíram escorrendo pelo solo.

Petra tirou um grampo de um cacho de cabelos embaraçados, meteu-o no alto da lata e fez um furinho. Podia fazer um cachimbo com qualquer coisa: latas, maçãs, garrafas de xampu, sabugos de milho, dicionários. Aos 16 anos, Petra estava para os cachimbos assim como Martha Stewart estava para os arranjos de centro de mesa.

Ela espalhou um tiquinho de maconha sobre o furo e, usando o isqueiro azul de vidro que Theo havia lhe dado durante a excursão a Joshua Tree, acendeu o cachimbo. Aspirou a fumaça, enchendo os pulmões até sentir cócegas na garganta, fechou os olhos, e ficou escutando o treinador Bennett gritar, ao mesmo tempo em que várias bolas de basquete batiam no chão, os tênis guinchavam, as bolas faziam *sproing!* quando erravam a cesta.

— Vamos suar a camisa, moçada! Vamos, suando a camisa! Lembrem-se, vocês estão treinando é pra ganhar! Pra ganhar! Pra ganhar! Pra ganhar!

Petra soltou a fumaça: *ganhar... jantar... murchar... pecar... girar... gargalhar...*

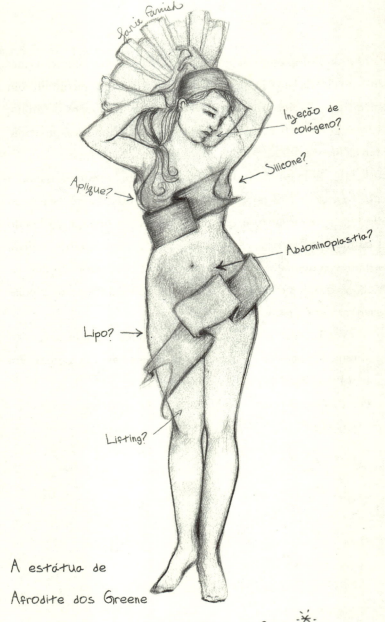

Quem: Charlotte Beverwil
Look: Vestido de seda Anna Sui com estampa de rosas amarelas, anágua cor de marfim com renda antiga na borda, casaquinho de balé de caxemira verde-musgo, sapatos de plataforma verdes Charlotte Ronson, brincos longos de ouro.

Quando se tocava no nome de Janie Farrish, Evan ficava estranhamente calado. Aliás, quanto mais perguntas Charlotte fazia, mais ele parecia se fechar. Quando ela fez as últimas três perguntas, suas respostas se limitaram a grunhidos semelhantes aos de um troglodita.

Charlotte: Você azarou ela?

Evan: Ahseilá.

Charlotte: Acha ela bonita?

Evan: Ahseilá.

Charlotte: Não beijou ela, beijou?

Evan: Sácu! Dápralargádumeupé?

Felizmente, além do francês, Charlotte era fluente em língua de troglodita. Entendia Evan perfeitamente. Seu irmão não só tinha achado Janie linda, como também estava *gostando* dela. E isso significava que Janie Farrish tinha conseguido, sem grande esforço, algo que era o sonho de todas as meninas da Winston Prep. (Todas menos Charlotte, é claro). Kate já estava tentando conquistar Evan desde que tinha começado a andar. Laila tinha reunido uma coleção não-tão-secreta de cuecas samba-canção usadas dele. E três anos antes, quando Evan tinha saído da Winston para estudar em um internato em New Hampshire, Aiden Reese chorou até perder a voz.

Charlotte ficou otimista. Janie já devia ter deduzido o que Evan sentia a essa altura, o que significava que muito provavelmente seu CPF já devia estar se reduzindo bem devagarinho. Charlotte agora só precisava entrar na jogada e selar o pacto. Ia rir das piadas de Janie. Ia elogiar seus sapatos. Ia lhe perguntar que xampu ela usava. A meta era aumentar os níveis de autoconfiança dela até as nuvens. Se ela fizesse a jogada certa, na hora do almoço Janie já teria esquecido que antes a odiava.

Charlotte chegou à escola de vestido Anna Sui justo de cintura alta, com um estampado de rosas amarelas feito a mão. Ela tinha recortado as rosas da beirada de uma toalha de mesa antiquíssima, e aí, com uma paciência de Jó, aplicado as flores a mão no vestido. Adornou uma flor aqui outra ali com uma lantejoula prateada, criando um efeito de orvalho matinal. Charlotte gostava de redefinir suas roupas com um toque pessoal. Assim, tudo que usasse seria exclusivo.

De acordo com sua pesquisa, rosas amarelas simbolizavam recomeços, perdão, amizade. Charlotte saiu do Jaguar cor de creme, as faces já coradas de expectativa. Se Janie a perdoasse até a hora do almoço, ela e Jake podiam passar para a etapa seguinte do relacionamento antes mesmo do quarto período. Só esse pensamento já deixava Charlotte empolgada a ponto de quase estourar. Ela girou em torno de si mesma, descrevendo uma ligeira pirueta, bem ali no meio da Vitrine.

E foi aí que aconteceu uma coisa.

Charlotte viu Jake ao lado dos salgueiros da Winston e acenou para ele; um aceno tão vistoso, amplo e alegre que, por um momento, sua mão se transformou no seu coração. Quando sua mão se abriu, o coração se abriu também. E quando a mão agitou-se, flutuando ao seu redor, o coração fez o mesmo. E juntos explodiram, dizendo olá, olá, um milhão de olás!

Só que Jake não retribuiu o aceno. Deu uma olhada de relance para o lado de Charlotte, penetrou na selva de armários e desapareceu de vista.

Se aquilo era uma brincadeira, Charlotte não achou nenhuma graça.

Abaixou a mão, deixando-a pender ao lado do corpo. Suas amigas morderam os lábios, daquele jeito como quem diz *coitadinha dela*.

— Que foi? — ralhou Charlotte.

— Nada — responderam elas, todas juntas, com vozinhas agudas.

— Pode ser que ele só não tenha te visto — sugeriu Kate, os lábios torcendo-se num sorriso. E rapidamente escondeu a boca com a mão.

— Mas *claro* que ele não me viu — disse Charlotte, fazendo cara feia e alisando a saia do vestido. — O sol estava batendo direto nos olhos dele.

Duas horas depois, eles se esbarraram na Passagem, mas, ao contrário de Charlotte, que reduziu a velocidade e sorriu, Jake só *continuou andando*.

— Oi — cumprimentou, pigarreando, virando-se para encará-la. Mas continuou andando, um pé após o outro, tropeçando para trás como se estivesse sendo sugado por um aspirador. — Eu... vou ter que... — e indicou alguma coisa atrás de si com o polegar. Charlotte ficou parada olhando. Na noite anterior, depois que se beijaram (aquele beijo de parar o coração na lavanderia!) Jake levou a mão à face dela, passou o polegar no arco da sua sobrancelha, desceu pela bochecha, até que, finalmente, sôfrego, encontrou sua boca. Charlotte ainda podia sentir o gosto do polegar dele em sua boca.

E agora estava apontando para a porta com o mesmo polegar?

— Eu tenho que... até mais... — gaguejou Jake, fingindo que não tinha outra opção. E retirou-se assim, sem mais.

Ok, pensou Charlotte, tentando se acalmar. *Talvez ele esteja atrasado para alguma aula. Talvez não esteja se sentindo bem. Ou talvez, o sol esteja lhe batendo nos olhos* muito embora para isso o sol tivesse que mudar de direção, passar por uma janela e refletir-se em um espelho.

Foi só quando ele chegou para a aula de Física Avançada e sentou-se *do outro lado da sala* que Charlotte foi obrigada a aceitar o óbvio. Jake Farrish estava lhe dando um gelo. Enquanto a Sra. Bhattacharia falava monotonamente sobre a lei da inércia, Charlotte rasgou um quadradinho minúsculo de papel e o alisou na carteira. Winston proibia o uso de celulares na sala de aula, portanto todos recorriam à antiga tradição de passar bilhetinhos. O que era irritante. Passar bilhetinhos não apenas era demorado e altamente arriscado como, também um imenso desperdício de papel. No mês de abril anterior, todo o corpo discente havia se reunido para tentar reverter aquela proibição dos celulares. Mas a campanha deles "Salve um celular, poupe a celulose" não deu em nada.

Charlotte protegeu o quadradinho de papel com a mão em concha. Nas letrinhas mais microscópicas que conseguiu traçar, escreveu:

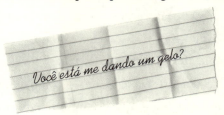

Cutucou Kate com a caneta, entregando-lhe o bilhete. Charlotte viu seu bilhete sendo passado de uma carteira para outra. Quando chegou a Jake, ela sentiu uma ligeira náusea. Mas ficou com os olhos pregados, esperando a reação dele. Quando viu, passados alguns minutos, que ele não erguia os olhos, Charlotte desistiu e ficou de olhos pregados na capa do seu livro de Física Avançada. Agora só lhe restava esperar. Ele devia estar escrevendo alguma explicação longa e detalhada. Por que outro motivo estaria demorando tanto a responder?

Por fim, depois de muito esperar, ela sentiu a ponta do lápis de Kate no cotovelo e virou-se. Agarrou o bilhete e o comprimiu contra o colo, abrindo-o com o cuidado com que abriria uma caixa da Tiffany.

Charlotte virou-se para olhar nos olhos dele. Jake continuava de olhos pregados no quadro-negro.

"*Ah, mas parece que está*", respondeu ela, cutucando Kate de novo. E aí Charlotte ficou olhando para o quadro-negro também. Porque Jake não era o único que conseguia ficar olhando para um quadro-negro como se ele tivesse a chave do universo inteiro, ora!

Quando o bilhete foi respondido, Charlotte deixou-o no canto da carteira, recusando-se a lê-lo até — como a Sra. Bhattacharia pediu que a turma fizesse — que ela abriu o livro na página 38. Aí desdobrou o bilhete, fazendo o máximo para permanecer calma.

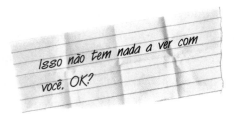

E quando a aula terminou, Jake passou pela carteira de Charlotte e lhe puxou um dos cachinhos. Um toque dele. Ela se derreteu toda, de tão aliviada que ficou, e sorriu.

Mas ele já havia saído da sala.

Charlotte apareceu para a primeira reunião do Geração de Tendências dez minutos antes da hora marcada. Comparecer a qualquer lugar dez minutos antes da hora, quanto mais a uma coisa tão sem graça quanto o "Geração de Tendências", só poderia significar uma coisa: ela estava deprimida. Charlotte só estava sentindo vontade de se sentar no peitoril da janela e meditar sobre sua vida triste e patética. O céu estava azul. O pátio estava vazio. Os galhos dos salgueiros pendiam tão pesados quanto seu coração.

E aí, do nada, ele apareceu. Ela ficou assistindo enquanto ele caminhava até o meio do pátio. Seus olhos estavam pregados no chão, a mão segurando a alça da mochila. Ele deu um chute em alguma coisa que não deu para ver o que era. Depois parou e olhou em torno de si. Uma sombra sobressaía do bico do tênis All Star dele como se fosse o ponteiro de um relógio. Estava sozinho.

Quem ele estava procurando? Estaria procurando por ela?

Antes que ela pudesse começar a sentir uma ponta de esperança, Janie entrou no palco, vinda da esquerda, e arruinou todo o espetáculo. Ela correu para o lado do irmão e parou, com uma das mãos nas cadeiras, a outra gesticulando. Enquanto ela fervia mais que uma chaleira, Jake concordava, com uma expressão solene. Parecia estar concordando com alguma coisa. Mas com quê?

Charlotte desdobrou o bilhete de Jake talvez pela octagésima oitava vez naquele dia.

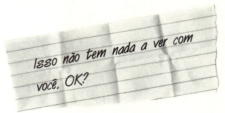

Sua capacidade analítica começou a funcionar instantaneamente. Se "isso", ou seja, aquele comportamento estranho não tinha nada a ver com ela (ou seja, Charlotte), então "isso" (ou seja, o comportamento estranho) tinha a ver com *outra pessoa*. Alguém próximo. Alguém influente. Alguém cuja opinião era importante.

Alguém como Janie.

Ontem mesmo Jake estava dividido entre duas lealdades: amor e família. Ontem mesmo ele *estava inclinado a escolher o amor*. Mas agora, sem aviso, tudo tinha mudado. Com uma falta total de respeito para com seus poros, Charlotte pressionou sua testa contra o vidro. Janie ainda estava por lá, mandando nele.

O que ela estaria dizendo, droga?

Infelizmente, Charlotte não podia fazer nada senão imaginar. E o que imaginou a deixou furiosa. Naturalmente, depois de tanto sofrimento e confusão, a ira era um alívio bem-vindo. A ira sugou a tristeza azulada de suas veias e as preencheu com um novo veneno ardente. Ela sentiu-se viva. Poderosa.

Quando Janie entrou na sala de aula, as rosas do vestido de seda de Charlotte brilhavam como sinais de trânsito amarelos. E como qualquer um que tenha passado em uma prova de motorista da Califórnia pode lhe confirmar, amarelo significa *Reduza a velocidade, Prossiga com cautela.*

Janie não fazia a menor ideia do que a aguardava.

Janie sentou-se à sua mesa e esboçou um sapato de salto alto com bico pontudo. Quando ela não sabia o que desenhar, desenhava sapatos de salto alto e bico pontudo. Deixava aqueles desenhos nos post-its ao lado do telefone, nos cardápios de papel dos restaurantes, nos cantos dos papéis de exercícios. Deixava-os atrás de si como migalhas pontudas. Era capaz de desenhá-los até de olhos fechados. Mas não ousava fechar os olhos. Não nesse momento em que *elas* estavam ali, esperando como serpentes para dar o bote. A essa altura, Janie sentia-se nervosa demais até para piscar.

Indo até a frente da sala, Melissa Moon empoleirou-se de lado na mesa do professor como se sentasse em uma sela, e ficou folheando o número mais recente da *Vanity Fair*. Seu jeans de cintura baixa e a blusa tomara-que-caia cor de melão de tecido fofo emolduravam um trecho estreito de barriga supersarada, tonificada ao extremo pelas aulas de Krav Magá frequentadas por ela durante todo o verão. Estrelinhas brilhavam em seus enormes brincos, em seus sapatos de salto agulha prateados, na tirinha "acidentalmente" exposta de sua calcinha fio dental enfeitada com brilhantes. Mas tudo isso era obscurecido por seu reluzente brilho labial da M.A.C. Janie imaginou o La Brea Tar Pits dali a mil anos, quando os paleontologistas encontrassem os dois lábios de Melissa, perfeitamente preservados, feito mosquitos em uma gota de âmbar cristalizado.

Charlotte escolheu a beirada do parapeito, da qual ficou olhando para fora como um gato birmanês. Seu vestido de cetim justo exibia um buquê de rosas amarelas. Ela havia atado na cintura um cinto preto e fino. Como sempre, ela parecia miúda, refinada e enjoativa de tão doce. Só olhar para ela já dava em Janie um enjoo no estômago.

Janie estava com uma blusa extralonga sem mangas azul-turquesa, calça Levi's de boca larga, e tênis Puma amarelos e batidos.

Percebeu que estava vestida de um jeito meio brega, mas, depois de todo aquele fiasco da minissaia, tinha desenvolvido uma preferência por roupas bregas.

— Muito bem — suspirou Melissa, consultando o relógio. Fechou a revista e depositou-a no colo com um golpe decisivo. — Vou fazer a chamada.

Janie deu uma risada. Ela não podia estar falando sério, podia?

— Charlotte Beverwil? — E Melissa apoiou um caderninho branco cintilante contra os quadris, posicionando sobre ele a caneta roxa.

— Presente — respondeu Charlotte.

— Janie Farr-íche?

— Fár-rish — corrigiu Janie.

— Ah, sim. Janie Farrish está presente?

— Presente — respondeu Janie para o seu caderno de esboços. Centenas de sapatinhos de salto alto enxameavam pela página como abelhas.

— Petra Greene?

— Ah, Melissa — resmungou Charlotte, do parapeito da janela. — Faltou. *Obvie*.

— Com sua licença, mas se é para levar esse curso a sério, vamos precisar de organização.

Charlotte soltou uma risada curta e desdenhosa.

— Este curso é uma piada.

Melissa fuzilou-a com o olhar com a intensidade de um laser para eliminação de pelos.

— Melissa Moon — continuou ela, com os dentes cerrados. — Presente.

— Ei — disse Petra, metendo a cara um tanto embaçada pela fresta da porta. — É aqui o...? — E as três garotas esperaram, enquanto Petra subitamente examinou com extrema atenção um raio de sol.

— ...Geração de Tendências — terminou Janie para ela.

— É um título *provisório* — interrompeu Melissa, enquanto Charlotte soltava risadinhas disfarçadas contra a janela. Melissa fingiu que não viu. — Você está atrasada — informou ela à princesa predileta dos drogados da Winston.

— Ops! — Petra sorriu, deixando uma lata de refrigerante amassada cair na lata de lixo reciclável. — Desculpa. — Enquanto ela procurava um lugar para si no chão, Melissa anotou alguma coisa na sua pasta.

— Você anotou aí que eu cheguei atrasada? — disse Petra, erguendo os olhos.

— Você está atrasada ou não está? — Melissa fechou a pasta, com estrondo. Depois passou a distribuir vários envelopes cheios de xerox às meninas. — Agora que todas estão aqui, precisamos decidir para que estamos nos reunindo.

Charlotte segurou seu envelope como se fosse um saco de lixo pingando.

— O que é isso?

— Cópias de nossos formulários de proposta de abertura de um Curso Especial. A Srta. Paletsky acha que seria bom se nós tomássemos conhecimento das... *O que está acontecendo?*

E Janie seguiu o olhar indignado de Melissa até o canto da sala, onde Petra havia se enroscado toda, até virar uma bolinha. E cada vez que ouvia a voz de Melissa a bolinha estremecia, rindo.

— Qual a graça?

Petra sacudiu a cabeça e olhou para cima, os olhos dançando.

— Sabe o que é... Inacreditável esse negócio de você ter colocado aí que eu cheguei atrasada!

— É uma palhaçada mesmo — concordou Charlotte.

— Não é palhaçada nenhuma! — retorquiu Melissa.

— *Ch'alô,* Geração de Tendências! — cumprimentou a Srta. Paletsky, colocando o rosto na fresta da porta. Estava de brincos de maçã com minhoquinha e sombra roxa nos olhos. Os cabelos estavam presos com uma presilha curva grande, dessas formadas por dois pentes curvos (pode?). — Como é que está indo a primeira reunião?

— Bem! — responderam as meninas em coro, dando sorrisos falsas.

— Maravilha. — A Srta. Paletsky sorriu, afastando-se da porta.

As garotas esperavam o som de seus passos desaparecer.

— Não sei quanto a vocês — disse Melissa, rompendo o silêncio, —, mas estou aqui para começar uma grife. *Hoje.* E isso significa que precisamos começar a nos mexer. *Hoje.*

As outras entreolharam-se enquanto Melissa virava para o quadro-negro com um pedaço novo de giz na mão. Em imensas letras desenhadas e vazadas, na fonte *bubble,* ela escreveu FESTA DE LANÇAMENTO.

— Desculpa — Petra franziu a testa, unindo suas delicadas sobrancelhas —, mas isso não é meio, assim, colocar o carro na frente dos bois?

— É — concordou Janie. — Será que não devíamos pelo menos ter tipo um produto?

— Muito bem, o que eu quero dizer com "nos mexer" — Melissa semicerrou os olhos — não é ficar fazendo comentários irritantes.

Petra e Janie ficaram caladas.

— A essa altura do campeonato — continuou Melissa —, nosso único dever é criar um clima de suspense. *Depois* a gente pensa no que fazer.

— Mas... — objetou Petra, ainda de testa franzida. — Se criarmos suspense e não tivermos nada para mostrar, as pessoas não vão ficar assim meio...

— Irritadas — disse Charlotte.

— Ok. Vocês todas assistiram àquela série, *Lost*? — perguntou Melissa. As meninas confirmaram que sim. — Acham que quem faz o roteiro daquele programa tem *alguma ideia* do que está fazendo? Acha que eles sabem como vai terminar, ou o que tudo significa? Não sabem mesmo! Mas não importa. Contanto que haja *suspense*, as pessoas assistem, e aí... bam! — E ela bateu com um punho na mesa. — Vira um sucesso.

— Ah, mas isso é na *televisão* — observou Charlotte. — Como vamos saber se a mesma coisa funciona em termos de moda?

— Pode me dar um motivo para não funcionar? — perguntou Melissa.

Charlotte deu de ombros.

— Exatamente — Melissa sorriu.

— *Ch'alô*, Geração de Tendências! — disse a Srta. Paletsky ao passar pela porta uma segunda vez.

— Oi! — responderam todas, acenando. Fez-se mais um silêncio incômodo.

— Bom — disse Charlotte, soltando o ar dos pulmões —, vamos ter que *no mínimo* inventar um nome novo. "Geração de Tendências" não dá.

— Eu já pensei em tudo — declarou Melissa. — A primeira parte do suspense é inventar um nome realmente de impacto. Alguma coisa maneira. Alguma coisa sensual. Alguma coisa *irresistível*. Sugestões?

Sem nem mesmo uma pausa, Melissa levantou a mão.

— Ih, olha só — disse, olhando para os seus próprios dedos se agitando. — Eu mesma! Muito bem... — e deu um suspiro. — O que acham de batizar nossa grife de... estou só dando uma sugestão, vejam lá, hein, moças! — E fez uma pausa para dar suspense. — *Melissa Moon*.

Petra e Charlotte desataram a rir.

— Melissa Moon? — repetiu Charlotte, meio sufocada, quase caindo do precário lugar onde estava. Apoiou-se em um dos pés, que colocou no chão para se equilibrar. — Meu Deus, você *só pode* estar brincando.

— Tá bom — respondeu Melissa, emburrada. — Se acharem que podem sugerir algo melhor, digam.

— Que tal *Fibra Moral*? — perguntou Petra. Charlotte e Melissa olharam para ela e depois entreolharam-se.

— Não — responderam, em uníssono.

E todas ficaram ali sentadas, em silêncio.

Janie conseguiu reunir coragem para falar, depois de algum tempo ruminando.

— Tá legal, e que tal uma coisa tipo a grife da Gwen Stefani? Sabe como é, as iniciais L.A.M.B., significando *Love Angel Music Baby*. A gente podia inventar uma coisa assim.

— Talvez cada uma pudesse sugerir uma palavra — sugeriu Petra.

— Tá bom — concordou Melissa, pouco a pouco achando a ideia cada vez mais interessante.

— Cada palavra podia, tipo, representar quem a gente é, sabe — acrescentou Janie.

— Qual seria a sua? — Charlotte imobilizou-a com um olhar de predadora. — P de *Pompidou*?

Ao ouvir essa palavra, os ouvidos de Janie encheram-se com um ruído branco que eclipsou todo o resto. Ela agarrou as laterais da cadeira, os olhos arderam de tão quentes de ódio.

— E a sua seria C de *Cachorlotte* — retrucou, arquejante.

Assim que ela disse isso, se arrependeu. A regra número 1 para se lidar com as garotas mais populares do que a gente é: engula os sapos e siga em frente. Nunca, sob circunstância nenhuma, tope engalfinhar-se com elas.

A Janie só restava torcer para Charlotte não ter ouvido. Estava apavorada demais para olhar para ela e conferir.

— Ok! — gritou Melissa quando tocou o sinal. — Enquanto vocês discutem para ver quais as palavras que melhor expressam sua personalidade, vou começar a organizar a festa de lançamento. Pode ser que eu precise entrar em contato com vocês por algum motivo, portanto, por favor, atendam o celular, senão juro pela minha avó mortinha que encontro vocês nas suas próprias casas. Não pensem que eu não faria isso!

— Melissa — resmungou Petra —, nós estamos bem na sua frente, a um metro de distância. Será que precisa berrar tanto assim?

— Achei que sua audição estivesse lesada como seus neurônios — explicou ela com um sorriso sarcástico. E aí, seguindo Petra, saiu da sala.

Com isso, as outras duas ficaram a sós.

— Então — começou Charlotte, contida e gélida. — Cachorlotte, hein? Mas que piadinha mais espirituosa.

Janie dirigiu-se à porta.

— Me deixa em paz — conseguiu responder baixinho, com voz rouca.

— Deixar *você* em paz? — E Charlotte riu daquela ironia. — E *eu*?

Janie girou nos calcanhares.

— O que foi que eu fiz pra você?

— Não sei, Janie — respondeu Charlotte, destilando sarcasmo.

— Por que é que não pergunta ao Jake?

Janie a olhou com uma expressão confusa.

— Não vem fingir que não sabe de nada! — exclamou Charlotte.

— Não sei do que você está falando — insistiu Janie.

— O Jake está me dando um gelo — começou Charlotte. E dizer aquilo em voz alta foi demais para ela. O veneno quente da ira percorreu seu corpo inteiro com uma só batida do coração. — *Conta o que foi que você disse a ele!*

Janie sacudiu a cabeça, apavorada.

— Nada!

— Mentira! Não faz sentido.

— Acha mesmo que Jake iria te dar um gelo se eu mandasse? — gaguejou Janie, desesperada. — Ele só faz o que quer!

— E o que tem a ver? — retrucou Charlotte, fuzilando-a com o olhar. — O *meu* irmão só faz o que quer. E ele faz o que eu mando. Aliás — disse, zombeteira, recordando-se —, ele só se dignou a falar com você porque eu mandei!

— Mentira sua! — estrilou Janie. As duas ficaram se olhando de lados opostos da porta; uma baixa, a outra alta; uma furiosa, a outra apavorada — feito reflexos em um labirinto de espelhos.

— Qual é, Janie, você acha mesmo que o Evan ia te dar bola se não fosse obrigado a isso?

E enquanto Charlotte saía da sala para o corredor, apressada, Janie afundou em uma cadeira, calada. Ficou olhando para a frente, sentindo-se mal demais para ficar de pé.

No fim do corredor, Charlotte trancou-se em uma casinha do banheiro, encostando-se na porta de metal fria, e desatou a chorar.

A cara de Janie Farrish tinha-a deixado apavorada. Ela só tinha feito cara de *confusa*, isso para não falar magoada. A raiva de Charlotte diminuiu, libertando-a para acolher um pensamento novo e mais aterrador. Janie era inocente. E ela, Charlotte Sidonie Beverwil, era uma vaca. Quando caiu a ficha, ela pôs-se a soluçar, arrependida.

Sentiu-se mais distante de Jake do que nunca.

Quem: Nikki Pellegrini
Look: Uniforme de ginástica para corridas: shorts de náilon vermelhos com viés branco, regata de náilon vermelha sobre sutiã esportivo Champion branco, meias brancas Adidas até o joelho.
Número no time: 2

— Vão pondo o cinto aí, senão eu tomo multa! — gritou Jake para o amontoado de meninas do oitavo ano com meias até o joelho no banco traseiro do carro. Nikki, Carly e Juliet deram risadinhas, procurando os cintos de segurança sob suas bundinhas cobertas pelos shorts do time. Janie havia se encontrado com Jake naquela tarde no pátio e lhe suplicado para se oferecer para levar as meninas em vez dela, só dessa vez. Jake relutou, mas aí ela pôs a mão no seu ombro, olhou-o nos olhos e prometeu-lhe que podia passar todo o fim de semana com o Volvo.

Negócio fechado.

Ele engatou a ré e olhou para trás, esticando seu braço comprido e magro por trás do banco do passageiro de vinil marrom-claro. Nikki Pellegrini, que estava sentada justamente naquele banco, nunca tinha se sentido tão assanhada na vida. Fechou os olhos, respirando fundo o aroma embriagante do desodorante Speed Stick de Jake Farrish. Os músculos das costas dela se contraíram e relaxaram como elásticos. O braço dele estava passado bem atrás dela! Se parasse para pensar (e Nikki sem dúvida nenhuma pensou), o braço dele estava praticamente *em torno* dela. Pela primeira vez na sua vida, ela estava muda de felicidade.

Nikki já era apaixonada por Jake Farrish desde o primeiro momento em que o viu, no sétimo ano — segundo dia de aula, um ano antes. A princípio, nenhuma de suas muitas amigas conseguiu entender por quê. Claro, Jake era um "menino mais velho". Mas será que ela não conseguia enxergar aquela repelente camada externa de espinhas? Os cotovelos pontudos e esquisitos? Aquele rabinho-de-cavalo horroroso que mais parecia de rato? Ora, acontece que Nikki via. Mas também não via. Jake Farrish, para ela, tinha um encanto que, por mais que ela tentasse, não conseguia explicar.

E aí, um dia, ela não precisou explicar mais nada. A pele dele ficou imaculada. Os cotovelos ficaram lisinhos. O cabelo dele encurtou e as madeixas castanho-escuras passaram a ser muito bem modeladas com cera. De repente, todos podiam enxergar o que Nikki tinha visto desde o início: Jake Farrish era absolutamente, sem dúvida nenhuma, um garoto irresistível. Mas, por mais que gostasse disso, Nikki também se sentia possessiva. Afinal de contas, ela já gostava de Jake *antes* de qualquer outra, e isso lhe dava certos direitos. Direitos de proprietária.

Jake Farrish pertencia *a ela*.

— Você aí, qual é o seu nome? — perguntou ele, olhando direto para ela. O coração de Nikki deu uma pirueta feito um poodle de circo.

— Nikki Pellegrini.

— Tem uns CDs aí. — Jake fez um sinal com a cabeça indicando o porta-luvas. — Quer escolher um?

— Claro — disse ela estridente, inclinando-se para abrir o porta-luvas. Quando ela tirou o estojo preto de náilon dele contendo os CDs, um minúsculo pedaço de cartolina oval veio flutuando até cair no seu colo. Ela o pegou e ficou olhando para ele. No meio do minúsculo oval estava a foto de uma mulher grávida. Ela estava de lado, bem no meio de um círculo cortado por uma linha diagonal de um vermelho vivo. Quando Jake viu o que Nikki tinha nas mãos, começou a rir.

— Não esquenta — garantiu a ela. — Isso aí veio dentro da caixa do meu Accutane.

— O que é Accutane? — interrompeu-os a amiga de Nikki, Carly Thorne.

— Bom, é o... o remédio que eu tomo. A gente precisa apertar as pílulas para retirá-las da cartela, sabe, e aí sai uma dessas coisas de cartolina. É um lembrete para mim, para tomar cuidado de não engravidar — acrescentou Jake, erguendo uma sobrancelha.

— Há... mas você não é *menino*? — Carly riu, enquanto Nikki fervia de raiva. Carly estava conversando sobre gravidez com Jake. E isso significava, pelo menos indiretamente, que estava falando de sexo com Jake. E isso significava, indiretamente, que Nikki ia precisar acabar com a raça dela.

— Ah, entendi. — Jake deu um sorrisinho malicioso. — Só porque sou menino não tenho *permissão* para engravidar. Hum, deixa eu dizer uma coisa. Só porque *tradicionalmente* a gravidez é coisa de mulher...

— MENINOS NÃO ENGRAVIDAM! — gritou em uníssono a brigada do banco traseiro.

— Vocês são tão feministas! — disse Jake, sacudindo a cabeça, fingindo estar decepcionado. Enquanto isso, Nikki tinha quase começado a chorar. Suas amigas estavam tomando toda a atenção dele! E o pior é que o Campo Eastwood ficava logo ali no fim da rua. E isso significava que ela tinha menos de um minuto para se destacar do resto daquelas bobocas risonhas do banco de trás.

— Aí, pessoal, chegamos — anunciou Jake, encostando o carro no meio-fio. — Podem ir saindo do meu carro.

Enquanto o resto das meninas vazava do banco de trás, Nikki permaneceu sentada no mesmo lugar. Virou-se para Jake, na esperança de olhá-lo direto nos olhos. Seu coração batia como um tambor de cerimônia sacrificial.

— Põe esse aqui — dise ela, olhando para ele enquanto lhe entregava um CD.

— Ok. — Jake disfarçou seu desânimo com um sorriso entusiasmado. — Faz tempo que não ouço Jewel. Esse CD, aliás, é da minha irmã — explicou. *Que ela comprou para me sacanear*, pensou.

Nikki abriu a pesada porta preta do Volvo e estendeu as pernas para fora do carro, mergulhando no sol. Levantou-se e virou-se, curvando-se para ver Jake. Teria sido sua imaginação, ou teria o olhar dele acabado de subir rapidamente das suas pernas para o seu rosto?

— Ouve a número 6 — disse ela depressa antes de perder a coragem. Depois fechou a porta e saiu correndo.

Como qualquer cara que se preze, Jake preferiria morrer em um poço infestado de cobras do que ouvir Jewel. E mesmo assim, ficou curioso. Jake afundou no seu banco, fechou os vidros das janelas, apertou a tecla PLAY e aumentou o volume do som.

Dentro do meu coração
Tem um quarto vazio
Está esperando por um raio
Está esperando por você

O recado de Nikki era bem claro: estava apaixonada por ele. E não só apaixonada. Estava apaixonada e *esperando por um raio*. Jake sorriu consigo mesmo. Nunca tinha se considerado um cara que soltasse raios. Tinha que admitir que gostava daquela comparação. Tipo assim um Zeus.

Jake olhou pela janela e tentou localizar Nikki no meio do grupo de jogadoras se aquecendo. As garotas do oitavo ano, como um estouro de boiada, percorriam juntas a pista de corrida, levantando poeira. Conforme elas foram se aproximando do carro, ele abaixou o vidro da janela do passageiro. Elas passaram perto dele ribombando feito trovão.

Quem: Charlotte Beverwil
Look: Biquíni tomara-que-caia perolizado Eres, óculos de aviador de armação vermelha Marc Jacobs, quimono de seda antigo cor de pêssego com detalhe de flores

Quem: Don John
Look: Biquíni fio dental D&G metálico dourado com faixa de cabeça combinando, manto real de veludo púrpura importado da Dinamarca (do figurino usado na peça *Hamlet*)

Don John precisava ensaiar seu papel em *Hamlet* para sua segunda semana do Curso Básico de Atores de Cinema, e, contanto que ele concordasse em ensaiar seu monólogo à beira da piscina, Charlotte teria o maior prazer de escutá-lo. A piscina dos Beverwils era enorme; só dava para vê-la inteira do telhado. Quem nadasse lá podia desfrutar de grutas escondidas e cavernas ocultas, cascatas cristalinas e, para as festas, um bar submarino. A água era temperada com óleo de eucalipto, sais do Mar Morto e aquecida para ficar a perfeitos 25 graus durante o ano inteiro.

Don John, que gostava de incorporar em sua interpretação o recinto onde estivesse, achou o cenário escolhido por Charlotte meio irritante. Ele era Hamlet, príncipe da Dinamarca, não Hamlet, príncipe de Cabo Verde.

Era uma sorte ele ser tão bom ator.

Ficou parado, com seu corpo compacto totalmente imóvel, os pés afastados, a barriguinha distendida, feito uma criancinha aprendendo a ficar de pé. Uma brisa suave soltou com delicadeza um trio de flores do ramo de um jacarandá próximo. Elas saíram pelo ar rodopiando como flocos de neve lilás. O enorme gramado estendia-se diante de John, ficando cada vez mais enevoado ao sol. A piscina cristalina brilhava.

Don John cerrou seu punho hidratado com Guerlain.

— Serrr ou *não* serrr — começou ele, sussurrando com pronúncia bem exagerada. — *Eeeeis...* a questão.

Charlotte esvaziou o copo de champanhe com suco de laranja fortificado com cálcio e estendeu o braço para pegar outro. O sol estava derretendo seu protetor solar Clarins, transformando-o em uma camada oleosa e lisa, e o suor estava se acumulando no seu umbigo. Os óculos escuros escorregaram pela ponte do seu narizinho arrebitado. Felizmente, as cadeiras de piscina brancas dos pais, estilo *art nouveau*, eram protegidas por Canvex, um tecido supermoderno especialmente calibrado para repelir o suor.

— Dorrmirr! Talvez sonharrr! *Eeeeis* onde surge o obstáculo...

Charlotte fechou os olhos e deixou as palavras penetrarem nela como os raios tóxicos ultravioleta. Qualquer coisa serviria para lhe bloquear os pensamentos. Nada — nem mesmo a patética tentativa de Don John de imitar um sotaque britânico sob um calor de 666 graus — se comparava à absoluta infelicidade que era pensar em Jake Farrish.

Se pelo menos ela tivesse uma espreguiçadeira para repelir o sofrimento...

Quando terminou, Don John ergueu os braços como um ginasta olímpico.

— BELEZA! — berrou para o céu.

Charlotte tomou um longo gole de seu drinque e suspirou.

— Arrasei, né? — perguntou ele, deixando-se cair aos pés da cadeira de Charlotte. Ela estremeceu de irritação. Detestava ser sacudida.

— Você é incrível. — E Charlotte sacudiu o gelo dentro da taça de champanhe. — Você vai ser o novo Ethan Hawke.

— Só que com uma corzinha, né — comentou Don John, abaixando a cintura elástica de sua sumária sunguinha metálica. — Eu acho que estou mais bronzeado agora do que quando comecei. E você?

— Argh! — disse Charlotte, tentando afastá-lo com um gesto.

— Que foi?

— Está dando pra ver tudo que tem aí — e fingiu que estava para vomitar, fechando os olhos e apertando-os bem.

— Epa! — disse Don John, sorrindo amarelo, e voltando a recolocar a cintura do calção no lugar. Levantou-se e passeou ao redor da piscina, inclinando a cabeça de um ombro para o outro. — Muito bem. — E prendeu o cabelo cheio de reflexos com uma faixa de ginástica. — Vou repassar mais uma vez. Mas dessa vez vou acentuar muito bem cada *quarta* sílaba em vez de cada... Ah... *oi*...

— Estou prestando atenção — garantiu-lhe Charlotte, descansando um cubo de gelo na covinha entre as duas clavículas.

— Não, não... — murmurou Don John. — É que parece que temos visita. — E Charlotte, apoiando-se em um cotovelo, virou-se. O cubo de gelo caiu no deck, despedaçando-se.

Que saco, pensou Charlotte. *O que ela estava fazendo ali?*

— Você recebeu ou não minhas mensagens? — Melissa perguntou, os braços cruzados sobre seus seios fartos. Estava bem entre duas bananeiras verdejantes, ambas curvando-se na sua direção como se fossem suas servas. Vestia um shortinho de algodão branquíssimo e uma blusa de seda sem mangas listrada de azul-marinho e branco, com enormes timbres dourados e franjas nos ombros. Seus cabelos estavam atados por um lenço de cabeça de um laranja-sangue no qual se lia VERSACE em letras pretas bem destacadas. O rosto de Melissa, porém, estava contrastando com suas roupas, estranhamente pálido e emburrado, como se toda a cor tivesse migrado da sua pele para o lenço da cabeça. Charlotte podia até achar que ela estava de ressaca, mas todos sabiam que Melissa não bebia. Ela era a presidente (e única integrante) do Clube Feminino Contra o Álcool da Winston.

— Desculpa — Charlotte franziu o cenho enquanto Don John pedia licença e ia para o caramanchão —, mas não me lembro de ter sido avisada da sua visita.

— Acha que eu *queria* vir? — disse Melissa, zombeteira.

— Por que está dizendo isso? Trouxe algum mandado de um juiz?

— Deixei um milhão de mensagens no seu correio de voz — disse Melissa, semicerrando os olhos. — Mandei e-mails. Mensagens de texto. Fiz tudo que foi possível para entrar em contato com você sem ter que ver ao vivo essa sua carinha feia. *Obviamente* você não me deixou outra alternativa.

— Desliguei o telefone, para relaxar no fim de semana — respondeu Charlotte, sem se deixar perturbar. A verdade era um pouquinho mais complicada. Ela tinha tecido a hipótese de que, exatamente como as chaleiras, que nunca fervem, os telefones nunca tocam se a gente ficar de olho neles, esperando uma ligação. Portanto, além de desligá-lo, ela trancou seu celular em uma gaveta, pediu a Blanca para esconder a chave e se "esqueceu" dele. Só precisava convencer o mundo ao seu redor que não queria nem saber se Jake tinha ligado ou não, e *aí ele ligaria*. Psicologia inversa clássica.

— Você desligou o celular? — disse Melissa, arquejante, incrédula. — E por que faria isso?

— Ele estava precisando de um sono de beleza — replicou Charlotte. — Será que dá pra entender, Melissa? Porque pela sua cara, parece que também está precisando de um.

Melissa comprimiu os lábios.

— Ah — observou ela, com uma risada arrepiante. — Então acha que eu estou precisando dormir, é?

Don John apareceu com o quimono de seda cor de pêssego de Charlotte pendurado no braço e uma taça de champanhe com suco de laranja em cada mão.

— Alguém aceita um drinque? — ofereceu, com sua voz esganiçada.

— *Você sabe como é difícil planejar uma festa de lançamento absolutamente sozinha?* — explodiu Melissa, fazendo Don John recuar dois passos pela pura força do volume da voz.

— Está falando do Curso Especial? — e os olhos risonhos de Charlotte faiscaram. Don John bateu as pestanas, aturdido. — Melissa. A reunião é só quarta-feira.

— E daí?

— Hoje é domingo — murmurou Don John, mordendo a pontinha do seu canudo.

— Eu sei — Melissa notou a saliência coberta pela sunguinha de Don John, demonstrando pura repugnância — que dia é hoje. — E voltou sua atenção para a colega. — Vou lhe explicar uma coisinha, tá? Esse curso significa muito para mim.

— Mas que coisa *très* tocante — respondeu Charlotte.

— Significa muito mais do que um mísero e idiota encontro por semana.

— Mas acontece que eu só me comprometi a ir ao curso exatamente uma mísera vez por semana, certo?

— Como pode dizer isso? — E Melissa começou a entrar em ebulição. — Será que nunca sentiu um grama de *paixão* por nada em toda a sua *vida*?

— Ah, não sentiu, não! — gritou Don John, girando a cabeça de um lado ao outro como um galo de briga. Charlotte, porém, nada respondeu. Vestiu o quimono, atou a fita da cintura e sacudiu os cabelos, espalhando-os sobre os ombros. Se aquele olhar fuzilante de Melissa a estava incomodando, ninguém jamais poderia dizer com certeza. Ela agiu com a calma impassível de um monge budista.

Depois de amarrar o cinto do roupão, Charlotte virou-se para Melissa e pigarreou.

— Quanto aos meus "gramas" de paixão, isso a) não é da sua conta e b) só porque não sinto paixão por um curso ridículo não significa que não sinto paixão *en général* e c) não estou acostumada a medir as coisas em gramas, nem em paixão, nem qualquer outra coisa. Ao contrário de *você* — continuou ela, erguendo o queixo tão alto quanto podia —, não fui criada por *traficantes de drogas*. Agora... — Charlotte esperou que Melissa saísse da sua frente. — Se me permite... *excusez-moi*.

Mas Melissa Moon não quis saber de *excusez-moi* nenhum. Em vez disso esticou a perna sobre o piso de terracota francesa e fez Charlotte tropeçar sobre o seu tornozelo, empurrando-a de modo que a derrubasse de cara dentro da piscina azul e cintilante. Don John levou uma das mãos crispadas ao rosto e gritou como um ator iniciante de filme de segunda. Quando Charlotte emergiu, cuspindo e engasgando — com o quimono *arruinado* —, ele tornou a gritar. Melissa alinhou os bicos dos seus escarpins Valentino com a beira da piscina.

— Agora vamos tentar de novo — disse ela, no tom mais educado que conseguiu. — Charlotte, preciso da sua ajuda.

— Don John? — disse Charlotte, arquejante, afastando um cacho de cabelos molhados do rosto. — Vai chamar Blanca.

Melissa bateu com um dos pés no chão.

— Preciso da sua *ajuda*, Charlotte, não da sua criada.

— A Blanca é *la dame de la maison* — corrigiu Charlotte, erguendo o braço. Don John puxou-a para o deck como se ela fosse um amontoado de algas emaranhadas. Charlotte equilibrou-se e endireitou os ombros finos. Uma gotinha de rímel cinzenta desceu ziguezagueando pela sua face esquerda, como um esquiador. — Certo, vou te ajudar.

— Vai mesmo? — disse Melissa, surpresa e boquiaberta. Estava esperando que ela recomeçasse a briga. Don John fez cara de espanto.

— Fala agora o que você quer, antes que eu mude de ideia — acrescentou Charlotte.

Melissa pigarreou.

— Sua mãe é "assim" com o pessoal da Prada, certo?

— Ela é simplesmente a modelo da fragrância deles.

— Acha que ela concordaria em pedir que nosso lançamento fosse na butique da Prada na Rodeo?

Charlotte ergueu uma sobrancelha, para provocar a outra, e refletiu. Mas, exceto pelo som das gotas de água da piscina pingando no chão, o mundo inteiro ficou em silêncio.

— Não dá para prometer nada — respondeu por fim. — Mas eu vou falar com ela.

— Muito obrigada — disse Melissa, com um suspiro de alívio. Depois, lançando um último olhar de desprezo ao repelente montinho da sunga de Don John, ela deu as costas a ambos para sair.

— Ficou louca? — Don John sibilou entredentes, quando ficaram a sós. — Essa menina joga você na piscina e você dá o que ela quer?

— Don John sacudiu a cabeça, desanimado. — Minha queridinha, não é assim que elas fazem naquela série *Desperate Housewives*.

Charlotte deu de ombros, satisfeita com sua decisão. Durante o fim de semana inteiro, ela não queria nada a não ser parar de pensar em Jack Farrish, sem conseguir. Mas aí Melissa a empurrou para dentro d'água. Durantes seis gloriosos e transcendentes segundos, Jake nem sequer passou pela sua cabeça.

Para ter esse luxo, Charlotte teria dado o mundo inteiro a Melissa.

Quem: Vivien Ho
Look: Jeans Frankie B, botas Uggs cor-de-rosa, boné justo cor-de-rosa, camiseta *baby look* branca das BOLSAS HO, tanguinha fio dental de renda rosa da La Perla, anel com uma pedra do tamanho do hotel Ritz.

— E aí ele abriu a porta... Nós entramos... e começaram a cair pétalas cor-de-rosa sobre nós. Ah, e mais ou menos um milhão de velas acesas. O quê, as velas? Todas do formato de rosas. É, *eu sei*!

Por mais difícil que Charlotte fosse, era fichinha perto da arqui-inimiga de Melissa. Melissa não podia mais ouvir a voz de Vivien Ho sem estremecer. Toda palavra enfeitada com pétalas de rosa que saía da boca de Vivien espetava Melissa como se fosse um espinho.

Vivien já estava ao telefone narrando todos os detalhes do seu pedido de casamento para todos, desde sua mãe até a manicure, fazia oito horas seguidas. Aquela maratona telefônica havia começado no quarto dela, passado para a cozinha, para a academia, voltado à cozinha e terminado na sala de estar, onde ela agora estava estendida ao comprido no meio do seu tapete de pele de zebra recém-importado. Melissa atravessou o aposento, passando por cima de Vivien com tanta cautela como passaria por cima de uma bosta de zebra recém-importada.

— Aí ele disse: "Baby, cada uma destas pétalas representa uma batida do meu coração. Cada batida do meu coração pertence a você." E eu respondi: "Seedy! Mas que coisa mais linda, linda mesmo demais, sabe, mas será que *dá para ir direto ao ponto?*" Ha-ha-ha-ha-ha! E aí ele se ajoelhou e disse: Vivien...

Melissa não ficou por ali para ouvir o resto. Já tinha ouvido aquela baboseira tantas vezes que era capaz de repetir tudo tintim por tintim. Sabia, por exemplo, que em qualquer das narrativas a palavra "baby" aparecia umas 18 vezes. As palavras "rosa" e "pétalas" apareciam dez vezes cada. A frase "Juro que eu fiquei... sabe... assim...", umas cinco. Assim como as palavras "coração," "sim" e "amor". As únicas que apareciam só uma vez em cada relato eram (nessa ordem) "vinte", "seis" e "quilates".

Eram essas também as únicas palavras que Vivien gritava a plenos pulmões para o mundo inteiro ouvir. E por isso, menos de dois minutos depois, do outro lado da mansão de Bel Air, Melissa ouviu-as, claras como um canto tirolês: VINTE E SEIS QUILATES!

Melissa não podia acreditar que, de todas as mulheres do mundo, o pai dela tivesse escolhido a Vivien Ho. Vivien era uma mera dançarina fazendo figuração no vídeo "senhor rapper dos anéis" de Seedy. *E olha que ela nem mesmo sabia dançar.* O máximo que sabia fazer era ficar ao lado de um ventilador, apontando para o nada. Mesmo assim, ainda passava. Vivien era um avião. Tinha 1,80m, coreana, silicone nos seios e olhos cor de violeta que (segundo insistia) eram cem por cento autênticos, "exatamente como os da Elizabeth Taylor". Melissa, porém, duvidava e fazia pouco. Vivien mantinha em casa um estoque de soro da Bausch & Lomb suficiente para um olho do tamanho de um estádio de futebol.

Melissa não via a mãe verdadeira, Brooke, desde que tinha dez anos. A justiça só concederia à mãe dela o direito de visitar a filha se ela pudesse ficar no emprego e sóbria durante pelo menos seis meses. Sempre que a mãe começava um período de reabilitação, enviava a Melissa cartas escritas em papel rosa-choque, às vezes até três por dia. Escrevia numa caligrafia desenhada e vazada, em fonte *bubble,* exatamente como Melissa. Recortava fotos de famosos e as colava na carta. "Ela se parece com você!", escrevia ao lado de uma foto da Halle Berry. Ou da Jessica Alba, ou da Lindsay Lohan. Ou da Lucy Liu. Terminava todas do mesmo jeito: "Pra Melissinha meu Melzinho com mil beijocas da mamãezinha!"

E prometia que em breve viria visitar a filha.

Melissa pegou no colo o Emilio Totó, meio cochilando mesmo como estava, e afundou na poltrona reclinável predileta do pai: acolchoada por encomenda por Louis Vuitton (Seedy batizou a criação de "Trono do Lulu". Melissa sacudiu as pernas, jogando os escarpins longe, e pegou o controle remoto. Só havia um jeito de fugir do inferno que era conviver com Vivien. O TiVo.

— Com sua licença — disse Vivien, invadindo a sala de estar de jeans metidos nas Uggs cor-de-rosa, boné justo e uma camiseta baby look com as seguintes palavras: PÕE TUDO NA BOLSA HO. — O que está pretendendo, hein? — indagou, fechando bruscamente seu celular todo cravejado de joias.

— O que você acha? — respondeu Melissa, pressionando os botões do controle remoto. Uma fileira de persianas automáticas encaixou-se como se fossem dominós, bloqueando a luz que penetrava pela janela. Uma tela de plasma imensa subiu do chão.

— Mêêê-lissa! — gritou Vivien. — O organizador da festa do casamento vai chegar a qualquer momento!

— E daí?

— Daí que você não pode ficar aqui!

Melissa apertou um botão do controle remoto uma segunda vez.

— Estou pagando a ele por minuto!

— *Você* está pagando a ele? — retrucou Melissa, aumentando o volume. Não importava qual fosse o programa que estivesse passando, contanto que a televisão estivesse bem alta.

Vivien bateu com o pé no chão.

— Estou falando sério!

— Desculpa, mas o que você disse? — Melissa aumentou ainda mais o volume. Na tela, duas mulheres com cortes de cabelo à joãozinho e calças pescador estavam enrodilhadas em um sofá. Mergulhavam colheres em potinhos de iogurte.

— Melissa! — berrou Vivien.

A televisão anunciou no volume máximo:

— ESTE IOGURTE É TÃO BOM QUANTO NAMORAR AQUELE GARÇOM BONITÃO.

— Não consigo ouvir — disse Melissa, sem emitir som, só formando as palavras com os lábios, e empurrando com dois dedos a cartilagem de uma das orelhas.

Infelizmente o pai dela ouvira cada palavra.

— Será que vocês duas sabem o que é PROCESSO CRIATIVO, ZORRA? — E Seedy Moon saiu como um furacão do seu sacrossanto escritório do segundo andar como um cuco desvairado. Melissa procurou o controle remoto na hora em que o pai, de 1,67m e extremamente irritado, começou a andar de um lado para o outro no segundo andar, o roupão esvoaçando ao seu redor. Melissa e Vivien entreolharam-se momentaneamente, aliadas pelo medo. Seedy tinha acabado de usar "zorra" no lugar de uma certa palavra que começa com "P". E o pai só procurava moderar sua forma de se expressar quando estava seriamente injuriado.

— Como QUIABOS eu vou escrever, quanto mais me conservar em pleno uso da ZORRA das minhas faculdades mentais, com vocês aí berrando feito o O. J. Simpson e a Nicole, CARVALHO!?

— Baby — começou Vivien —, a gente estava só...

— Pega esse "baby" e enfia naquele lugar! — Seedy trovejou do alto das escadas. Estava com seu uniforme de compositor: calças de malha cinza, sem camisa, roupão de banho preto de seda com a bandeira coreana nas costas e os chinelos do Pernalonga que usava desde o nono ano. Somando-se os desenhos dos dois chinelos, só restavam neles três dentes, um olho e três orelhas esfiapadas do personagem. Melissa encolheu-se quando o pai deu um pontapé no ar, como se fosse um golpe de aikidô. Um dos chinelos foi bater na parede.

As duas moças do iogurte fecharam os olhos, manifestando seu prazer sem emitir um único som.

— Assim é melhor — disse ele, ofegante, acalmando-se até certo ponto e sentando-se no último degrau da escada. — Perdoem-me por eu ter perdido a cabeça.

— Tudo bem, papai.

— A última coisa que eu quero é ser grosso com as pessoas que eu amo.

— Ah, baby — respondeu Vivien, subindo até onde ele estava. Passou os dedos sob a gola do roupão dele, contemplando-o com aqueles seus olhos cor de violeta. — Eu *tentei* conversar com ela — murmurou, baixinho —, mas ela não quer me ouvir...

Vivien saiu da sala e Seedy suspirou, levantando-se. Enquanto descia a escada, Melissa endureceu o rosto. Recusou-se a olhar para ele. Seedy pigarreou e a cutucou com o pé. Nada. Ele se espremeu na poltrona de couro junto com ela, produzindo um leve barulho de costura se rasgando. Seedy sorriu de orelha a orelha, cutucando a filha nas costelas.

— Tem alguém aí? — provocou-a.

Melissa não achou graça.

— Lissa. Eu sei como isso é difícil pra você.

— Acho que não sabe não.

— A Vivien não é insensível como você pensa que ela é — insistiu Seedy. — Está só empolgada. E aí não para para pensar bem nas coisas, sabe?

— Papai, essa mulher não tem dificuldade para pensar nas *coisas*. Ela simplesmente não pensa nas pessoas.

— Não é verdade! — gritou Vivien de alguma parte do andar de baixo.

Melissa virou-se para o pai e continuou cochichando.

— Primeiro, não me dá permissão para dar minha festa, e agora nem ver tevê eu posso mais! Parece que você vai se casar e eu não vou mais ter permissão de existir!

— Pode existir sim — murmurou Seedy, como se contasse um segredo. — Mas no sapatinho.

— O quê, pai? — disse Melissa, boquiaberta. — E como acha que vou fazer isso?

— Se quiser ver tevê, veja no seu quarto. E já lhe disse que se quiser dar uma festa, pode! Dê a festa. Mas não aqui em casa.

— Sabe — disse Vivien, com uma Coca diet na mão —, eu estava pensando naquela festa dela...

— Aquela festa "dela" — repetiu Melissa, para o pai. — Ouviu só? Ela fala de mim como se eu não estivesse presente!

— E ela não! — replicou Vivien, indignada, apontando para ela sua garra pintada de vermelho-bombeiro. — Acabou de me chamar de "ela!"

— Já chega! — berrou Seedy. Se elas continuassem implicando uma com a outra só mais dois segundos, ele imploderia. Pôs as mãos dos lados da cabeça e visualizou um regato tranquilo. — Vivien — continuou, num tom calmo —, o que você ia dizer?

— Eu ia dizer — recomeçou a futura mulher dele — que se ela não pode dar a festa aqui podia tentar reservar algumas mesas no Parque Público de Bel Air. Tem festas lá o tempo todo.

187

— No *parque*? — exclamou Melissa, tremendo de raiva. — Fala sério!

— A Vivien só está tentando ajudar — disse Seedy, acariciando o braço da filha.

— Papai! — disse Melissa encarando Seedy. — Essa festa é para lançar uma grife. Não uma linha de toalhas xadrez!

— Mas ela não pode dar a festa aqui! — declarou Vivien.

— Não vou dar festa nenhuma aqui!

— Seedy! — suplicou Vivien.

— Será que dá para vocês me escutarem, por favor? — gritou Melissa, a plenos pulmões. — *Vou dar a festa na butique da Prada!*

— E esse anúncio explodiu pela sala de estar afora como uma bomba sônica. Os três entreolharam-se, mudos. Vivien empertigou-se, perfeitamente imóvel, como uma mergulhadora à beira de uma prancha, prester a mergulhar.

— O que foi que você disse? — murmurou.

No número da *Vogue* do mês anterior, a Prada tinha descrito sua coleção de bolsas de primavera como "elegante, inteligente e muito moderna". Em suma, uma coleção de bolsas "anti-Ho". Durante dias Vivien ficou cambaleando, ainda não inteiramente refeita do choque. Sentia-se como se alguém tivesse lhe trespassado o coração com uma lança. Para fazê-la sentir-se melhor, Seedy tirou tudo que fosse da Prada de dentro da casa. Até a própria palavra.

— Desculpa — disse Melissa ao pai, mas ele já estava com a cabeça apoiada nas mãos de novo. — Eu quis dizer aquela butique que começa com "P".

— Foi você que conseguiu isso pra ela? — estrilou Vivien, com um olhar furioso e acusador. Seedy ergueu as mãos ao alto, como quem se rende.

— Não olha pra mim.

— Tudo bem — disse Vivien. — Eu não olho. E deu meia-volta, dirigindo-se à porta sobre suas Ugg rosas. — Nunca mais vou olhar pra você na minha vida!

Seedy levantou-se, fuzilando a filha com o olhar.

— Foi ideia da Charlotte — improvisou Melissa. — Por favor, não se zanga.

— Charlotte? — E Seedy franziu o cenho. — Quem é Charlotte?

— Minha colega. Pra lançar a minha... quer dizer, a *nossa* grife.

— Sua colega — repetiu Seedy, gradativamente demonstrando orgulho. Sacudiu a cabeça e plantou um beijo no alto da cabeça da filha. — Tá certo.

Enquanto seu pai arrastava os chinelos até sua noivinha exigente, Melissa sorriu. Sem desperdiçar nem mais um segundo, tirou o fichário de estudos especiais da bolsa preta Fendi e abriu-o. No alto da página estava escrito: "Palavras que definem a Nova Grife". Apertou a caneta roxa contra o fim de uma lista cada vez mais longa. Tinha mais uma palavra e letra para acrescentar. T.

De *Triunfo*.

Palavras que definem a Nova Grife:

L — Luxo

M — Meu

N — Nobreza

O — Opulência

P — Precioso, princesa, promessa, pináculo

Q — Quilates

R — Realeza, Rainha, Radiante

S — Sensual, Sexy, Sedutor

T — Triunfo

Quem: Janie Farrish
Look: Jeans Diesel surrados, tênis All Stars verde-oliva, camiseta 100% algodão Joe Peep's Pizza, capacete de beisebol laranja-vivo

Se você for um jovem do Vale, deve ter passado alguns aniversários de sua vida no Castelo Mágico Sherman Oaks. Entre seus muitos tesouros, o Castelo Mágico conta com três minicampos de golfe, uma sala de jogos eletrônicos, boias enormes, quadras de beisebol, alguns patos meio mortos que de vez em quando ainda grasnam em um fosso. Tudo, incluindo os patos, data de 1976. A área inteira cheira a cloro, cascas de amendoim, refrigerante Dr. Pepper e suor. A única coisa que lembra um castelo no Castelo Mágico é o fosso com ponte levadiça. A única coisa que lembra magia é nada.

Não dá para criticar Janie por ter ficado surpresa quando seu irmão parou diante da porta do quarto e lhe perguntou se ela gostaria de ir lá.

— E o Tyler? — indagou ela, erguendo o olhar da sua escrivaninha. — Você não tem mais amigos?

— Você quer vir ou não?

Quinze minutos depois eles já estavam lá.

— Quer dizer então — disse ela, sorrindo de um jeito malicioso, metendo seus cabelos castanhos reluzentes no seu capacete de beisebol alugado — que é isso que você faz nas noites de domingo?

— Nem vem, cara — disse ele, apontando para ela com o bastão de beisebol. — Você também está aqui.

— E a *Charlotte*? — disse ela, com afetação, jogando uma ficha para o irmão. — Não devia estar com ela?

A moeda ricocheteou e caiu da mão de Jake.

— Sei lá — respondeu ele, e catou a moeda do chão, metendo-a no bolso do seu jeans batido.

— É verdade que você está dando um gelo nela?

— Quê? — e Jake começou a se colocar, balançando o bastão ferozmente e franzindo o cenho. — Quem foi que disse isso?

— Ela mesma.

— Maravilha. — E ele suspirou. Só tinha precisado de um *tempinho* para pensar. E agora ele já estava "dando um gelo" nela?

Jake abriu a porta da gaiola do batedor e entrou, fechando a porta com força.

— Ei, se liga — disse a irmã, apontando para a placa de metal acima da porta. — Você está na zona de 160km por hora!

— Estou. — Jake meteu a ficha na máquina. — Eu sei ler.

A máquina lançadora de bolas começou a zunir, como um enorme ventilador elétrico. Jake preparou o bastão e olhou firme para a frente. Ouvia o "ping" de lançamentos distantes, o chacoalhar da cerca de arame, as palmas e a torcida de pais bonzinhos, os aplausos e as críticas dos pais malvados. Jake tratou de bloquear tudo aquilo, concentrando-se, até que — de repente — a bola veio vindo vertiginosamente na sua direção como se fosse um cometa. Ele tentou acertá-la.

Mas errou.

— A máquina está lançando muito rápido! — berrou Janie, agarrando a cerca atrás dele.

— Obrigado pelo aviso, Srta. Óbvia! — disse Jake, enfezado, batendo com o bastão na base. A bola do segundo lançamento passou por ele zunindo antes que ele pudesse sequer levantar o bastão. Ele contraiu a mandíbula. Era capaz de bater na bola naquela velocidade. Só precisava *querer*.

Dez minutos depois a lançadora chacoalhou e começou a parar, devagarinho. Jake empurrou o boné para trás, olhando firme através da rede negra para o céu. Vinte e cinco bolas. Vinte e cinco chances.

Tinha errado todas.

— MERDA! — gritou ele, jogando o bastão no chão. Janie olhou em torno, nervosa. Não dava para jogar o bastão no chão assim no Castelo Mágico. Jogar o bastão ali era como um ato de traição. As pessoas eram *expulsas* pelo segurança. Jake olhou com raiva para a placa de 160 km por hora e cerrou o punho.

Janie prendeu a respiração.

Mas já era tarde. Ele já tinha dado o golpe.

— AI! — gritou, sacudindo a mão como se fosse um pano de pratos, toda mole. Janie piscou olhando para a placa amassada, perguntando-se qual das muitas mossas dela teria sido deixada pelo irmão. Não acreditava que ele tivesse acabado de dar um soco numa placa. Onde ele pensava que estava, em algum número musical de *Amor, sublime amor*?

— Você está bem? — perguntou ela, depois que o irmão parou de praguejar. Em seguida abriu a porta, aproximando-se dele devagarinho, meio temerosa.

— Estou — respondeu ele, removendo as bolas de dentro da gaiola com o bico do All Star. Elas rolaram pela longa rampa de concreto como gotas de suor.

— Não fica assim. Ninguém consegue rebater uma bola lançada a 160 km por hora.

— Tem gente que consegue.

— Sem prática, não.

— *Não tenho tempo para praticar!* — gritou Jake, parecendo um lobisomem desesperado.

Ela se afastou para um lado, deixando-o atravessar o parque feito uma locomotiva soltando vapor até o estacionamento, com as mãos enfiadas até o fundo dos bolsos, dando chutes em tampas de garrafa, canhotos de entrada, papel de bala, qualquer coisinha que estivesse no caminho. Mas o que ele tinha, afinal?

Quando Janie encontrou Jake, ele estava afundado no banco do carro, quase deitado, com as janelas fechadas, puxando um pedaço de fita adesiva para reparos do lado inferior esquerdo do painel. Ela abriu a porta do passageiro e sentou-se no banco da direita.

— Jake — começou, baixinho, vendo o irmão contrair e descontrair o maxilar inferior. — O que está havendo?

Jake passou o dedo no volante e suspirou.

— Nada.

— Jake — e Janie chegou pertinho dele, como quem está disposta a escutar confidências —, você está escutando *Jewel*.

E ele riu.

— Eu sei.

— Você *odeia* Jewel — recordou-lhe Janie. A essa altura, já estava ficando altamente preocupada.

Jake não reagiu. Estava ocupado demais pensando na Nikki. Nikki e aquele seu sorrisinho tímido. Nikki e seus grandes olhos azuis. Nikki e seus shortinhos vermelhos do time de futebol. Ela estava longe de ser atraente feito a Charlotte, mas o negócio era exatamente esse. Nikki o fazia se sentir seguro. Ele ia ser capaz de beijá-la sem tremer, tocá-la e não desmaiar. Podia ser que se a visse nua não se derretesse todo, feito um bobalhão.

Quanto mais ele pensava em ficar com Nikki, melhor isso lhe parecia. E nem por isso deixava de querer estar com a Charlotte. Queria, sim.

Só precisava praticar um pouco antes.

— Ô Jake — disse Janie, interrompendo-lhe os pensamentos —, não devíamos voltar para casa agora?

Ele estendeu o braço para a porta.

— Só mais uma vez, tá?

— Não sei não... — hesitou ela.

— Fica fria. — Jake sorriu, abrindo a porta ligeiramente. — Dessa vez vou usar as lançadoras mais lentas.

— O segundo encontro do Geração de Tendências... *que é um título provisório, sujeito a mudanças...* está começando agora — informou Melissa, batendo na sua mesa de madeira com um minúsculo martelinho de prata da Tiffany.

— E agora, o que é *isso* aí? — perguntou Charlotte do seu lugar no peitoril da janela.

— É um martelo de leilão — respondeu ela, lançando um olhar firme para a colega. — Caso certas pessoas resolvam perturbar a aula.

— O que é que está querendo dizer, hein? — respondeu Charlotte, com toda a inocência, alisando a saia de seu salopete de renda preta estilo baby-doll. Tinha combinado o salopete com uma blusa de seda de manga presunto e gola chinesa. A gola era cinza-marcacita, igual aos seus sapatos sem salto, com abertura no bico. Todo o resto era preto. Não tinha sido de propósito, mas, desde que Jake saíra de cena, os trajes de Charlotte estavam ficando cada vez mais escuros, engolindo-a como uma nuvem. Seu cinto de couro vermelho envernizado e sua carteira Hermès, que combinava com o cinto, eram o único indício de uma vida mais ensolarada e alegre. Era só uma questão de tempo eles serem engolidos também.

— E então — prosseguiu Melissa, pendurando o martelinho no seu novo cinto de utilidades Gucci. O cinto estava lhe circundando os quadris, realçando a cintura de seus jeans rosa desbotado da Joe's. Para completar aquele seu visual de operária-de-construção-civil-passeando-em-Milão, ela meteu os jeans dentro de botas Manolo Timberland de salto agulha. — Todo mundo trouxe uma palavra superinspirada para descrever a nossa grife?

E pegou um pedaço de giz azul-vivo, virando-se para a parede.

— A minha é com a letra D — anunciou ela, escrevendo a letra no quadro. E esfregou as mãos. — De *Diva*.

Quando viu que ninguém mais estava se oferecendo para apresentar sua letra também, Melissa olhou para Janie.

— Ah, a minha é com A — disse Janie, meio intimidada —, de *Alta*.

— Alta? — os olhos de Melissa se fecharam enquanto ela tentava respirar. Será que alguém conseguiria ser mais chata? Antes que ela pudesse abrir a boca para replicar, Petra piorou ainda mais as coisas.

— A minha é com F — anunciou. — De *Feia*.

Melissa ficou com o olhar parado, incrédula. Petra estava com um casacão azul de lona manchado de tinta e sandálias marrons gregas, amarradas até o joelho, de couro sintético. Seus calçados pareciam confortáveis, uma qualidade que Melissa considerava profundamente suspeita. Afinal de contas, *confortável* não era apenas uma outra palavra para designar...

— Feia — repetiu Melissa. — Quer que a palavra *feia* se associe à nossa grife.

— Quero.

— É uma grife de *moda*, minha filha. A *essência* da moda é ela ser, tipo, o *oposto* do que é feio.

Petra manteve sua posição.

— Acho que isso é uma questão de opinião.

— *Tá legal* — rendeu-se Melissa, brandindo o giz azul como uma adaga. Golpeou o quadro-negro, escrevendo de má vontade. Quando terminou, o giz já havia quebrado duas vezes. Ela então voltou-se para Charlotte e se preparou.

— Por favor, diz uma palavra legal.

— A minha é O. — Charlotte sacudiu os ombros. — De Opulento.

Melissa soltou o ar dos pulmões.

— Muito obrigada.

— Típico — resmungou Petra de seu lugar no chão. — Aqui nessa escola todo mundo só pensa em dinheiro.

— Eu gostaria de fazer uma observação — disse Charlotte. — Opulento também pode significar bem gorduroso, como quando a gente diz, esse *creme brulée* é bem opulento.

Petra revirou os olhos.

— Tenho certeza de que foi nesse sentido que você sugeriu essa palavra.

— Já chega, pessoal — disse Melissa, repassando a lista de palavras. — Temos um D, um F, um A e um O. Alguém pensou em alguma palavra com essas letras?

As meninas ficaram olhando as letras durante o que lhes pareceu um tempo infindável. Do lado de fora da porta fechada, os gritos histéricos de algumas meninas do primeiro ano do Ensino Médio aumentavam e diminuíam. Depois, após um instante de passos que se foram, tudo ficou em silêncio de novo.

— Ah! — exclamou Janie, instantaneamente se arrependendo. Não tinha a intenção de dizer "ah" tão alto.

— Que foi? — indagou Melissa, indo para a frente da mesa.

— Nada — disse Janie, sacudindo a cabeça. — Deixa pra lá.

— Ai, fala, vai — disse Melissa, batendo com o salto da bota de operária no chão. — O que é?

— Há... — e Janie gaguejou, depois de uma pausa tensa. Não ia suportar aquela pressão do olhar de Melissa durante muito tempo. — Há... parece que as letras formam a palavra... é...

— Desembucha logo! — gemeu Charlotte.

E Janie falou.

— Formam a palavra "Foda".

— O quê? — Melissa girou nos calcanhares, olhando o quadro. — Não forma nada!

— Forma sim! — disse Petra, soltando uma gargalhada, encantada. — Cara, sinistro!

— Sinistro o caramba! — gaguejou Melissa. Estava ali organizando o maior lançamento de todos os tempos, e para quê? Uma empresa de moda iniciante chamada Diva Alta, Feia e Opulenta? Ou FODA? Não, não e não, nem pensar! — Vamos ter que inventar outro conjunto de palavras agora mesmo.

— Tem que ser agora? — reclamou Petra. — Estou com dor de cabeça.

— Cara, estou com a maior peninha de você — disse Melissa, franzindo o cenho de desprezo. — Estou *mesmo*, viu. Mas, *infelizmente*, ninguém mais pode fazer isso em nosso lugar!

— Bom, talvez os outros possam pensar no caso, sim — respondeu Charlotte, sem ocultar sua exasperação.

— Está querendo bancar a engraçadinha, é?

— Não, a não ser que ache boas estratégias de marketing engraçadas.

Melissa suspirou e deixou-se cair na cadeira.

— Ok. Manda.

— Lá vai. Como estamos tendo tanta dificuldade de encontrar um nome, por que não fazemos uma espécie de concurso? Quem sugerir o melhor nome para a grife pode, tipo, ganhar um prêmio.

— Tipo o quê? — indagou Petra, afastando os cabelos emaranhados dos braços cruzados.

— Sei lá — disse Charlotte, dando de ombros. — Uma camiseta, talvez?

— Uma camiseta — concordou Melissa, andando de um lado para outro na sala. — Tipo uma camiseta de alta-costura, com o nome da nossa grife? — E Melissa desenhou uma linha imaginária no peito, simulando a grife em questão.

— Exato. — Charlotte também concordou. — Não só as camisetas de grife parecem profissionais e feitas por estilistas, como também fazem propaganda gratuita.

Melissa bateu palmas.

— Quem usar a camiseta vai virar um cartaz ambulante!

— Contanto que a camiseta seja 100% algodão e que não seja feita por escravos... — começou Petra.

— Claro, claro que sim — consentiu Melissa, às pressas. — E então — continuou ela —, todas concordam com a camiseta?

— Eu topo — cantarolou Charlotte.

— Eu topo — opinou Petra.

— Há — Janie ficou olhando para o colo. *E se fizesse um vestido de alta-costura?* Não podia deixar de pensar. Não só um vestido era *muito* melhor que uma camiseta, como ela poderia talvez emprestá-lo às escondidas para Amelia. Amelia teria o vestido para se apresentar no Spaceland, a Geração de Tendências teria o seu prêmio, e todos ficariam satisfeitos. Mas também tinha o fato de a camiseta ter sido ideia de Charlotte. Se Janie discordasse, sabe-se lá que vinganças com o tema Pompidou ela teria que enfrentar.

— E então? — perguntou Charlotte com um sorrisinho felino. O coração de Janie bateu tão rápido como o de um canário.

— Eu topo — respondeu ela, em um sussurro fraco.

Melissa bateu na mesa com o martelinho de prata.

— Falou, galera — e levantou o punho cerrado. — Se quiserem me enviar mensagens eletrônicas com as listas de convidados esta noite, vou começar a tratar dos convites. Podem visitar meu website www.MoonWalksOnMan.com. Até.

Quando Melissa se encaminhou para a porta de saída, rebolando-se toda, o sinal tocou bem demorado, alto e claro.

Quem: Amelia Hernandez
Look: *Camisão retrô listrado de vermelho e branco, cinto de couro branco com fivela redonda de prata, skinny jeans Lux acinzentado, escarpins retrô vermelhos de bico pontudo, pulseiras de prata, brincos de argola de plástico vermelho.*

— O que você acha? — perguntou Amelia, inclinando o espelho caindo aos pedaços da loja Goodwill para ver melhor seu bumbum coberto por couro preto. — Estou procurando uma coisa assim tipo Debbie Harry no auge da fama, algo do gênero.

Quando Amelia começou na banda Criaturas de Hábito, sua prioridade — depois de conseguir integrantes vivos de verdade, que respirassem — foi comprar uma calça de couro preto superirada. Mas depois de oito meses de procura incessante, ela continuava sem uma calça de couro preto superirada. Era um constrangimento para sua profissão. Um médico sem jaleco. Um marinheiro sem boné. Uma drag queen sem peruca.

Sempre que ela estava a ponto de desistir, passava a noite inteira assistindo ao programa *Adoro os Anos Oitenta*, no canal VH1. E bastava isso. Aquela sua avidez pelo couro voltava com toda a força. Com um dos olhos na tevê, ela ligava para Janie e exigia que se encontrassem em Melrose, Venice Beach ou, como naquele dia, no brechó Goodwill, no Magnolia Boulevard.

— Quem é Debbie Harry? — perguntou Janie, espiando por trás de um cabideiro cheio de camisetas de verão velhas. Ela estava pensando em comprar uma camiseta azul-celeste com uma estampa em que se viam um castor, um barco e um arco-íris.

— Fala sério! — Amelia parou, pasma diante da ignorância da amiga. — É a vocalista da Blondie!

— Pensei que o nome dela fosse Blondie.

— Meu Deus. — E Amelia pressionou a mão contra a cabeça, fazendo toda uma coleção de pulseiras deslizar do pulso até a dobra do cotovelo. — É você mesmo, Janie?

— Ih, não força. — E Janie franziu o cenho, com a mão no cabideiro de camisetas. — Você parece a Ashlee Simpson com essa calça.

Amelia ficou boquiaberta.

— Pareço? — E correu para o provador, batendo a porta depois de entrar. Janie riu ao vê-la movimentando os pés depressa sob a porta. Quando se tratava de remover Ashlee Simpson do seu corpo, Amelia não perdia um só segundo.

— Ah! Esqueci de te contar...

— O quê? — indagou Janie.

Amelia saiu do provador em menos de dez segundos.

— Recebi o convite para sua festa de lançamento ontem à noite.

— Ah, não. Não ri, tá.

— Imagina, não ia rir mesmo. — disse Amelia, tornando a examinar seu reflexo no espelho sem a tal calça. — É só que... você entende, eu não posso ir.

— O quê? — Janie procurou vencer um espasmo de pânico. — Por que não?

— É na noite do meu show.

— Quê!?

Amelia sacudiu a cabeça.

— Tive a impressão de que você não estava lembrando.

Janie foi até um banco a um canto e se deixou cair nele. Ficou olhando para a frente, atordoada.

— Não acredito nisso.

Amelia passou o braço em torno dos ombros da amiga. Uma única lágrima se formou no canto do seu olho direito. Não podia crer que ia perder o show da Amelia. Assim nunca mais ia ter uma chance de ver Paul Elliot.

— Você pode vir *depois* do desfile. A gente ainda vai estar por lá — disse Amelia, olhando para a amiga, em tom de consolação.

— Mesmo? — E Janie soltou o ar, aliviada e trêmula. Quando Amelia viu que a amiga tinha se acalmado rapidinho diante da opção de ir depois do show, tirou o braço de trás dela e lhe deu uma palmada no ombro.

— Você só está pensando no Paul!

— Não! Estou mesmo com pena de perder o show. Além do mais — comentou Janie —, você também não vai à minha festa.

— Tem razão. — E Amelia levantou-se, espreguiçando-se. — Podemos ir agora?

— Claro — concordou Janie. Mas aí seus olhos arregalaram-se e ela agarrou o braço de Amelia, puxando-a para trás de um cabideiro.

— Ai! — berrou Amelia, esfregando o braço machucado.

— Shhh! — fez Janie, agachando-se bem perto do chão, e puxando sua melhor amiga para baixo, junto dela.

— O que está havendo? — murmurou Amelia, esticando o pescoço para dar uma espiada. — Tem alguém...

E Janie puxou-a para trás de novo.

— Não! — ordenou com os dentes cerrados.

— Janie?

Janie e Amelia olharam de relance para cima ao mesmo tempo. Embora não tivesse reconhecido o cara, Amelia sabia muito bem quem era. Estava com uma camiseta azul envelhecida em que se lia a marca SEX WAX, calças de veludo cotelê de um tom amarronzado e sandálias de dedo pretas. Passou a mão pelos cabelos dourados até que eles assentaram no formato de uma choupana de palha meio caída. Sua pele reluzia como uma pedra de praia, e quando ele sorriu, os pelinhos que estavam nascendo, alourados, no seu maxilar inferior bem definido refletiram a luz. Ele chegava a brilhar.

— Bem que eu achei que era você — disse, sorrindo.

— Eu só estou aqui... pegando uma coisa que caiu — explicou Janie, fingindo que estava procurando algo no chão empoeirado. Amelia limpou de poeira as mãos e se levantou.

— Meu nome é Amelia — Janie escutou-a dizer.

— E aí? O meu é Evan.

— Encontrei! — E Janie pôs alguma coisa invisível dentro do bolso e se levantou. — Então... — disse ela, pegando a mão de Amelia. E despediu-se de Evan com um sinal da cabeça. — Tchau, já vamos.

— Espera! — disse Evan, rindo. Janie franziu o cenho. Sabia que Evan só falava com ela porque Charlotte tinha mandado, então por que é que estava querendo falar com ela agora? Fitou os olhos cor de piscina dele, procurando alguma pista. Depois desviou o olhar. Seus olhos eram parecidos demais com os de Charlotte para ela se sentir bem. Era como se ela estivesse *dentro* dele, assistindo.

— O que foi? — perguntou.

— Sei lá. — E Evan coçou a parte de trás do tornozelo com a ponta do chinelo. — Eu só queria... há... o que você está fazendo aqui?

— Compras — respondeu Amelia de trás de um cabideiro próximo onde se viam vários saiotes escoceses.

— Não, não estamos fazendo compras não — disse Janie, mais do que depressa. Mas que coisa, a Amelia admitir que fazia compras no Goodwill! — Ela estava só zoando — explicou, evitando a expressão confusa de Amelia. — Viemos fazer uma doação.

— Eu também — respondeu ele, segurando uma sacola do Barneys diante de si, na altura do peito. — Posso perguntar uma coisa a vocês? — E as duas viram Evan agachar-se até perto do chão e procurar algo na sacola. Ele tirou uma frente única de seda cor de lavanda da Chloé e uma linda saia Cacharel de cashmere branca, jogando ambas no chão, como se fossem panos de limpeza. E aí, exatamente quanto tudo parecia que não podia ficar pior, tirou da sacola uma calça. E não uma calça qualquer.

A mais perfeita e irada calça de couro preto.

Amelia ficou olhando para Janie com o olhar suplicante de um animal esfomeado. Janie sacudiu a cabeça. Ela não ia permitir *nem morta* que a amiga comprasse roupas usadas por Charlotte. Principalmente diante do muito pouco confiável irmão da dita cuja.

— Vocês duas sabem o que é isso? — E Evan tirou um negócio verde-jade da sacola, puxando-o por uma fita comprida de seda.

— É um corpete — respondeu Amelia, ainda de olho na calça.

— Ah, legal — respondeu Evan, alisando um formulário de doação da Goodwill sobre o joelho. Então apertou o botão da esferográfica, riscou a palavra "colete" e substituiu-a por "corpeito".

Nenhuma das meninas se incomodou de corrigi-lo.

— Valeu, hein — disse ele, voltando a dobrar o formulário. Depois passou os dedos pelos cabelos de novo e dirigiu a elas o seu sorriso de covinhas mais devastador e desinibido até o momento. Janie ficou tirando sujeira de sob a unha e olhando para um ponto indefinido do espaço. Evan suspirou. Era estranho: quanto mais aquela garota fingia que não o via, mais linda ele a achava.

Por quê, afinal?

— Até mais — disse ele, rendendo-se e erguendo o queixo.

Janie e Amelia ficaram vendo Evan sair e passar pela vitrine da frente da loja na direção do seu Range Rover todo enlameado. Assim que ele sumiu, Amelia bateu palmas e fez uma dancinha.

— Eba! Agora eu *preciso* experimentar aquela calça.

— Você não pode estar falando sério — disse Janie, boquiaberta e espantada.

— Você não viu aquelas coisas? — replicou Amelia, atabalhoadamente, igualmente incrédula, senão mais que sua amiga. — Eram perfeitas!

— Amelia — ordenou Janie —, não!
— Mas *por quê*?
— Há... sua dignidade?
— Isso não tem nada a ver com dignidade! — disse Amelia, furiosa, dirigindo-se à saída do brechó como um furacão.
— Aimeudeus Amelia! — E Janie a seguiu, até a calçada. A porta bateu atrás dela com um alegre tilintar de sinos. — E se alguém te vê usando aquela calça? E se *reconhecerem* a calça e Charlotte *descobrir*? Não vê que humilhação seria?
— Ai, que saco! — gemeu Amelia. — Pra *quem*? Você ou eu?
— Não importa!
— Importa sim! Eu não estou *nem aí* para o que a garota pensa. Você é que está! Só pensa em *você*!
— É fácil pra você dizer isso! — defendeu-se Janie. — Não é *você* que precisa ir ao tal curso. Não sabe o que é isso!
— E a culpa é minha?
— Quer saber? É sim! É SIM! — explodiu Janie na esquina da rua. — Eu nem mesmo estaria naquele curso se não fosse por você!

Amelia andou até o ponto do ônibus e sentou-se. Um milhão de cartazes da Britney Spears revestiam por inteiro a parede de concreto. Os incisivos da Britney estavam pintados de preto. Na testa das Britneys estavam escritas palavras como CACHORRA ou PIRANHA. Os cartazes estavam descascando e rachando ao sol. Janie e Amelia olhavam firmemente para a frente, o rosto crispado diante daqueles milhões de sorrisos mutilados da Britney.

— Se detesta o curso tanto assim — disse Amelia, finalmente rompendo o silêncio —, por que simplesmente não o abandona?

Janie ficou olhando para o chão. Um tufo de capim amarelado e resistente saía por uma rachadura do concreto, e ela o tocou com o bico do seu All Star.

— Nós íamos fazer aquele vestido.

— Íamos? — indagou Amelia. Janie continuou de olhos pregados no chão. Não tinha feito planos de fazer o vestido, e Amelia sabia disso.

— Está vendo só? — disse Amelia, sacudindo a cabeça. — Eu é que te meti nessa furada, mas o motivo pelo qual você continua nela nada tem a ver comigo. Tem a ver com *você*, Janie. Você gosta de se dedicar a gente que te rejeita.

— *Mentira* — e os olhos de Janie encheram-se de lágrimas.

— Ah, deixa pra lá.

Quando o ônibus dobrou a esquina, Amelia ficou de pé. Dentro de instantes, ele encostou junto ao meio-fio, rosnando, e produziu um lamento comprido, bem agudo. As altas portas verticais se abriram com um chiado e travaram-se com um ruído de encaixe. Janie viu a amiga subir os degraus pretos sujos e percorrer o corredor. Ela se inclinou e sentou-se num banco do lado oposto, desaparecendo de vista. Quando o ônibus se afastou, Janie engoliu em seco. Um nó do tamanho de uma conta se formou na sua garganta.

Pela primeira vez na história da sua amizade de oito anos, Amelia não tinha acenado para se despedir dela.

Quem: Charlotte Beverwil
Look: Túnica cerimonial sagrada

Charlotte gostava de dizer que tinha nascido no século errado. Imaginava-se como uma cortesã de olhos sonolentos na Paris de 1910, ou talvez uma bailarina melancólica ou talvez uma freira de faces rosadas que foge com um ousado jovem escultor chamado Sebastien-Pièrre du Pont. "Mas você não ia gostar disso, minha Ursinha Azul", declarava o pai naquela sua voz retumbante e teatral (tinha convidado Charlotte para entrar no seu escritório para uma das suas conversas mensais ao pé da lareira). "Havia muitas doenças! Os dentes das pessoas eram estragados! Os cavalos cagavam nas ruas! E além do mais", disse ele, rindo consigo mesmo, "cem anos atrás, as atrizes eram tratadas como se fossem prostitutas!"

Charlotte acrescentou: "atrizes tratadas como prostitutas" à sua lista de pontos positivos.

Lá para o fim do nono ano, aquela mania romântica de Charlotte de agir como se agia no século passado começou a se manifestar no seu armário: meias de seda e anáguas, casacos de caça e corpetes, capas de veludo e luvas rendadas, anquinhas. Não que ela usasse tudo isso. Não em público. Vestia tudo na privacidade do seu próprio quarto e olhava para o seu reflexo com grande atenção. "Sebastien-Pièrre", sussurrava ela, com todo o seu poder de sedução. "Leve-me para longe deste lugar." E aí apoiava uma das mãos no espelho, beijando o vidro até que ele embaçasse.

É sério.

Naturalmente, assim que Charlotte conseguiu ter seu primeiro namorado na vida real, ela rompeu com o espelho e nunca mais voltou a pensar nos momentos que passaram juntos. Mas aí Jake Farrish parou de ligar, e Charlotte reconsiderou sua decisão. Com gestos cuidadosos e comedidos, envolveu-se em um véu de viúva de 1905, agarrou um rosário de 1906 e encarou seu único e mais confiável amor: ela mesma.

— Eu te amava, Jake — suspirou ela, olhando para as profundezas do espelho. — Mas você partiu para outro mundo... E agora preciso lhe dizer... *adieu.*

No dia seguinte, ela pulou da cama, colocou um velho CD do Beck a todo volume e dançou até começar a dar gargalhadas. Seu pequeno funeral tinha dado certo! Agora que o relacionamento tinha terminado oficialmente, e estava morto e enterrado, pronto! Ela estava livre outra vez!

Charlotte vestiu seu novo vestidinho Blumarine e foi para a escola com todo o gás, como se fosse uma garrafa de champanhe recém-arrolhada. Às vezes, percebeu, o futuro não era tão ruim assim.

Quem: Nikki Pellegrini
Look: Jeans Paige "Laurel Canyon", camiseta extralonga de algodão magenta e sem mangas Ella Moss, sapatilhas prateadas Joie, merendeira de vime Kate Spade

Jake encostou-se a uma árvore, abriu o livro de física e soltou um palavrão, baixinho, que começa com a letra P. Jake, como muitos estudantes de Winston, estudava de acordo com o antigo e comprovado Método da Procrastinação. Se alguém o visse estudando às 7h48, muito provavelmente era porque tinha uma prova às 9h. Caía dentro dos livros como uma bomba, o coração tiquetaqueando como se fosse uma contagem regressiva. E a menor perturbação, desde um leve *bom-dia* até um *clique* de fechadura de um armário ou o suave *ronronar* de um Jaguar distante, podia fazê-lo explodir.

Quando Charlotte parou o Jaguar cor de creme na Vitrine, e o ronronar aumentou até transformar-se em um verdadeiro rugido, o pânico de Jake, que tinha pavio curto, explodiu. Sem pensar, ele parou de ler, se jogou no chão e, agarrado ao livro-texto de física, rolou para debaixo de uma sebe próxima. Desejou poder dizer que era esta a primeira vez que tinha se escondido para se proteger.

Mas não era.

Claro que, escondido como estava, ainda podia escutar sons. E ao ouvir o riso de Charlotte, como um sininho chinês tilintando, ele empurrou os ramos densos da sabe, pegou uma folha que tinha ficado presa ao seu cabelo e, semicerrando os olhos, deu uma espiada. Ela estava a uma distância de seis metros, encostada contra o para-choque, o pé apoiado no pneu. O sol matinal brilhava através do tecido fino do seu vestido com estampa floral. Um triângulo luminoso reluzia atrás do seu joelho. Jake engoliu em seco, com dificuldade. Nunca tinha visto ninguém assim tão bela, tão pura...

E tão *completamente* cercada por otários.

Tim Beckerman agachou-se aos pés dela, inclinando a cabeça e escovando seus cachinhos sensíveis de garoto emo. *Otário.* Theo Godfrey sentou-se no capô do carro, com o skate na mão. *Otário.* Luke Christie empurrou a manga da camisa para cima, indicando um ponto do seu bíceps saliente. (Luke vivia convidando as garotas para sugerir qual seria sua próxima tatuagem.) *Otário.* Mas Charlotte permitia que eles se agrupassem ao seu redor; até parecia gostar disso. Por que diabos ela estaria assim dando tantas risadinhas? Nenhum daqueles caras tinha um pingo sequer de graça.

— Oi, Jake.

Com muito custo, Jake conseguiu desviar o olhar do espetáculo irresistível que era Charlotte e viu sua nova amiguinha, Nikki Pellegrini, sorrindo para ele.

— Estava querendo te convidar — começou ela a dizer, bem depressa — pra almoçar na sala de projeção hoje, quer? Fica vazia às sextas. — *E escura*, pensou ela, com o rosto corando forte e alegremente.

Para espanto cada vez maior de Nikki, ela e Jake já estavam almoçando juntos fazia uma semana. Tudo começou quando ele a convidou para ir até o telhado do ginásio para ela lhe falar mais um pouco da Jewel. A princípio ela pensou que ele estivesse brincando. Mas não estava. Nikki falou de música durante vinte minutos (além de Jewel ela gostava muito da Sarah McLachlan), e Jake ficou prestando enorme atenção ao que ela dizia. Quando ela terminou, eles ficaram contemplando os rios faiscantes de carros no Coldwater Canyon, a longa ladeira, e a cidade depois dela. Nunca aquela planície cheia de postes telefônicos, outdoors e trânsito tinha lhe parecido tão bela. Depois de uma longa pausa, Jake pigarreou.

— Não seria maneiro se os modelos que anunciam o iPod, tipo, de repente criassem vida e pulassem dos outdoors, virando Los Angeles toda de pernas pro ar? — Essa cantada não era do tipo que funcionava com qualquer uma.

Mas com Nikki funcionou.

Durante o resto da semana, os almoços sucederam-se. Na terça, eles tomaram refrigerantes no telhado. Na quarta, dividiram sacos de batatinha frita na escada. E na quinta, na sombra silenciosa atrás dos armários, dividiram um sanduíche de pastrami. Por algum motivo, Jake insistia para eles não contarem a ninguém que comiam juntos na hora do almoço (comiam onde não podiam ser vistos). Por mais confusa que Nikki se sentisse diante desse segredo todo, também se sentia empolgada. Sentia-se especial; de alguma forma, escolhida — como uma vaca sagrada.

— Agora não, Nik — murmurou Jake, os olhos ainda fixos em Charlotte. Por que diabos ela estaria passando a mão pelo cabelo de Tim Beckerman? Só de pensar na mão de Charlotte tocando o corpo de Tim ele já se sentia enjoado.

— Ah, tá — disse Nikki, entrando em pânico. Talvez ela devesse ter esperado Jake convidá-la para ir à sala de projeção antes. Mas ela havia passado *a semana inteira* esperando, e *um dos dois* tinha que fazer o convite. A sala de projeção era o lugar perfeito: escurinha, silenciosa, quente e cheia de móveis — privativa. Se seu sexto sentido estivesse correto, seus cabelos macios e seus lábios pintados com brilho (ela havia escolhido o Juicy Tube da Lancôme, sabor Caramelo Delicioso), Jake ia simplesmente se sentir *obrigado* a beijá-la.

— Você quer ir outro dia? — perguntou ela, sorrindo corajosamente.

— Hã? — disse Jake, meio distraído. Antes que Nikki pudesse responder, ele passou por ela. Nikki seguiu-o com os olhos, o coração gelando. Sabia aonde ele ia. Charlotte Beverwil estava com um vestido tipo *chemisier* florido e ensolarado, e botas de couro marrom amarradas até o joelho. Os cabelos caíam em reluzentes anéis escuros em torno de seu rosto sorridente. Nikki nunca tinha visto ninguém mais bela. Quando Jake começou a correr, ela removeu o brilho escorregadio dos lábios. A mensagem era bem clara: ela não passava de uma cobaia.

Charlotte Beverwil era a meta final.

Jake atravessou a Vitrine com passos desenvoltos mas comedidos. Precisava dar a ela bastante tempo para olhar para o seu lado e vê-lo. Ele também faria de conta que a tinha visto de passagem, sorriria, acenaria e se aproximaria dela. Depois de duas voltas pela Vitrine, porém, Charlotte não havia nem ao menos lhe lançado um olhar de relance ainda. Jake resolveu usar uma tática alternativa.

— Oi — começou, pigarreando. Charlotte não pareceu tê-lo escutado. Estava ocupada demais, escutando o que Joaquin Whitman lhe dizia.

— Aí eu fiquei olhando para o copinho de Cup Noodles, né? E o Ziggy ficou rolando, com todos aqueles violoncelos, e tal, e eu, assim, em altas viagens, porque de repente o macarrão virou um monstro assim horríííível e as cenourinhas desidratadas viraram assim, os olhos dele, né...

— Cala a boca, Whitman — disse Luke. Charlotte jogou a cabeça para trás e soltou uma risada.

— Cara, tô falando sério! — insistiu Joaquin. — Esse troço parece até uma dose instantânea de veneno de Satanás.

A campainha tocou, e os otários todos se dispersaram para lados opostos do estacionamento, destrancando seus carros de luxo com ruídos agudos de controles remotos e apanhando os livros no porta-malas. Jake seguiu Charlotte, que contornou o Jaguar. Ela abriu o porta-malas, localizou o caderno, a agenda, o seu jornal *L'Étranger* e meteu-os todos na sua sacola de vinil da Chanel.

— Oi — cumprimentou de novo Jake. Charlotte fechou o porta-malas com um estrondo. Seus olhos estavam pregados no fundo da bolsa; ela passou direto por ele. — Charlotte — Jake procurou andar mais rápido, para poder acompanhá-la —, não quer falar comigo?

— Por que deveria falar com você? — disse ela de repente. — Por acaso pareço maluca?

— Um pouco — provocou Jake. Ela o paralisou com um olhar de advertência e continuou andando, furiosa. — Já mencionei que você parece uma maluca bem atraente? — acrescentou ele, com uma pontinha de esperança na voz. Se Jake percebia como era errado "dar um tempo para pensar", era agora, enquanto perseguia sua amada saturada, furiosa, soltando fumacinha pelos ouvidos.

— Argh! — gemeu Charlotte. — Sabe o que você é, Jake? Você é feito aquele cara de *Uma mente brilhante*. O cara que o Russell Crowe pensa que é seu melhor amigo, e depois descobre que... espera aí! *Ele era só uma alucinação!*

Jake fez cara feia.

— Acho que você andou conversando demais com o Joaquin.

— Não, conversei demais foi com você — retrucou ela, passando a alça da bolsa de um ombro para o outro. — Com licença, é hora de eu tomar minha pílula do Russell Crowe e fazer você sumir.

— Você tem uma pílula do Russell Crowe?

— Claro que não. Mas se tivesse, eu tomaria sem hesitar, assim, ó. — E estalou os dedos bem perto do rosto dele.

— Tá legal. — E aí Jake abriu a mochila. — Espera aí só um instante. — A certa altura do ano passado, se ele se lembrava corretamente, uma caixa de Sweet Tarts tinha se aberto dentro dela, e ele não tinha se dado o trabalho de remover as balinhas da mochila. As balas ainda estavam lá, enterradas no canto mais recluso, escuro e cheio de fiapos do bolso da mochila. Ele pegou uma. Antes as balas eram verde-vivo, agora pareciam verde-alga. Jake esfregou a bala na calça de veludo. E estendeu a mão para colocá-la na mão da Charlotte.

— Charlotte — começou, tentando não tomar conhecimento de seus dedos trêmulos. Charlotte estava olhando para o chão, fula da vida. — Desculpe eu ter agido como...

— *Um total e perfeito cafajeste?* — explodiu ela. Jake ficou boquiaberto, e ela não pôde resistir à tentação de dar um sorriso, feliz de ver que finalmente o havia colocado no seu lugar. Mas mal sabia ela que, longe de sentir-se magoado, Jake havia se sentido lisonjeado. Até *excitado*. Não há momento mais sublime na vida de um cara do que a transição de "cara bonzinho" para "cafajeste". Jake sorriu ligeiramente também, saboreando aquele momento.

— Sabe, é que eu... — E suspirou para mostrar o quanto lhe custava fazer essa confissão. — Eu fiquei meio assustado.

Charlotte balançou a cabeça, concordando, como quem compreendia, porém friamente.

— Por causa da sua irmã, né?

— Pra dizer a verdade, ela não teve nada a ver com isso.

— Ah, não teve?

— Estou te dizendo — insistiu Jake. — Simplesmente me assustei. E aí eu pensei que se, sabe, ficasse um pouco, assim, distante de você... Eu me sentiria *menos* confuso. Mas em vez disso tive *mais* medo ainda.

— É mesmo? — Charlotte pareceu perplexa. — E por quê?

— Porque... — e Jake continuou após uma pausa sentimental. — Senti *saudade* de você.

Charlotte ergueu os olhos do chão e, pela primeira vez durante a conversa, olhou direto nos olhos dele. Ela só queria poder confiar em Jake. Afundar o rosto no algodão macio daquela camisa xadrez de caubói dele e sentir seu cheiro até que seus pulmões estivessem cheios e seu coração quase estourando. Mas teve medo. Exatamente quando já o tinha esquecido, ali estava ele, na sua frente, voltando a atraí-la para si. Não era justo.

Jake apertou a balinha Sweet Tart acinzentada contra a palma da mão dela.

— É pra você.

— O que é?

— É... bem... uma pílula do Russell Crowe.

Charlotte revirou a balinha redonda entre o indicador e o polegar.

— É uma Sweet Tart, Jake. Uma Sweet Tart bem velha, e bem nojenta.

— *É uma pílula do Russell Crowe* — gritou ele, encenando severidade. Ela sorriu de leve. — Se você tomar essa pílula — instruiu ele —, eu prometo que vou embora. Vou desaparecer no éter.

Exatamente como o colega de quarto australiano que era amigo do Russell Crowe.

— *Britânico* — corrigiu ela.

— Britânico. Que seja.

Charlotte olhou para Jake durante o que pareceu ser um longo tempo. E aí, erguendo ligeira porém significativamente suas sobrancelhas arqueadas e perfeitas, ela meteu a bala na boca. Tocou o braço de Jake, girou no salto duro e marrom da sua bota L'Autre Chose e se afastou. Jake ficou vendo-a partir, aturdido. Não havia nada mais a fazer. Nem dizer.

Tinha perdido a parada.

Mas aí teve uma ideia.

— Você não engoliu! — berrou, a plenos pulmões.

Um grupo de skatistas que passava reduziu a velocidade. Num jogo de basquete próximo, o treinador pediu tempo. Duas meninas do nono ano entreolharam-se de relance... E todos estavam pensando: *Ih, drama!*

Charlotte lançou a Jake seu melhor olhar *como-se-atreve*:

— *Ingulhí shim!* — respondeu ela.

E era só dessa prova que ele precisava. Em três passadas rápidas já estava ao lado dela, puxando-a para junto de si. Não sabia se era um vencedor ou um incompetente, mas cruzou os dedos torcendo para ter vencido e tratou de cair dentro. Pegou o rostinho pequenino e delicado dela entre as mãos e a beijou. Beijou-a até o mundo inteiro encolher-se e ficar do tamanho de uma lavanderia doméstica e a lavanderia virar o mundo inteiro.

A Vitrine irrompeu em vivas e gritinhos.

— Que indecência! — berrou um cara.

— Vindo de você, esse comentário é inédito — respondeu uma garota.

— Inédito é a sua *cara*! — respondeu ele.

Envergonhados, Jake e Charlotte afastaram-se um do outro e começaram a se dirigir ao Salão de Assembleias.

— Aliás — disse ele, puxando um dos cachinhos dela —, você mente mal à beça.

— Ah minto, é? — disse ela, olhando para cima. Ainda estava meio zonza do beijo.

Jake abriu a boca. A balinha Sweet Tart que havia roubado estava presa na sua língua como um botão.

— Eca — fez Charlotte, rindo, e percebendo o que ele tinha feito. Ele esmagou a bala e mastigou-a, produzindo sons bem altos e grotescos, triunfantes. — Você é nojento — declarou ela. Jake passou o braço em torno dos ombros dela e sorriu, radiante.

E foram para a Assembleia juntinhos.

Quem: Emilio Totó
Look: Coleira azul Louis Vuitton cravejada de cristais *rhinestone*

Depois de três meses e meio de namoro, Melissa informou Marco de que se recusava a transar antes do casamento. Marco respeitou sua decisão, principalmente porque era por causa de Jesus, e Marco respeitava Jesus.

— Mas a gente pode fazer outras coisas, né? — foi uma pergunta que ele precisou fazer.

— Claro — respondeu ela, sorrindo de um jeito que Marco considerou promissor. Estavam deitados na cama, conversando. Depois de alguns minutos, começaram a beijar-se em vez de conversar. E aí, exatamente quando ele pôs as mãos no fecho reforçado do sutiã tamanho 50 de Melissa, ela se afastou.

— Será que não dá só para *olhar* para ele? — arquejou ela. Vagarosamente, relutante, Marco virou-se. E, como Marco esperava, lá estava ele: o cachorro de Melissa. Emilio Totó estava sentadinho nas pernas traseiras e com a cabecinha apoiada na beirada do colchão superestofado. Lambia os beiços.

— Ele está sentindo nossa falta! — cantarolou Melissa fazendo biquinho.

Antes que Marco percebesse o que estava havendo, Emilio Totó já estava na cama com eles, espremido entre os corpos dos dois como um hambúrguer peludo.

— Cadê o fofinho da mamãe? — arrulhou Melissa quando Emilio empurrou a bundinha contra o rosto embevecido dela. Emilio olhou firme para Marco com seus olhos pretos como botões. Marco sustentou o olhar do cão.

"Eu é que sou o fofinho dela", gabou-se Emilio Totó, mostrando a ponta da linguinha rosa. (Marco estava cada vez mais convencido de que era capaz de ler os pensamentos do cãozinho.)

Marco virou-se e deitou de costas, olhando para o teto. O quarto de Emilio Totó ficava apenas a cinco metros de distância do de Melissa. E mesmo assim aquela caminha em miniatura dele, com dossel e um acolchoado estampado de minúsculas flores e lençóis listrados de vermelho e branco, não tinha sido usada nem uma vez. Os petiscos de cachorro em formato de bombinha cobertos com glacê cor-de-rosa ainda estavam sobre os travesseiros. Sua tela HDTV emoldurada de dourado, com DVDs de clássicos caninos como *A incrível jornada* e *A dama e o vagabundo* nas estantes embutidas, continuava sem uso. Seu presente de Natal, uma esteirinha de exercício para cachorro do tamanho de um carrinho de bebê com uma gravação da voz de Melissa ("Vem, Emilio! Bom *garoto*, Emilio!") continuava embrulhado. E ele tinha até um banheiro próprio, sim. A *salle de bain* de Emilio tinha pias do tamanho de tigelas, um lustrezinho de cristal, uma privadinha de brinquedo em que se podia dar descarga, e um jogo de toalhinhas rosa para combinar, com brasões dourados bordados. O toucador de 60 centímetros de altura (contornado por um pano com pregas e um espelho em forma de coração) estava lotado de uma linha completa de produtos BIG SEXY HAIR do tamanho próprio para viagens. Era tudo que uma bola de pelos de um quilo podia querer nessa vida, e Emilio nunca tinha sequer entrado ali. Por que entraria? O quarto de Melissa e o dele eram *réplicas exatas um do outro*, a não ser pelo fato de o quarto de Melissa ser enorme quando comparado ao dele. Emilio não era bobo. Conhecia as regras. E qual é a regra número 1 para se *levar uma boa vida*?

QUANTO MAIOR, MELHOR.

— Baby — Marco apertou a mão macia de Melissa —, eu andei pensando. Talvez seja hora de o Emilio dormir no quarto dele, não?

— O quê? — E Melissa estreitou Emilio contra si. — Por quê?

E Marco suspirou. O que poderia dizer? Que Emilio Totó estava vagarosamente acabando com a vida (tudo menos) sexual deles? Que Emilio vivia envenenando com pensamentos malévolos contra caninos a cabeça de Marco 24 horas por dia, sete dias por semana? Que ele estava começando a se perguntar se a virgindade da sua namorada não tinha tanto assim a ver com Deus, e mais a ver com... o cão?

— Melissa — começou ele, tentando criar coragem —, é que algumas vezes eu me sinto como se...

— Ai, baby — interrompeu-o ela. Seu telefone a estava alertando de que estava recebendo uma ligação de Número Desconhecido. — Dá pra ver quem é? Não quero incomodar o Emilio.

— É a Charlotte — gemeu Marco, estendendo a mão para pegar o telefone.

— Atende, atende!

— Melissa! — repetiu ele. — Estou *tentando* conversar!

Ela empurrou Emilio para tirá-lo do seu colo, e contornou a cama aos pulos, arrancando o telefone da mão de Marcos.

— Alô? — atendeu. Marco sacudiu a cabeça vagarosamente, incrédulo. Melissa revirou os olhos, apertou o telefone contra o peito e disse: — É uma ligação de *negócios*!

— Ei, Melinoma — cantarolou uma voz do outro lado da linha. — *Comment allez-vous?*

— Perguntou à sua mãe sobre o lance da Prada? — respondeu Melissa, sem conseguir conter-se. Durante aquela briga com Vivien, Melissa havia agido como se já estivesse tudo combinado com a Prada. Na verdade, no calor do momento, ela tinha chegado a *acreditar* que já estava tudo sacramentado. Só nos últimos dias é que tinha se lembrado de que ainda não confirmara o local.

Charlotte remexeu-se na cama revestida de verde-hortelã e amarelo-creme, fazendo lembrar um doce de confeitaria, e bocejou. Tinha acabado de voltar da aula de balé, e estava *fatiguée* ao extremo.

— Sabe aquela pintura, *Le Petit Déjeuner sur l'Herbe*? — indagou ela.

Melissa fez uma cara de que não sabia.

— O quê?

— É um quadro famoso, retratando um piquenique — explicou Charlotte, apalpando um buraquinho na meia de malha. — Os caras estão vestidos, mas a mocinha que está com eles está totalmente pelada. — Ela sorriu, sonhadora. — Você não *adora* piqueniques?

— Desculpa — Melissa olhou para o telefone, a cara amarrada —, mas o que isso tem a ver com Prada?

— Ah, sim. *Prada*. — disse Charlotte. — Minha mãe ligou pra eles.

— E aí?

— Eles disseram que terão o maior prazer.

— *Aimeudeus*, VIVA! — gritou Melissa. Emilio abaixou a cabecinha e achatou as orelhas. — Viva, viva, viva, viva, *viva!*

Depois do terceiro "viva", Marco ficou boquiaberto. Ele nunca tinha visto Melissa tão empolgada assim. Aliás, até aquele dia, ele estava achando que ela não era do tipo de dar vivas por nada desse mundo. Mas estava errado. Derrotado e desmoralizado, ele apontou para a porta e disse, sem emitir um som: *Já vou indo*.

Melissa nem notou. Estava ocupada demais ouvindo uma outra notícia menos promissora.

— Não, não, não, não, não — gemeu ao telefone, sentada na beirada da cama e mudando o receptor para a outra orelha. — Como assim, "tem uma condição"?

— É besteira. — Charlotte trouxe o joelho revestido de náilon cor de pêssego até o nariz, espreguiçando-se. — Você só precisa da aprovação de mais uma pessoa.

— Quem?

E Charlotte abriu as pernas, num espacato perfeito, satisfeita.

— *Moi*.

— Você? — Melissa fez uma careta. — Pensei que você concordava.

— E concordo. Se você me der alguma coisa em troca.

— Tudo bem, o que você quer?

— Quando eu estava em Paris — começou Charlotte —, vi um casal sentado num parque. Esqueci qual. *Le Jardin des Tuileries?* Bom, voltando ao assunto. Eles estavam fazendo um piquenique. Sentados debaixo de uma árvore, numa toalha xadrez. Havia tudo que em geral se vê num piquenique: baguete, queijo brie, mirtilos... Mas o melhor eram os revólveres de água. Eles os encheram de champanhe. Não estou inventando isso não. Eu *vi* eles fazendo isso. Eles só ficaram lá sentados, esguichando champanhe um no outro, durante horas. Divertiram-se até não poder mais. Eu só pensei que... só podia ser aquilo. Deve ser aquilo o *amor*. Jurei que um dia, quando encontrasse o cara certo, eu faria um piquenique assim. Só que melhor. Porque eu e o meu namorado seríamos mais bonitos.

— Ok — respondeu Melissa, engolindo sua frustração. Detestava conversas assim, a gente pergunta a hora, a pessoa responde com uma explicação detalhada sobre o tempo que está fazendo. — E aonde você quer chegar com isso?

— Bom, de acordo com a *Cribs*, seu pai deu um lance em uma caixa de Cristal Brut Millennium 2000 da safra de 1990 na Sotheby's no ano passado, e eu estava pensando...

— Não. — Melissa andava descrevendo um pequeno círculo no meio do seu tapete branco. — Está de olho na caixa de *Cristal* do meu pai? — Melissa sacudia a cabeça diante daquele pedido impossível. — Mas aquelas garrafas valem, tipo, 7 mil dólares cada uma!

— É mesmo? — disse Charlotte, fingindo compaixão. — Os revólveres de água só custam um dólar e noventa e cinco.

Melissa engoliu em seco. Não só as garrafas valiam 7 mil dólares cada, como o pai as estava guardando para o seu casamento. *Se eu fizer isso, ele me mata*, pensou ela; uma enorme bolha de pânico lhe subindo até a garganta. Mas aí, de repente, ela se imaginou lançando sua grife no parque em vez de na Prada. Imaginou os pratos de papel, os copinhos de plástico, os ridículos balõezinhos. E Vivien com uma cara horrorosa de convencida.

Provavelmente o pai nem ia notar se *uma* garrafinha sumisse, ia?

— Tá legal. Eu te arranjo uma garrafa.

— *Formidable* — exultou Charlotte ao telefone. — Não vai se arrepender, Melissa. A butique da Prada na Rodeo é deslumbrante nesta época do ano.

Melissa desligou o telefone, sentou-se na beirada da cama e olhou para o nada, entorpecida.

— Marco? — gritou ela. — Marco?

Sempre que mais precisava dele, Marco desaparecia. Emilio Totó pulou no seu colo e se esfregou na sua barriga.

— Pelo menos eu tenho você — sussurrou ela na orelha do bichinho.

Emilio lambeu-lhe o nariz, em agradecimento.

Quem: Manequim da Barneys
Look: Fantasia de carcaça

A Rodeo Drive começa no mundialmente famoso Beverly Wilshire Hotel e estende-se até o Santa Monica Boulevard, formando uma ladeira suave, feito a primeira metade de uma ponte. As calçadas são brancas como a neve e limpas feito um prato recém-lavado. Camélias muito bem cultivadas e palmeiras elegantes dividem a rua. Carros de centenas de milhares de dólares passam deslizando como se fossem barcos em um desfile: Ferrari, Porsche, Lamborghini, Aston Martin, Bentley. As pessoas olham para eles com admiração e eles retribuem esse olhar, salvo o Rolls Royce Phantom, que faz cara de inconfundível desprezo (se você acha que o fato de a grade se parecer com um nariz torcido é só uma coincidência, está enganado). Os homens exibem bronzeados e roupas esportivas de grife. As mulheres ostentam sorrisos branquíssimos e andam de sapatos de salto dez. Saem de bancos de motorista forrados de couro macio, fazem cara de importante falando aos celulares e batem portas às suas costas. Decolam pela rua afora com o vigor de quem pratica esteira todos os dias. E nunca param para colocar moedas nos parquímetros, preferindo pendurar licenças para paraplégicos nos espelhos retrovisores.

Depois que Melissa insistiu sem parar, a Srta. Paletsky concedeu ao Geração de Tendências a permissão de fazer uma "excursão escolar" à mais famosa rua de Beverly Hills. As meninas tinham milhares de quilômetros quadrados de área para visitar em pouquíssimo tempo, e, para interminável frustração de Melissa, Petra vivia atrasando todas. Ao primeiro sinal de silicone, solução salina, Botox ou injeção de colágeno, ela parava e ficava olhando; não porque se surpreendesse, mas porque tinha uma *missão* a cumprir. Uma missão de demonstrar repulsa.

— Petra! — exclamou Melissa, batendo o pé. — É pra hoje?

No momento, Petra não podia tirar os olhos do manequim branco da vitrine da Barneys. O manequim estava de saia de lã de camelo com pences nos quadris, botas de crocodilo envernizadas, um cinto de couro envernizado largo com fivela de ouro em formato de dois Cs entrelaçados e um suéter de cashmere preto com gola e punhos de pele de raposa. A gola era tão imensa que lembrava uma bandeja, feito uma bandeja para cabeças decapitadas.

Na humilde opinião de Petra, decapitação era exatamente o que aquele manequim merecia.

— Eu me recuso a entrar nessa loja — informou ela às outras.

— Quê? — ralhou Melissa. Para ela, o mundo se resumia a dois impulsos: o sexual e o de ir à Rodeo Drive. Mas enquanto o *impulso sexual* se referia ao impulso irresistível de trepar (um impulso que Melissa não conseguia, nem por nada, entender), o *impulso de ir à Rodeo Drive* era a vontade irresistível de gastar (o que Melissa definitivamente fazia o tempo todo). Até ali, o fraquíssimo impulso de Rodeo que Petra sentia era um caso seríssimo. Melissa perguntava-se se ela seria uma espécie de transviada.

Petra parou para fazer um cálculo mental rápido.

— Por acaso perceberam que essa manequim está usando um total de CINCO animais no corpo?

— Minha querida — disse Charlotte, revirando os olhos —, é por isso que chamam esta rua aqui de Rodeo.

— Coisa mais cruel, mais horrível!

— Quer saber o que é cruel e horrível? — E Melissa bateu com o caderno no joelho. — Obrigar a gente a ficar aqui fora parada esperando num calor de 800 graus quando podíamos estar muito frescas da vida, num ar-condicionado bem gostoso. — Além de ar-condicionado, a Barneys tinha um vestido Ella Moss tipo envelope em estampa de leopardo roxo e preto que Melissa *tinha que comprar* de qualquer maneira. Tinha-o visto no número de outono da *Teen Vogue*: "Esqueça o príncipe encantado", dizia a manchete. "Apaixone-se pelos Estampados Encantados!"

— Eu vou entrar — anunciou.

— Vai, então — disse Petra, cruzando os braços. — Faz compras até cair morta. Feito um desses pobres e inocentes animaizinhos.

— Não acredito que acabou de dizer isso — disse Melissa, encolhendo-se, a mão na maçaneta de metal da porta. — Não estamos *fazendo compras*. Estamos *pesquisando*.

— Fala sério.

— Quando comprei meus sapatinhos de salto Dolce & Gabbana, não descobri que eles têm uma estratégia de *marketing* melhor que a Lanvin? Quais foram os sapatos que eu não comprei?

— Sim. — E Charlotte acendeu seu segundo Gauloise daquela tarde. — E eu descobri que *certos* consumidores preferem modismos ordinários ao bom gosto puro e simples.

— Está vendo? — concordou Melissa, sem perceber o insulto.

— *Pesquisa*.

— Acontece que eu concordo com a Petra — interrompeu Janie de onde estava sentada, no parapeito de um chafariz de mármore próximo.

— Desculpa, mas alguém se dirigiu a você? — disse Melissa, com o cenho franzido. Em circunstâncias normais, as sobrancelhas franzidas da Melissa eram a deixa para Janie murmurar uma desculpa e sair pela tangente. Mas naquele dia, Janie estava preocupada demais para pensar no humor instável de Melissa, como, por exemplo, o fato de ela e Amelia terem batido o recorde de três dias sem trocar uma palavra. Enquanto as outras garotas experimentavam óculos escuros e sugavam vitaminas de fruta geladas pelos canudinhos, Janie perambulava numa espécie de estupor, arrependimento e pesar. Não tinha dito uma única palavra o dia inteiro, embora as outras nem tivessem notado. Havia muito tempo que estavam acostumadas com seu silêncio. O que Melissa, Petra e Charlotte não sabiam era que, fora do mundo da Geração de Tendências, Janie estava longe de ser tímida. Imagine a surpresa das três quando, em vez de um murmúrio de penitente, Janie começou a desabafar sem parar.

— Vamos dar uma tremenda festa de lançamento de uma grife que existe *por quê*? — disse ela, ficando de pé num pulo. — Porque *nós estamos dizendo* que existe? Será que não tá na cara como isso é patético? Parecemos até a Nasa anunciando o lançamento de um ônibus espacial e aí todo mundo aparece, e eles, sei lá, *lançam um aviãozinho de papel*! Ah não, espera. Nem mesmo um aviãozinho de papel nós temos. Não temos *nada*!

As três ficaram olhando para Janie boquiabertas, com uma mistura de admiração e descrença. Ela era como uma lâmpada mágica, ignorável até que fosse esfregada do jeito errado. E aí saía de dentro da lâmpada um gênio: explosivo, imprevisível, um gênio sai-da-minha-frente-antes-que-eu-acabe-com-você. Charlotte iluminou-se de tanta admiração. A Gênia Maluca Janie era muito melhor que a Janie Quietinha e Obediente. E isso lhe era conveniente, porque como ela e Jake tinham voltado, Charlotte tinha renovado seu voto de ser legal para a irmã dele.

— A Janie tem razão — concordou Charlotte.

— Tenho razão, sim!

— Então tá certo, vai — disse Melissa, emburrada. — Mas o que é que vamos fazer? A festa é neste sábado, e nem pensem em me pedir para adiar. Não fazem ideia do trabalhão que me deu arrumar tudo isso. — E semicerrou os olhos para Charlotte. — Sem falar do champanhe.

Charlotte ergueu uma taça invisível.

— Tintim!

— Então, muito bem — Janie respirou profundamente, procurando acalmar-se. — Quanto é que vocês estão pretendendo gastar em roupas novas para a festa?

— Temos mesmo que falar de dinheiro? — indagou Charlotte com uma meiguice de fazer estremecer. — Coisa mais *gauche*.

— Você usa óculos Chanel e dirige um Jaguar — zombou Petra. — Se isso não é "falar de dinheiro", não sei o que é.

— Como foi que disse? — respondeu Charlotte, fingindo não ter entendido. — Eu não falo língua de hippie.

— Tá bom, podem parar! — irritou-se Janie. E revirou sua bolsa de lona verde-oliva, pegando a nota amassada de 20 dólares que tinha ganho ao tomar conta dos filhos dos Longarzos. — Eu só planejo gastar isso.

— Só isso? — disse Melissa, horrorizada. — O que é que vai vestir? Um chiclete em formato de bola?

— O que nós vamos fazer é o seguinte? — Janie sorriu, falando entredentes. — Não vamos sair por aí gastando grana em roupas novas sem *personalidade*. Cada uma de nós vai contratar *outra de nós* para criar uma roupa *exclusiva* para ela.

— Mas... — começou Charlotte.

— Não precisa ser a coisa mais maravilhosa do mundo! — Janie a interrompeu. — Só *um modelo*. Um modelo que mostre nosso potencial. Isso supondo que temos *mesmo* potencial.

E ajoelhou-se no chão, escrevendo os nomes delas em quatro quadradinhos feitos de folhas arrancadas do caderno. Depois amassou os quatro, transformando-os em bolinhas bem pequenas, colocou-os na palma da mão em concha, uniu as mãos e sacudiu os papeizinhos.

— Muito bem. O nome que sair é quem vai ser sua parceira de criação.

Ela abriu as mãos, e cada menina tirou um papelzinho. Depois de um momento desembrulhando os papéis, Melissa começou a ler os nomes.

— Eu tenho que confiar *nela* para fazer minha roupa? — E apontou para Petra, horrorizada. — Não! De jeito nenhum!

— Ai, Melissa, sinto muito, mas vai ter que engolir isso — desaprovou Charlotte, abrindo a sua bolsinha de moedas Chanel cor-de-rosa. Tirou umas notas de 100 dólares novinhas em folha e entregou-as a Janie. Janie aceitou o dinheiro, contou as notas e imediatamente perdeu o fôlego. *Quinhentos dólares?* Será que ela estava de brincadeira? Janie olhou para Charlotte procurando sinais de que ela estivesse querendo lhe pregar uma peça.

— Só me faz uma coisa bem bonitinha, tá? — pediu Charlotte.

— Mas claro — respondeu Janie. Só que mal podia conter a empolgação. Dobrou as notas até virarem quadradinhos bem pequenos, e as meteu na carteira velha do pai. Quando meteu aquela bolada toda na bolsa, ela pesou um pouco mais, como um saco cheio de moedas de ouro.

— Obrigada.

Charlotte segurou a nota de 20 de Janie entre os dedos como se fosse um Kleenex usado.

— Não... — disse ela. — Obrigada a você!

— Então tá! — disse Melissa, afastando-se, fula da vida. — Se é assim que vai ser...

— Aonde vai? — perguntou Petra.

Charlotte consultou o relógio de pulso Bvlgari de platina.

— A Barneys fecha dentro de vinte minutos.

— Vou devolver meus sapatos! — berrou Melissa do meio-fio.

As outras mocinhas entreolharam-se, surpresas. Melissa tinha acabado de gastar a última hora e meia gabando-se sobre a "fabulosidade" que era sua última compra "absolutamente necessária": um par de sapatos de plataforma, de salto anabela altíssimo, pretos e cravejados com tachinhas, da Dolce & Gabbana. O último da loja.

— Por quê? — gritou Charlotte, às suas costas.

— Pra ter grana que chegue! — gritou Melissa, amargurada. — Para dar pra essa Defensora dos Direitos dos Animais aí!

— Pra mim é perfeito — disse Petra, sentando-se ao lado do chafariz.

Mas Janie sorriu, orgulhosa de si mesma.

Seu plano tinha funcionado perfeitamente.

Nikki Pellegrini era uma dessas garotas das quais não há quem não goste. Era a Amanda Bynes do oitavo ano, bonitinha (mas não demais), inteligente (mas não demais). E era um docinho de garota. Como sua avó fumante inveterada, Nikki Primeira, concluiu em um coaxar áspero: a nicotina é a substância mais viciante do mundo, mas Nikki é a segunda, com pequena diferença.

Só que o vício que todo mundo tinha de Nikki não se comparava ao da própria Nikki pelas pessoas. De garotos maneiros até os eternos *wannabes*, dos atletas aos piadistas, dos intelectuais aos desmiolados, dos puxa-sacos até os enchedores de saco, ninguém escapava ao clique do seu mouse. Só na sua conta do MySpace ela contava com 384 amigos (sem contar, é claro, as bandas, as celebridades e o Tom do MySpace).

Depois de ter recrutado praticamente Deus e o mundo do sétimo e oitavo anos, Nikki percebeu que já era hora de conquistar o primeiro ano do Ensino Médio. Achou que dava para pegar um atalho: ia fazer amizade com uma pessoa altamente popular do segundo ano. Depois que tivesse entre seus amigos um aluno altamente popular do segundo ano, Nikki o colocaria entre os Oito Mais, o que serviria como prova irrefutável de como Nikki era mesmo descolada. Os calouros curiosos do Ensino Médio iam começar necessariamente a imaginar: quem seria aquela Nikki? E se o Tal Extremamente Popular aluno do Ensino Médio era seu amigo, por que eles não eram?

Nikki entrou na sua conta do MySpace.com e adicionou o aluno do segundo ano que tinha escolhido. Depois foi olhando a lista de inevitáveis Charlottes-babacas (havia *Charlotteandkey*, uma balzaca badalativa de Austin de 42 anos, *Charlotte Kisses*, uma *cheerleader* de 13 anos de Boise, e *ShootingChars*, uma cientologista de 15 anos de Tampa), até que encontrou seu alvo: *Charlotte-Beaucoup*, uma "outra" de 19 anos de Los Angeles. Naquela foto pequenininha, Charlotte estava segurando o seu gato, um birmanês com cara de poucos amigos chamado Macaco, contra o rosto. Charlotte estava vestida como uma criada francesa. O Macaco estava fantasiado de espanador.

Desde que Jake havia beijado Charlotte na Vitrine, Charlotte tinha se tornado a nova obsessão de Nikki. Charlotte tinha beleza, inteligência, charme, sagacidade. Mas acima de tudo tinha *experiência*. Por trás daquele semissorrisinho estava um mundo com o qual Nikki apenas sonhava, um mundo secreto onde havia jatos, Jaguares e (acima de tudo) Jake. Nikki ficou escrutinando a foto de Charlotte e procurando alguma pista, analisando-lhe o rosto como se ele fosse uma carta de tarô. Desenhou as feições de Charlotte com a ponta do cursor. Se Nikki não podia ser íntima de Jake, então, no mínimo, se aproximaria da garota que ele amava.

Quer realmente adicionar Charlotte-Beaucoup como sua amiga?

Clique "adicionar" apenas se desejar adicionar Charlotte-Beaucoup como amiga.

Nikki deslocou o cursor pela tela e prendeu a respiração. Jurou não soltá-la enquanto não clicasse. Usava essa técnica sempre que precisava fazer alguma coisa que a deixasse amedrontada.

Depois de 21 segundos, Nikki clicou em ADICIONAR. E aí ficou arquejante, recuperando o fôlego.

No dia seguinte, Charlotte-Beaucoup aceitou-a em sua lista como amiga. Dentro de uma semana, todo o primeiro ano do Ensino Médio e um quarto do segundo já estavam na lista de Nikki. Ela agora tinha o surpreendente total de 451 amigos na sua lista, incluindo — para sua alegria sem par — a própria Charlotte Beverwil. Não podia ser melhor.

E aí ficaram ainda melhores.

— Você só pode estar mentindo! — arquejou Carly, depois que ela contou a novidade. Nikki, Carly e Juliet (também conhecidas como "As Nikketes") haviam espalhado os lanchinhos que traziam em saquinhos de papel pardo em frente à calçada coberta. A calçada coberta atraía muita gente, o que dava a Nikki muitas oportunidades para cumprimentar amigos se eles por ali passassem.

— Ela não está mentindo nada — disse Juliet, suspirando e olhando firme para sua água destilada Smart Water. — Eu vi com meus próprios olhos.

O que ela tinha visto era o convite que Nikki havia recebido para ir à tão esperada festa de lançamento do grupo Geração de Tendências "Na nossa moda você faz a etiqueta!". Pelo que Nikki sabia, ela era a única menina do oitavo ano que tinha recebido um (e atribuía isso ao charme dos Pellegrini). O grosso envelope branco havia chegado selado com uma rosa de cera cor-de-rosa. O cartão dentro dele era do mesmo rosa, com uma borda preta laqueada. Nikki passou a ponta do dedo pelas letras em relevo. Estava tão acostumada a receber convites pela internet que só o fato de receber um convite de papel já era um acontecimento.

— O que estava escrito? — indagou Carly. Nikki pigarreou. Tinha decorado todas as palavras.

Como prova, agarrou sua bolsa nova, uma Caramella 9502 da LeSportsac, abriu o zíper da frente e tirou a etiqueta. Carly e Juliet passaram-na de uma para a outra, boquiabertas. Estavam parecendo um pouco a avó de Nikki depois do derrame.

— Gosto de "carabina", e vocês? — indagou Nikki. Sua sugestão de nome para a grife era uma alusão ao dia em que tinha se sentado no banco do passageiro ao lado de Jake, como se sentavam os atiradores das diligências com as carabinas, para protegê-las. Ela lambeu a tampinha de papel-alumínio do iogurte e suspirou. — Estou torcendo para ganhar.

Carly jogou a etiqueta no colo de Nikki.

— Como foi que conseguiu ser convidada para isso? — Era mais uma acusação do que uma pergunta.

— Por causa do MySpace. Charlotte é uma das minhas amigas.

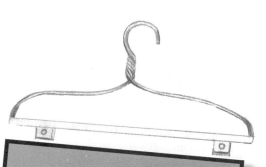

A etiqueta deste convite está em branco...
Que pena!
Vamos lançar uma grife mas não temos um nome.
Se tiver alguma ideia que achar original,
preencha a etiqueta
(que seja um nome legal!)
Depois ponha sua roupa mais transada
e venha tocar fogo na balada,
queremos um nome perfeito!
Se ganhar, você vai ser a etiqueta!

Carly olhou firme para Juliet, como quem diz: *como é que isso é possível?*

— Como isso é possível? — indagou Juliet. Seu sanduíche de tofu no pão árabe levitou diante dos seus lábios.

— Há... eu pedi a ela?

— M... mas... — gaguejou Carly — ela foi aceitando, assim?...

— *Obvie* — respondeu Nikki, exasperada.

Como que por magia, Charlotte e Kate Joliet surgiram na calçada coberta. Kate estava com um agasalho estampado com borboletas, uma minissaia de denim envelhecido e botas marrom-claras com arnês da Frye. Charlotte estava de bata verde-esmeralda, calça skinny "Ava" e sapatilhas furadinhas da Twelfth Street.

— Ele não é meu namorado! — dizia, soltando risadinhas e batendo no braço lamentavelmente magro de Kate.

— A-aaai! — lamentou-se Kate, erguendo o braço até os lábios. Deu um beijo em si mesma, como que para passar a dor.

— Se ele não é seu namorado — disse Kate, voltando a dirigir-se a Charlotte —, então o que é?

— Meu *amigo* — respondeu Charlotte. — Que por um acaso do destino é... *menino*. — E ao pronunciar a palavra *menino* ela fechou os olhos, saboreando a palavra como se fosse um doce.

— Fala sério — disse Kate, incrédula.

Charlotte bateu palmas, encantada.

— Incrível, né?!

Quando elas passaram perto de Nikki, ela tentou sorrir, mas sentiu-se ligeiramente zonza, como um filhote diante de dois cachorrões imensos. Charlotte mal pareceu notar sua presença.

— Puxa, Nikki — disse Juliet, sorrindo maliciosamente depois que passaram as duas garotas mais velhas. — Vocês parecem ser *muito* amigas mesmo.

— Aliás, parece até que ela nem mesmo sabe quem você é — acrescentou Carly, com tom de triunfo.

— É que eu sou *muito* diferente pessoalmente — protestou Nikki, torcendo para ser mesmo verdade.

— Nooosssa! — arquejou Juliet, batendo na boca com a mão. Ela olhou para Carly de olhos arregalados.

— Que houve?

— Lembra do sétimo ano? — perguntou Juliet, tirando a mão da boca. — Quando a Molly Berger veio ao meu Bar Mitzvah?

— Ih... eca. Lembro sim. — Encolheu-se Carly. — Por que você convidou ela? Foi tão esquisito.

— Porque... — e Juliet fez uma pausa para criar suspense — eu disse a mamãe para convidar todos da minha lista do MySpace. Mas esqueci completamente que tinha aceitado a Molly Berger como uma das minhas amigas. E aí, depois que lembrei, já era tarde demais.

— Espera aí — disse Carly. — Você a aceitou como amiga?

Juliet fez sua melhor cara de tristonha.

— Eu me senti supermal.

— Esse é que é o problema da internet — suspirou Carly. — Deixa a gente boazinha demais.

— Com certeza — concordou Juliet. E, virando-se para Nikki:
— Você... bem... você sacou a moral dessa história toda, né?

— É, acho que sim — disse Nikki, de cara fechada. Carly e Juliet trocaram um olhar de quem sabe das coisas. Elas viram que Nikki não tinha sacado nada.

— A moral da história é: — e Juliet tocou Nikki no joelho — Charlotte olhou para sua lista do MySpace e convidou-a por engano.

— E ela só a aceitou, antes de mais nada, porque ela estava querendo ser legal — acrescentou Carly.

— Ou seja, ela sentiu peninha de você.

— Ou seja, você é uma insignificante.

— Você é uma esmola.

— Um gesto de caridade.

— Se você for a essa festa — disse Julie, sacudindo a cabeça — todos vão te olhar e comentar...

— O que *ela* está fazendo aqui? — gemeu Carly.

— *Exatamente como aconteceu com a Molly Berger* — terminou Julie na sua melhor voz de contadora de histórias de terror.

Nikki ficou com os olhos pregados no colo. Suas amigas tinham razão. Ela provavelmente tinha sido convidada por engano mesmo. Mas seria esse um motivo para não ir? "Engano" não seria apenas uma outra palavra para designar "incrível golpe de sorte"? E o que era "incrível golpe de sorte" senão uma outra expressão para designar o Destino? Como é que ela podia deixar passar a oportunidade de estar perto de Jake Farrish? Melhor ainda, estar perto dele toda produzida, em uma noite quente de setembro, em uma balada superirada em Beverly Hills? Além disso, talvez ela *não* tivesse sido convidada por engano. Talvez Charlotte realmente quisesse que ela fosse!

— Não me importo — declarou Nikki. — Eu vou.

— Tudo bem — replicou Carly com inconfundível desprezo. — Eu não iria se fosse você, mas deixa pra lá.

Nikki virou-se para Juliet.

— Quer vir comigo? Eu posso levar uma pessoa.

Juliet ficou boquiaberta, feito uma Miss que acabou de ser escolhida.

— Está *brincando*? — gritou ela, pendurando-se no pescoço de Nikki. Carly soltou um ruído parecido com o de um sapo que acabou de comer uma mosca.

— Você convidou *ela*?

— Você disse que não queria ir — recordou-lhe Nikki, com um sorrisinho irônico.

— E não quero mesmo! — disse Carly, emburrada, amassando o saco de papel do lanche, até ele virar uma bolinha, que ela jogou na direção da lata de lixo.

Ela errou por um quilômetro.

De acordo com as lendas locais do Vale, a minúscula loja da esquina da Colfax Street com a Riverside Avenue era amaldiçoada. No início ela era de um sapateiro e se chamava "Sapataria Cinderela".

O sapateiro idoso usava óculos minúsculos e um avental de couro. Aí o sapateiro morreu e sua loja foi comprada por um vendedor de iogurtes. Dentro de alguns dias, o único indício dos 88 anos de vida do sapateiro era um decalquezinho minúsculo de sapatinho de cristal na velha porta de vidro da entrada. Apesar de o dono da loja de iogurte ter tentado tirar o decalque com Bombril e removedor de esmalte, ele resistiu. Mas sua loja de iogurte, não. Nem o restaurante de sushi de segunda, a padaria que fazia petiscos finos para cachorro, o salão de chá chinês, o restaurante de tapioca, a loja de redes, nem o salão de narguilé "alto-astral". Todas as lojas que abriam naquele lugar fechavam em três meses ou menos.

Depois veio a Bibidi Bóbidi Contas.

Talvez a indústria das contas estivesse em alta, ou talvez a referência à história de Cinderela no nome da loja tivesse apaziguado o fantasma do velho sapateiro; fosse qual fosse o motivo, a Bibidi Bóbidi Contas acabou com a maldição da loja da esquina. Passou do limite de três meses sem fechar em julho, e em setembro ainda estava progredindo a olhos vistos. E isso era muito bom.

Porque Janie tinha fixação pela Bibidi Bóbidi Contas.

— Não são lindas essas aqui? — disse a Elsa, a dona da Bibidi Bóbidi Contas. Elsa pesava quase 100 quilos, e tinha o mesmíssimo corte de cabelos do Richard Gere. Usava um blusão de motoqueira de couro preto e se dizia o Barão das Contas. — Elas são de Moreno — acrescentou, espiando sobre o ombro de Janie. As contas na sua mão eram de um azul-escuro como o de um caco de vidro erodido pelo mar.

— Eu adorei essas.

— Custam 95 centavos cada. — Elsa sorriu, exibindo suas facetas dentais prateadas. — Chegaram ontem.

Janie já havia feito sua compra — cinquenta contas vermelhas marroquinas, cinquenta contas pretas egípcias —, mas não deixou que isso a detivesse. Meteu a mão na sua bolsa de lona para ver se encontrava algum trocado solto. Não encontrou mais nada. Procurou moedas de 25 centavos. Não encontrou nenhuma. No fim, só conseguiu descobrir quatro centavos de dólar, uma ficha do Castelo Mágico, dois grampos de cabelo e um fiapinho azul.

Sentiu um frio na boca do estômago.

— Eu já volto — disse ela, numa voz esganiçada. Foi até a porta, saiu, respirou fundo. Se aquele fiapinho azul significava o que ela achava que significava, Janie tinha gasto cada moedinha dos quinhentos dólares de Charlotte em *duas horas e meia*. Como era possível uma coisa dessas?!

— Claro que é possível — zombou Jake quando ela chegou em casa. — Isso é uma lei bem antiga, do tempo de Galileu.

Sempre que ele descansava no quarto da irmã, Jake se encostava contra a porta do seu armário. Encostar-se contra o armário era a melhor maneira de evitar olhar para ele, que (sejamos francos) não era bem um armário, mas um altar semifanático dedicado a Nick Valensi, o guitarrista dos Strokes. O rosto "perfeito que dói" dele, e aqueles antebraços "socorro eu vou morrer" agraciavam cada centímetro da superfície da porta, inclusive a maçaneta de metal (Jake achava que era de metal; fazia anos que estava revestida de fotos de Valensi).

Janie empurrou para um lado suas almofadas pretas em formato de estrela e jogou suas compras na cama.

— O que o Galileu tem a ver com isso? — perguntou ela, enquanto examinava o produto das suas pilhagens.

— Ora, você conhece a teoria da gravidade, não?

— Mais ou menos — respondeu ela, imediatamente chateada por aquela demonstração de sabedoria científica da parte de Jake. Como é que seu irmão podia ser tão inteligente e tão burro ao mesmo tempo?

— Na ausência de forças de resistência — explicou ele —, tudo cai à mesma velocidade. O mesmo acontece com o dinheiro. Na ausência de uma força de resistência, a gente gasta. Não importa se são dois dólares ou duas mil pratas, tudo vai embora na mesma velocidade.

— Sim, mas... não tem força que impeça ninguém de gastar dinheiro — rebateu Janie.

— Tem sim. Eu sou uma força.

— Fala sério. — E ela soltou uma risada histérica. — Desculpa, mas você não é força coisa nenhuma.

Jake produziu um som de hiena voando em uma vassoura.

— Minha risada não é assim! — Janie jogou um saco de contas vermelhas na cabeça do irmão. Ele caiu e enroscou-se todo, em posição fetal.

— Eu teria dito: "Não faz isso, Janie." — E Jake sacudiu a cabeça, a voz abafada. — Não compra essas continhas vermelhas, isso é besteira. E você teria dito, tipo, puxa, Jake, você é mesmo uma *força*. Uma força... *da razão*.

Janie apanhou o saco de contas e se zangou.

— Não são besteira coisa nenhuma, ouviu? São um componente indispensável do meu modelo.

Ele refletiu um pouco sobre sua justificativa, fazendo um meneio com a cabeça, solene.

— Besteira.

— Sai daqui — ordenou ela.

Jake ficou de pé e foi arrastando os pés para a saída. Parou à porta da irmã e sacudiu a cabeça, negativamente.

— Besteira — sussurrou.

— JAKE!

Num instante ele fugiu pelo corredor.

Janie fechou a porta e deixou-se cair, encostada nela. Contemplou o monte de tecidos, contas, botões, alfinetes de segurança e carretéis de linha sobre a cama de solteira vermelha e preta. Durante o último ano, ela tinha procurado decorar o quarto apenas de vermelho, branco, preto ou uma combinação dessas três cores. Jake vivia lhe perguntando se ela havia convidado o White Stripes para uma festa do pijama ou coisa assim (ele achava essa decoração superengraçada) mas Janie nem se importava. Achava o seu quarto maneiríssimo.

Ela abriu a gaveta de cima de sua cômoda branca (tinha pintado os puxadores de vermelho bombeiro) e olhou dentro dela. A enorme e antiga bandeira britânica que tinha comprado no eBay estava dobrada ali dentro. Era umas vinte vezes mais cara que uma novinha em folha, mas tinha valido a pena. As bandeiras novas eram feitas de fibras sintéticas rígidas, como náilon e poliéster. Bandeiras novas não tinham história, nem romantismo. Aquela bandeira antiga era feita de seda 100% pura, costurada a mão. Tinha pertencido a um veterano da Segunda Guerra Mundial chamado Perry McCloud. Perry McCloud escreveu uma carta de congratulações a Janie quando ela comprou a bandeira:

```
Querida Jane,

A criação desta bandeira de seda pura costurada
a mão recebeu atenção e carinho especiais.
Por causa da fibra natural, e porque os pontos
de costura são delicados, com o passar do
tempo ocorreu uma certa desintegração. A
desintegração é característica dos tecidos
feitos artesanalmente, em tear manual, e não
é considerado um defeito. Espero que procure
preservar a integridade desta soberba Bandeira,
grandiosa relíquia da história britânica.
Parabéns pela sua aquisição.

Meus sinceros agradecimentos,
```
Perry McCloud.

Janie sentou-se no seu tapete fofo de pele de carneiro e passou a mão em uma tesoura. Encostou a ponta dela em um canto da bandeira bem na faixa diagonal que atravessa a bandeira britânica. Prendeu a respiração e começou a cortar o tecido. Sentiu certa resistência, a tesoura hesitou. O coração dela batia feito um tambor. *Não há como voltar atrás agora*, pensou, cortando a seda mais rápido. De repente, sua visão clareou, tanto que ela quase podia tocá-la.

Quem: Melissa Moon, Charlotte Beverwil, Petra Greene, Janie Farrish
Look: Roupas de balada feitas a mão (a serem reveladas)

A festa "Você faz a Etiqueta" estava programada para o sábado à noite, o que significava (a menos que a pessoa estivesse planejando ir feito uma mendiga) que era preciso começar a se produzir na terça-feira. Todo mundo sabe que a primeira regra do bom visual é uma boa reserva em um bom salão. As garotas mais sofisticadas da Winston marcaram hora na The Pore House, uma clínica de estética superbadalada no Robertson Boulevard. De esfoliação a escova, de pedicure a parafina, de alga marinha a esfoliação com sais, de modelagem de cabelos a depilação, até massagem profissional, The Pore House prometia de tudo — menos uma pele inteiramente nova — por um preço que era quase igual ao da sua alma.

E sim. Isso era discutível.

Para poder se produzir de maneira mais acessível, Janie convenceu Jake a deixá-la na Bloomingdale's. Passou a manhã de sábado inteira flutuando de estande em estande da sessão de maquiagem, feito uma borboleta que suga o néctar de todas as flores do jardim. Aplicou máscara para cílios na Lancôme, blush da Chanel, retocou as sobrancelhas na Benefit e usou produtos da Prada para realçar os lábios. Até fortificou os folículos com Frederic Fekkai (fosse lá o que isso fosse). Quando Jake veio pegá-la, o rosto de Janie já ostentava 360 dólares de maquiagem. E ela (a menos que contasse o chiclete de menta que tinha comprado no balcão da Origins) não tinha gasto nem dez centavos.

Petra, então, gastou ainda menos.

— Estou tão empolgada por você ter convidado suas amigas para vir aqui — disse Heather Greene enquanto punha a mesa para um jantar formal, toda alvoroçada. Já havia colocado nela todas as peças do aparelho de jantar e do faqueiro que tinham sido presentes de casamento. Nas taças de vinho de cristal havia flores intrincadas feitas de guardanapos cuidadosamente dobrados. Tudo flutuava sobre folhas de nenúfar feitas de renda antiga. — É tão bom receber convidados — comentou ela, polindo um garfinho minúsculo.

A Geração de Tendências tinha eleito a casa de Petra como a mais conveniente para se reunirem antes da festa. Petra estava chapada demais para recusar. Enquanto olhava a mãe preparando a mesa, percebeu que tinha cometido um erro terrível.

— Por que está colocando garfos de ostra, mãe? — Petra mal conseguia conter sua frustração.

— Não são uma gracinha? — Heather colocou cada garfo ao lado de um par de pauzinhos chineses pintados a mão, com todo o cuidado. — Preciso aproveitar para dar a eles uma chance de *respirar*.

— Mamãe — suplicou Petra, olhando de relance pela janela. As outras deviam estar chegando a qualquer momento. Uma coisa era a mãe falar da saúde pulmonar dos garfos na frente dela, outra bem diferente era falar disso na frente *delas*. Petra sentiu o rosto empalidecer. Seu Quociente de Potencial para Passar Vergonha já estava passando dos limites.

— Sabe do que precisamos? — comentou Heather, contemplando a sala rosa e creme, com detalhes dourados. — De flores recém-colhidas.

— Mamãe! Essas meninas não vão passar nem dez minutos aqui dentro! Você não precisa armar esse circo todo!

Heather olhou firme para a mesa, acariciando os cabelos como se fossem um pássaro que estivesse para fugir.

— *Mamãe!* — disse Petra, tapando os olhos com as mãos. — Será que não faz ideia de como tudo isso é estranho e, tipo, *constrangedor*?

— Como *ousa* falar comigo nesse tom? — explodiu a mãe. Petra engoliu em seco, saindo da mesa como um furacão. Correu para o seu quarto, no segundo andar, o carpete felpudo abafando-lhe os passos furiosos. E mesmo assim, apesar de toda a cena, ela preferia quando a mãe gritava. Pelo menos ela parecia uma mãe normal, não uma louca de pedra meio anestesiada pelos remédios.

Petra bateu a porta do seu quarto com força. Abriu a gaveta de roupas de baixo, afastou um monte de sutiãs de algodão, calcinhas e sachês de lavanda, e localizou sua erva, que estava guardada dentro de uma caixinha de chá Sleepytime amassada, junto com conchinhas que tinha catado na praia, canhotos de entradas para shows do Devendra Banhart e uma foto tirada em uma cabine fotográfica dos pais com seus vinte e poucos anos. Eles estavam rindo.

Quando começou a fumar, Petra estava no oitavo ano. Ficou paranoica, com medo que a pegassem. Tomava todas as precauções possíveis. Enrolava toalhas úmidas e punha na fresta da porta fechada do quarto. Guardava a erva em tubinhos de filme fotográfico e os jogava dentro de frascos de xampu. Acendia incenso e guardava comida no quarto, evitando futuras (e possivelmente incriminadoras) excursões à cozinha. Mas um dia ela se descuidou. Joaquin, Theo e Christina Boyd vieram à sua casa, e fizeram uma rodinha, passando a fumaça da boca de um para a do outro. Ela começou o jogo, exalando uma torrente de fumaça na boca de Theo. Theo inalou, sorrindo placidamente, como um sapo. Quando ele se virou para Christina, Petra olhou de relance para a porta, e seu coração disparou.

Seu pai estivera ali o tempo todo.

— Agora sei por que não está atendendo o telefone.

— O que você quer? — rebateu Petra. Estava achando o jeito dele esquisito, ele estava com cara de quem estava achando graça. Cara, ela estava usando drogas debaixo do teto da casa dele, por que ele não ficava furioso?

— O que eu quero... o que eu quero... — começou ele, os olhos parando na Christina. Pela primeira vez, Petra notou que a blusa de algodão xadrezinho de Christina era transparente. O pai passou ao mão ao redor da cabeça raspada, em voga na época. — Sabe onde está o controle remoto? A Lola não está encontrando.

— Não — respondeu Petra. — Eu não vejo tevê, esqueceu?

O pai concordou, distraído, fechando a porta de mansinho. Os colegas de roda de fumo de Petra caíram no chão, com as mãos nas costelas, rindo até não poder mais. "Eu não vejo tevê!" disse Joaquin, sem fôlego, com os olhos vermelhos lacrimejando de alegria. Christina escondeu o rosto em uma almofada e morreu de rir.

Petra não achou graça.

Enquanto a mãe estava indubitavelmente polindo mais um garfo de ostra, Petra saiu e acendeu seu cigarro. A sacada do quarto, que tinha sido decorada por ela mesma, era o único lugar da casa onde ela se sentia segura de verdade. A sacada era tão grande quanto alguns quartos. Cortinas de seda *moiré* pendiam das paredes e almofadas marroquinas gigantescas espalhavam-se pelo chão. Lanternas cravejadas de joias pendiam do teto e à noite emitiam uma luz amarelada, iluminando as agulhas de um pinheiro próximo.

Petra descansou o cigarro no parapeito e espiou o imenso quintal do vizinho. Uma noite, no fim de julho, tinha visto de relance um cara da sua idade tirar toda a roupa e depois mergulhar na piscina do vizinho. Ele nadou de um extremo ao outro e saiu, espremendo os cabelos pretos para tirar a água. Olhou para a Lua, imóvel, puro e perfeito como uma estátua. Ela não entendeu aquilo. Seus vizinhos, Miriam e George Elliot Miller, eram bem idosos, tinham pelo menos setenta anos. Que diabos aquele Deus da Lua Pelado estava fazendo no quintal deles? Petra não teve coragem de perguntar. Afinal, e se o tal cara fosse mais uma das suas alucinações? E se ela tivesse mesmo torrado os neurônios, como todos comentavam?

O celular de Petra tocou e interrompeu-lhe os pensamentos. Ela olhou fixamente a telinha que piscava e franziu o cenho. Agora precisava fazer alguma coisa. O que era mesmo?

— Alô?

— *Será que o celular de todo mundo precisa de sono de beleza menos o meu?* — berrou Melissa do outro lado da linha.

— Quê?

— É a quarta vez que ligamos — explicou Charlotte, pegando o telefone, com uma voz mais calma. — Já estamos na calçada na frente da sua casa faz... tipo... uns dez minutos!

— O que é que vamos fazer aqui fora, hein? — ralhou a voz de Melissa ao fundo. — Vender *limonada*?

Petra espiou por trás da pilastra na beirada de sua sacada, esticando o pescoço para enxergar além da parede sul coberta de trepadeiras.

— Aqui! — gritou. As três meninas olharam para cima. Ela as viu tentando vê-la através das árvores, usando as mãos para protegerem os olhos da luz solar da rua. Pareciam um bando de soldados batendo continência. Petra deu risadinhas, acenando para elas alegremente.

Melissa passou a mão no celular.

— Vai deixar a gente entrar ou não? Ou será que vamos chegar aí de tapete mágico?

— Desculpa! — gritou Petra. Melissa estremeceu, afastando o telefone do ouvido.

Petra apertou o botão ABRIR PORTÃO e correu para baixo.

— O que está acontecendo? — gritou a mãe da sala de estar, tirando os fones equipados com cancelamento de ruído. (Estava escutando suas fitas do Deepak Chopra.) — Por que está correndo assim?

— Não ouviu a campainha? — perguntou Petra. — Cadê Lola?

— Como assim, *cadê Lola*? — E Heather agitou-se toda, entrando em pânico. — Ela não foi pegar Sofia e Isabel?

Petra escancarou as portas envidraçadas e viu uma série de rostos: Melissa, Charlotte, Janie, Lola, Sofia, Isabel e um cara desconhecido com um folheto de um restaurante tailandês que fazia entregas em domicílio. Eles pareciam uma multidão enfurecida de camponeses revoltados, mas em vez de tochas quase todos estavam carregando sacolas de compras.

— Ai, Lola! — E Heather levou a mão ao coração. — A Petra me deixou tão preocupada!

— *Mamãe!* — suplicou Petra na sua melhor voz de *cala a boca*. Sofia e Isabel soltaram-se dos braços da babá e agarraram as pernas de Petra. Viraram-se, espiando timidamente as três misteriosas meninas mais velhas.

— Entrem — disse Petra, quando Melissa entrou. Charlotte veio pairando atrás dela, e Janie a seguiu, logo depois. Petra aceitou o folheto do restaurante tailandês, fechou a porta e repetiu seu mantra: *Ninguém vai notar que você está chapada, ninguém vai notar que você está chapada, ninguém vai notar que você está chapada.*

— *Finalmente* — disse Melissa, empurrando seus óculos escuros Roberto Cavalli até o alto da cabeça. E apertou alguma coisa na sua bolsa rosa metálico. Emilio Totó observava tudo com interesse, nos braços da dona.

— Olha o cachorro — sussurrou Sofia.

— Você é famosa? — perguntou Isabel.

— Ainda não — respondeu Melissa, curvando-se para apertar a mãozinha de Isabel. — Meu nome é Melissa.

Sofia olhou bem dentro do decote cintilante de Melissa, hipnotizada.

— Oooooh! — exclamou, apertando o peito de Melissa como se fosse uma campainha.

— Sofia! — arquejou a mãe de Petra enquanto Charlotte escondia o riso com o pulso. Heather ergueu Sofia com os braços finos, equilibrando-a nos quadris.

— Desculpa, viu — desaprovou ela, arregalando os olhos.

— Não tem problema — disse Melissa, dando de ombros. Marco vivia fazendo essas coisas, e *ele* não tinha a desculpa de só ter 4 anos.

— Sua casa é linda — disse Charlotte.

— É mesmo — concordou Janie, olhando em torno de si. Seus pais odiavam casas como a de Heather, e Jake e Janie tinham sido treinados para concordar. Mas depois de alguns minutos dentro daquela casa Janie sentiu seu ódio evaporar-se e transformar-se em uma espécie de admiração. E daí se era uma McMansão? Certamente era melhor que uma caixa McLanche Feliz do Vale.

— Adorei o papel de parede amarelo — acrescentou.

— Ah, que é isso, obrigada! — sorriu a Heather, radiante. — Vocês gostariam de comer uma fatia de torta de maçã? Eu mesma fiz.

— Nós estamos atrasadas, mamãe — interrompeu Petra, empurrando as meninas para as escadas da ala leste. Melissa virou-se. Fazia quase seis anos que não via sua própria mãe. E mesmo assim. Mesmo quando estava sóbria, Brooke nunca tinha sido de fazer torta. Melissa achava que mães assim não existiam. Ficou olhando para Heather embevecida, com a sensação de deslumbramento de um turista.

— Divirtam-se, meninas! — gritou Heather, levando Sofia e Isabel para a cozinha.

— Foi bom te conhecer! — gritou Melissa, seguindo Petra para o segundo andar.

— Foi mal, viu — gemeu Petra, chutando um monte de roupa suja para debaixo do seu sofá de forro amassado. Melissa olhou para Petra com desprezo. Só jovens com mães perfeitas que assavam tortas tinham coragem de reclamar.

— Gostei da sua mãe — protestou ela. — Ela é muito simpática.

— Ah — disse Petra, parando para pensar. — É sim.

Charlotte espanou com a mão o braço da poltrona de veludo super acolchoada da Petra e sentou-se.

— Você estava fumando um? — perguntou, farejando o ar com cara de desconfiada.

Petra gelou.

— Quê?

— Ih, relaxa — suspirou Charlotte. — Eu só ia lhe perguntar se eu podia filar *un petit peu*.

— Está lá na sacada.

— Beleza — disse Charlotte, pegando o cigarro. Segurou seu Zippo de platina junto a ele e o acendeu. — Mais alguém quer? — perguntou ela, soltando a fumaça com a delicadeza de uma chaleira. Charlotte era capaz de fazer o ato de tragar um baseado parecer uma sutil arte feminina.

— Eu não uso drogas — retrucou Melissa.

— Janie? — indagou Charlotte, como se ela topasse tudo de vez em quando. A verdade era que, apesar da sua curiosidade cada vez maior, ela nunca tinha experimentado um baseado antes. E não queria que a primeira vez fosse com elas. E se fizesse bobagem?

— Tá legal — disse Melissa. E sacudiu o relógio de pulso como se o acordasse. — Já são 5h.

— Petra? — perguntou Charlotte. — Você está com aquele baú de pirata aí?

Petra desapareceu no seu quarto de vestir e saiu com uma caixa de mogno toda cravejada de joias com quatro cadeados de latão. O baú, que tinha sido um adorno do cenário do filme *Piratas do Caribe*, tinha sido presente de uma poderosa caçadora de talentos de Hollywood para seu pai (o dr. Greene tinha conseguido encaixá-la entre um paciente e outro, para fazer uma injeção nos lábios de "emergência" na noite da estreia). Quando Petra abaixou o baú até o chão do quarto, as mãos de Janie ficaram frias e úmidas. Ela tinha passado a semana inteira temendo este momento.

Melissa abriu seu caderninho branco cintilante e anotou alguma coisa.

— Muito bem, galera — começou ela —, como todas sabem, estamos aqui para dar umas às outras os trajes que criamos para nossas parceiras. E concordamos em usá-los com orgulho...

— Ou pelo menos fingir muito bem — esclareceu Charlotte.

— Exato — concordou Melissa. — Como garantia adicional de que *não* vamos tirar o corpo fora, concordamos em trancar as roupas que estamos usando agora dentro deste baú de pirata. Assim não vamos ter escolha senão usar o que a nossa parceira criou para nós. A menos que queiramos ir peladas.

— Mas a gente precisa *mesmo* fazer isso? — explodiu Janie, cruzando os braços sobre seu peitinho de tábua. — Quero dizer, não devíamos apenas confiar umas nas outras?

— Confiança é algo que só se adquire depois de muito tempo. E não temos *tempo* para ter tempo. — Melissa cruzou os braços, passando-os um sobre o outro, e pegou a bainha da blusa. — Agora, *vamos tirar a roupa.*

As três meninas tiraram as blusas com a facilidade de *showgirls* de Las Vegas. Charlotte puxou o cordão de seda da sua saia rodada fúcsia até ela se abrir, deslizando até o chão. Petra e Melissa requebraram-se para tirar seus jeans, erguendo os pés delicadamente, como pôneis. Charlotte passou os dedos esguios sob a tira da cintura de sua calcinha rosa-claro Hanky Panky, para acertá-la nos quadris. Janie não pôde deixar de notar os biquinhos dos seios dela aparecendo através do seu sutiã firmador La Perla da mesma cor da calcinha. Ela corou e desviou o olhar, mas recebeu a visão ainda mais arrasadora dos enormes seios tamanho 50 da Melissa. Os seios perfeitos de Petra, entre 42 e 44, estavam aninhados em um sutiã azul-claro, bem simples, da United States Apparel, que Janie reconheceu. Acontece que estava usando o mesmo modelo. Só que o sutiã parecia diferente nela. Muito diferente.

— E aí? — disse Melissa. — Não temos o dia inteiro.

Janie percebeu que ela era a única ainda vestida.

— Foi mal — desculpou-se, metendo os braços por dentro da camiseta vermelha. Sentiu o olhar das outras ao erguer a camiseta acima da cabeça. Nas profundezas de sua caverna vermelha, Janie sentiu-se segura. *Se eu não posso vê-las, elas não podem me ver*, raciocionou, como se fosse uma garotinha de 2 anos. Mas não dava para ficar lá dentro para sempre.

Sua cabeça surgiu de dentro da camiseta, e ela viu as outras dobrando as roupas, ocupadíssimas. Se estavam olhando para ela antes, desinteressaram-se depressa. Janie soltou o ar dos pulmões, sem saber se se sentia aliviada ou ofendida. Dobrou sua camiseta e jeans depressa e colocou-os dentro do baú, com cuidado para não derrubar as pilhas das outras.

Petra fechou o baú, girando as fechaduras com quatro chaves de prata distintas. Entregou uma chave a cada uma. Para abrir o baú, elas teriam que estar todas juntas.

— Muito bem! — disse Charlotte tentando sorrir. — Vamos ver o que *temos que vestir*!

— Está querendo dizer, o que *temos para* vestir — corrigiu Melissa. Mas nem mesmo ela parecia convencida.

Elas meteram as mãos cada qual na sua sacola de compras. O papel rígido soltou estalidos como o som de fogos de artifício distantes.

A Rodeo Drive estava mais feérica do que nunca. Os postes de iluminação banhavam a calçada uniforme com um brilho leitoso. Havia luzinhas enroladas nos galhos das palmeiras, e fachos de luz brilhantes penetravam no céu noturno azul-índigo. Janie olhou pela janela fumê do Bentley Arnage dos Beverwils e suspirou. Seu pai reclamava das luzes urbanas porque bloqueavam todas as estrelas. Mas ela não ligava. Quem iria olhar para as estrelas numa noite dessas? Que desejo poderiam conceder que não tivesse acabado de ser concedido?

Janie estava usando um vestido longo frente única Emanuel Ungaro estilo princesa de seda *moiré* amarelo-claro. O vestido pertencera à mãe de Charlotte, que o usara em bailes até ele quase se desmanchar, antes de pendurá-lo e aposentá-lo no meio da década de 1980. Depois de mais duas décadas de gravidade e negligência, as delicadas tirinhas da frente única finalmente cederam e se partiram; Charlotte gastou os 20 dólares de Janie em um ou dois metros de fita de seda preta para substituir as alças originais. A fita que sobrou, ela transformou em botõezinhos de rosa delicadíssimos, enrolando a fita várias vezes, puxando as laçadas para formar pétalas, enfiando a agulha na base, prendendo com nós bem firmes. No final, a fita deu para seis rosas pretas, em várias fases de abertura. Charlotte costurou uma na ponta de uma fita, duas na ponta da outra, e com três ela fez um buquê que costurou na cintura. O resultado foi tão encantador que a própria Charlotte não pôde resistir e o experimentou. Ao olhar-se no espelho, ela chegou à triste conclusão à qual sempre chegava: que nunca jamais iria pedir as roupas da mãe emprestadas. Era baixinha demais. Todo vestido que Charlotte experimentava a fazia parecer a Bruxa Má do Oeste: "Estou derretendo! Estou derretendo! Aaaaahhhh"...

Mas com Janie era diferente. A seda amarela colou-se ao seu corpo como se o vestido tivesse sido modelado nela. A saia estreita partia de seus quadris inexistentes e cascateava até o chão, e as delicadas alcinhas da frente-única exibiam os seus ombros macios com perfeição. O vestido transformava Janie de uma infeliz sem amor-próprio em uma máquina de moda de alto desempenho.

Quando o Bentley cinza-escuro encostou no meio-fio, Janie sorriu para Charlotte pela octagésima milionésima vez.

— Muitíssimo obrigada — agradeceu.

— Tá bem, chega de me agradecer — disse Charlotte.

— Foi mal — murmurou Janie.

Um manobrista muito bem vestido abriu a porta, e Janie ergueu a bainha do vestido, esticando uma perna longa até a calçada. Virou-se, exibindo toda a extensão de suas costas esguias e nuas. As rosas de seda preta saltaram entre suas delicadas omoplatas. *Obrigada* é o cacete, pensou Charlotte consigo mesma. Se Janie sentia tanta gratidão assim, por que teria vestido Charlotte como se tivesse levado uma bofetada na cara? Charlotte ficou olhando a saia do "vestido", revoltada. Parecia que o Marilyn Manson tinha mastigado uma bandeira inglesa e depois vomitado os pedaços sobre o seu corpo. E os pontos, como estavam malfeitos! Uma coisa horrorosa. Janie devia ter usado um grampeador. (Jamais ocorreu a Charlotte que os "pontos malfeitos" tinham sido propositais, questão de estilo). Ela apalpou a corrente de alfinetes de segurança em torno do seu pescoço, os olhos faiscando de ódio. Mesmo assim, quanto mais ódio sentia, mais impressionante parecia. Afinal de contas, nada combina tão bem com um traje punk quanto uma expressão de mal com a vida.

— Vocês vêm? — disse ela, zangada, quando Janie fechou a porta.

— Só um minuto! — Melissa e Petra gritaram em uníssono. Afinal de contas, estavam tão chateadas quanto Charlotte. Talvez ainda mais.

— Eu me recuso a sair vestida assim. — Melissa fitava, desarvorada, o vestido estilo camponesa guatemalteca feito de cânhamo 100% natural. O vestido, que não tinha cintura, lhe caía do busto imenso e meio que *flutuava* ao seu redor. Ainda por cima, Petra havia decorado a gola, as mangas e os bolsos com símbolos hippies de paz e amor. Os símbolos de paz costumavam inspirar Melissa a praticar atos de violência.

— Como é que você pôde gastar 450 dólares *nisso*? — disse, meio engasgada, batendo na janela com a palma da mão.

— Não gastei tudo — atreveu-se a confessar Petra. — Fiz o vestido e doei o que sobrou para a PETA.

— O quê? E *quanto* sobrou?

— Sei lá. Quatrocentos e trinta e oito dólares?

— *Quê?*

— É o mínimo que você podia fazer por me obrigar a usar isso! — gritou Petra. E virou-se para a janela fumê do Bentley, lamentando seu novo reflexo pela milésima vez. Melissa tinha feito para ela um macaquinho prendendo um short curto a uma blusa rosa Juicy Couture. A única missão do macaquinho na vida era expor tanta pele quanto possível. Se Petra puxasse o dito cujo para cima para cobrir os seios, ia expor a bunda. Assim que o puxasse para baixo, *pop*! Os peitos pulavam para fora. Como é que ia se mexer vestida assim, quanto mais fazer macaquices? Como é que ia sequer *respirar*?

— Você sabe que está ótima — disse Melissa tremendo de revolta.

— Há... não estou não — respondeu Petra. — Estou é *pelada*.

— Acontece que eu *trouxe* um casaquinho para você!

— Feito de *pele de coelho*!

— Como pode ter certeza? — E Melissa abraçou o casaquinho, apertando-o contra o peito como se fosse uma criança. — Esse é o meu casaquinho de coelhinho da Miu Miu!

— Acha que estou ligando pra isso? — Petra encostou-se no canto formado pelo assento e a lateral do carro. — Eu já disse. É crueldade para com os animais!

— Crueldade para com os *animais*? — repetiu Melissa com uma risada zombeteira. — Pelo menos não sou cruel com os *seres humanos*.

Petra arquejou de indignação.

— Nem eu!

— Ah não, é? Deixa eu te dizer uma coisinha só. *Eu* sou um ser humano. E como ser humano, eu te acuso *pessoalmente* de crueldade.

— *Eu?!* Eu é que te acuso!

— Não, não, eu é que te acuso.

— Ora essa, eu é que te acuso...

— Mas que INFERNO, calem a boca! — berrou Charlotte do outro lado do carro. Melissa e Petra fecharam as bocas e olharam firme para Charlotte. Ela nunca, nunca gritava. Só exprimia sarcasmo. Dava respostas malcriadas. Mas berrar, ela achava que era um sinal repugnante de fraqueza. Só os bebês gritavam. Gente maluca. Charlotte pigarreou. — Esta é a nossa festa — continuou calmamente. — E nós aqui, perdendo a balada. Vocês já deram uma olhada lá fora, pelo menos?

Pela primeira vez, as outras duas espiaram pela janela, para ver a vista e não seus próprios reflexos. A fachada da Prada exibia uma fileira de portas de vidro brilhantes e um enorme cubo de metal escovado. O cubo, que era iluminado por dentro, pairava acima dos convidados como se fosse um óvni. O lugar estava lotado, um enxame de rostos corados e ombros nus, meninas rindo e caras lindíssimos, alguns familiares, outros deliciosamente desconhecidos. Da parede leste até a oeste, da Costa Leste até a Oeste, todos que eram alguém estavam lá: Marco, Deena, Kate, Laila, Jake, Evan, Don John, Bronywn, Christina, Theo, Joaquin, Tyler, Luke e Tim... e também estavam por ali gente da Escola de Malibu, de Brenwood, de Harvard Westlake... Os filhos e filhas dos agentes, gerentes, produtores, treinadores particulares dos pais delas, seus ex-modelos, os ex dos ex-melhores amigos. Sem mencionar o cara bonitão do Coffee Bean da Sunset, o cara ainda mais bonitão da loja da Puma na Melrose e aquele assistente lindo a ponto de parecer um roqueiro famoso, da Agência de Talentos Endeavor.

E isso sem contar os gatos incríveis que todos tinham trazido consigo.

Uma mocinha que parecia a Kirsten Dunst soltou um gritinho agudo, enquanto girava o copo que continha seu martíni com limão entre as mãos. Ela se virou, a luz bateu nela de outro ângulo, e de repente ficou claro: era *mesmo* a Kirsten Dunst. Mas aí ela curvou-se para consertar a alça da sandália preta de tirinhas e salto alto e voltou a ser a "moça que parecia a Kirsten Dunst". Não que desse para notar. A essa altura a gente já estava de olhos pregados no cara que parecia a cópia cuspida e escarrada do Justin Timberlake. Só que... espera aí, será que não era *o próprio* Justin Timberlake?

Melissa abaixou o vidro da janela. Um batidão retumbante colidiu com a maré de vozes sobrepostas. O som entrou rodopiando, preenchendo o interior do Bentley como um banho de espuma. Apareceu um bando de estudantes de cinema da UCLA. Flashes de câmeras espocavam.

Todos estavam se divertindo, menos elas.

— Vou entrar — anunciou Charlotte, empinando o queixinho.

— *Je ne regrette rien*.

Assim, ela saiu do carro espetando o cimento da calçada com os seus escarpins de plataforma pretos forrados de cetim. Bateu a porta. Enfiou-se pela multidão adentro, como um furacão. Sentia-se rebelde. Sentia-se radical. Insana, até. Detestava admitir isso, mas devia isso ao vestidinho feito de retalhos vomitados pelo Marilyn Manson.

Pelo menos uma vez na vida não seria obrigada a agir como uma florzinha delicada.

Uma vez na vida, ela podia ser uma nuvem em formato de cogumelo.

Quem: Gretchen Sweet (também conhecida como "Naomi")
Look: Blusa preta de algodão, shortinhos pretos bem curtos, meia arrastão tipo "Sparkle and Fade", sapatos boneca pretos de plataforma, rímel verde, bandeja de prata com salgadinhos

Jake espremeu-se por entre a multidão sufocante até localizar uns 30 centímetros quadrados de espaço para si. Levou um minuto para perceber que estava em frente a uma janela. A janela era do formato de uma semente de melancia e tão grande quanto uma banheira. Sob o vidro, no fim de um túnel curto, um manequim impecavelmente vestido empoleirava-se em um ninho de bolsas. Jake desejou poder erguer aquele vidro e subir ali, ficando ao lado do manequim. Ele parecia bem mais divertido do que os convidados desmiolados daquela festa desmiolada. Ela era desmiolada, mas pelo menos tinha uma desculpa. Era um manequim. E não tinha cabeça.

— Cavalheiro?

Jake olhou para cima. Uma clone deslumbrante de Naomi Watts estava sorrindo para ele, do outro lado de uma bandeja de salgadinhos. A última coisa que ele queria de uma clone da Naomi era que ela o chamasse de "cavalheiro".

— Por favor — insistiu Jake, erguendo a mão. — Me chama de "cara".

Naomi riu, e seus olhos cinza-claro faiscaram.

— Tá legal, *cara*. Quer uma empadinha de wasabi e atum com molho tártaro?

— Há... — hesitou ele, espiando os salgadinhos, desconfiado. Elas lembravam um pouco a ração para gatos Fancy Feast.

— Ah, vai — disse ela, fingindo suplicar. — Eu mesma fiz.

— Tá legal — rendeu-se ele, fisgando uma na minúscula bandeja redonda. — Só porque você trabalhou como uma escrava em uma cozinha quente...

— Você não faz ideia — e, dizendo isso, Naomi aproximou-se dele um passo — de como é quente... a minha cozinha...

Jake olhou para ela espantado, a empadinha de wasabi pairando diante da boca aberta. Naomi jogou para o lado seus cabelos curtos e oxigenados, e sorriu.

— E aí — ela olhou de relance ao redor, para o salão apinhado —, sabe o porquê dessa badalação toda?

— Há... — (Ele ainda não tinha conseguido recuperar sua capacidade de falar direito.) — É coisa de moda, sabe, um negócio que tem a ver com uma grife. De moda. Uma coisa.

— É mesmo? — Naomi ergueu uma sobrancelha fina como se traçada a lápis. — Sou estilista. Quer dizer, aspirante a estilista. Sabe como é.

Jake concordou. Ainda estava pensando na cozinha quente dela.

— Vai comer isso aí? — perguntou ela, apontando para o salgadinho na mão dele.

— Ah, vou, sim. — E ele jogou a empadinha dentro da boca, sentindo um puxão forte no braço.

— Mas que porr... — guinchou ele, girando. Seus olhos se encheram de lágrimas no mesmo instante. O wasabi lhe queimou a língua como se fosse um incêndio nas matas de Malibu.

— Que foi? — disse Charlotte, fazendo biquinho, com as mãos nos quadris. — Está me achando ridícula?

— Não! — respondeu ele, indignado, negando com a mão. — Não, você está é beeeem quente.

Ela sorriu, radiante, alisando as pregas esfarrapadas da sua saia desconstruída.

— É mesmo?

Jake apanhou uma taça de champanhe e a consumiu em dois goles.

— Ei! — desaprovou Charlotte, arrancando a taça da mão crispada dele. — Não bebe essa droga não, vai te fazer mal — disse, jogando a taça na bandeja de Naomi, que semicerrou os olhos e se mandou. — Eu trouxe uma coisinha de uma reserva particular — explicou Charlotte, inclinando-se para alcançar o ouvido de Jake.

— Cristal...

E Jake ergueu as sobrancelhas.

— Jura?

— Hum-hum — confirmou ela, murmurando. — Precisamos comemorar.

— Comemorar o quê?

E Charlotte recuou, sorrindo largamente como um gato matreiro.

— Me dá sua mão — ordenou ela. E pescou um objeto misterioso de dentro da sua bolsinha de cetim retrô, colocando-o na palma da mão de Jake. Ele o espreitou, com um sorriso perplexo. Era um revolverzinho de água. Charlotte envolveu-o com os dedos, um a um.

— Tem um jardim lá no telhado — disse ela, dando um puxão na fivela do cinto dele, sub-repticiamente. — A gente se encontra lá em vinte minutos, tá?

E dizendo isso ela se afastou, erguendo o braço como uma dançarina de tango. Girando o pulso, desapareceu na multidão. Jake ficou procurando-a, apertou o cano do revólver de água contra o coração e puxou o gatilho. *Clique.*

Estava começando a ficar nervoso outra vez.

— Testando... ahã... alô? — Ao som da voz de Melissa, o volume da multidão, que tinha aumentado até atingir a capacidade máxima da butique, reduziu-se ligeiramente. Marco espiou o alto da escadaria ampla e envernizada. Sua namorada estava segurando um microfone na altura dos lábios. Pelo menos ele *pensava* que era Melissa. Sem saber por que, ela estava agachada atrás de um mostruário de sapatos em formato de cubo, escondendo a maior parte do corpo e do rosto.

— PRESTA ATENÇÃO, GENTE! — gritou Marco, para ser solidário.

Mas a multidão se desinteressou e ficou ainda mais barulhenta. Melissa entrou em pânico. Nunca se apavorava diante de uma plateia, vivia em função de plateias, ora! O que estava acontecendo com ela?

Ela agarrou a mão de Petra ao passar, puxando-a para baixo, atrás do mostruário de sapatos.

— Não dá pra mim — murmurou Melissa no ouvido dela. — Não posso fazer meu discurso vestida desse jeito. — E empurrou um macinho de fichas para a mão de Petra. — Vai você — instruiu. Charlotte e Janie estavam só Deus sabia onde, e Melissa é que não ia sair por ali procurando-as vestida com um saco de lixo marrom.

— Eu? — disse Petra, sacudindo a cabeça, apavorada. — Não dá, eu não sou de fazer discurso.

— Ah, mas acontece que eu não sou de me esconder atrás de mostruários de sapatos, mas estou fazendo isso agora, não estou? E quer saber por quê? Por que você me fez esse vestido que me faz parecer o tipo de pessoa que se esconde atrás de mostruários de sapato!

— Mas você ainda é *você*! — recordou-lhe Petra. — Não dá para eu...

— Ei-ei-ei-ei-ei-ei-ei-EEEEEEEI! — berrou Melissa ao microfone, interrompendo os protestos da colega. A multidão ficou em silêncio. Todos sabiam que quando alguém gritava oito "eis" seguidos era porque a coisa era séria.

— Vai lá! — mandou Melissa, cutucando a coxa de Petra com uma unha. Petra gritou, ficando de pé num pulo. E se virou. Trezentos rostos olhavam direto para ela, na expectativa. Ela engoliu em seco, olhando fixamente os cartões de Melissa.

— Parabéns! — leu com a inflexão de um robô. — Vocês todos acabaram de chegar ao... AI! — gritou Petra uma segunda vez, lançando um olhar furioso a Melissa e sua infernal unha mortífera.

— Sorria! — disse Melissa entredentes, feito uma arrogante diretora de cena. — Curta o momento! E seja o que for que faça, não aja como Petra, mas como se fosse *outra pessoa*!

— *Tá bom!* — E Petra sorriu, os dentes cerrados. Virou-se de repente e encarou a multidão. — E aí GALERAAAA? — gritou, feito uma maluca, ao microfone.

— ÊÊÊÊÊÊÊÊÊÊÊ! — respondeu a multidão. Marco pulou na ponta dos pés, agitando os braços feito um maestro.

— Não preciso me apresentar — disse Petra, com um sorriso fixo.

— Todos sabem o meu nome... a sua... a nossa... *Melissa Moon*!

E todos desataram a rir. De repente o traje de Petra, totalmente fora de contexto, começou a fazer completo sentido. *Ahhhh*, pareceram dizer as expressões das pessoas. *Agora* nós sacamos. Enquanto isso, a unha mortífera de Melissa continuava golpeando Petra como se fosse um escorpião. Petra nem ligou.

— É isso aí, galera!!!! — E levou a mão em concha ao seu ouvido adornado com uma argola de ouro bem estilo gueto. — Esta noite todos vocês foram convidados para APARECER! Onde? No quarteirão mais badalado de todos! Na rua mais badalada de todas! Vocês sabem do que estou falando! RO---DEEEEO! Uma salva de palmas, galera!

A multidão aclamou-a e assobiou enquanto Petra exibia um sorriso de deslumbrada. Melissa escondeu o rosto nas mãos.

— Como já devem ou não ter ouvido falar, minhas amigas, Charlotte, Janie, Petra e eu nos unimos em estilo para criar nossa própria grife. Todas nós somos muito, mas *muito* diferentes mesmo umas das outras. Mas temos *uma* coisa em comum... as roupas! — E Petra ergueu seus bracinhos magricelas para o alto, balançando a bundinha revestida pelo macaquinho rosa-bebê. A massa já meio embriagada aclamou, encantada.

— Mas também temos outra coisa em comum! — Melissa agarrou o microfone, arrancando-o das mãos de Petra. Sob as luzes que piscavam, seu vestido estilo saco marrom claro, no melhor estilo hippie, pareceu dez vezes pior. Ela parecia uma Umpa Lumpa com uma barriga gigantesca de grávida a caminho de Woodstock.

— *Aimeudeusssss!* — gritou Deena, toda esganiçada, a distância. Marco deixou cair o queixo.

— Hippie asquerosa! — berrou alguém para grande prazer da multidão tocada. Melissa reagiu com um gesto de paz e amor bastante agressivo.

— Ah, tá, oi, gente... meu nome é Petra Greene, e eu sou uma hippie *muito* da nojenta mesmo, sabe...

A multidão reagiu com um *OOOOooooooooh!* do tipo que rola durante um programa com auditório na tevê.

— Briga de mulher!

— Eu gostaria de comentar — disse Melissa — que nesta mesma noite muito especial temos em comum muito mais que só roupa, né. Temos, assim, um sonho em comum, né. Um sonho de que, um dia, gente de todas as cores, sexos e credos irão se unir e defender o direito à vida, à liberdade e...

E aí Petra chegou junto do microfone:

— À procura pela belezaaaaa!

E ao ouvir isso a butique inteira foi à loucura. Melissa olhou firme para Petra, incrédula.

— Mandou bem! — admitiu. Petra sorriu, voltando a assumir o microfone.

— Então, gente, agora a questão é... que *nome* a gente vai dar a esse sonho? — acrescentou Petra. Os refletores suavizaram-se, e um imenso globo plástico transparente começou a descer do teto feito um globo espelhado de discoteca. Dentro dele, um ventilador interno soprava centenas de etiquetinhas para todos os lados, como se fossem flocos de neve.

— Como sabem, precisamos de um nome para nossa nova grife. Cada um de vocês recebeu uma etiqueta em branco junto com seu convite. Mandamos 168 etiquetas e recebemos *exatamente* 168 etiquetas de volta. — E Melissa levou a mão ao coração. — Sua participação significou *muito mesmo* para a gente.

— Muito embora a gente ainda nem tenha tocado nelas — disse Petra —, sabemos *com certeza* que *cada uma* das sugestões de vocês é um ato de pura genialidade.

— Mas só podemos escolher um nome! — recordou Melissa aos espectadores.

— Ai que peninha! — Petra fez um biquinho, fingindo que estava com dó.

— De modo que vamos divulgar qual foi o nosso nome vencedor maravilhoso, fantástico, perfeito sob todos os ângulos na segunda-feira.

— Mas enquanto isso, curtam bastante, porque...

283

— *Etiqueta!* — gritaram as duas juntas, apontando para os espectadores. — Você é quem faz!

E aí elas se abraçaram pela cintura e curvaram-se até o chão. Os aplausos foram ensurdecedores, como um milhão de moedas bem lustrosas de um centavo caindo sobre um telhado de zinco velho. Petra e Melissa viraram-se uma para a outra e sorriram. Precisavam admitir: era um som maravilhoso.

Mas só se nesse cara-ou-coroa as moedinhas as premiassem com a sorte grande.

Janie subiu correndo o lance curto de escadas, com degraus que rangiam, rezando para a bainha frágil do seu vestido não se prender em uma farpa ou um prego. Subiu ao palco, abaixando-se para evitar o brilho ofuscante dos refletores, e passou na ponta dos pés desviando-se de teias intrincadas de fios e pedacinhos de fita adesiva fosforescente. Foi então que ela o viu. Ele estava agachado ao lado de um amplificador, girando um botão e encostando o ouvido no alto-falante. As correntes de bicicleta enroladas em volta dos seus quadris esguios pendiam até o chão. Seus cabelos, penteados no falso estilo moicano e com as pontas tingidas de azul, erguiam-se perfeitamente eriçados na direção do céu. O anel de prata no seu lábio inferior cintilava como uma gotinha de saliva.

Só que quem estava babando era Janie.

— Oi — disse ela. Só que a palavra se perdeu, abafada pelo retorno do alto-falante. Ela pigarreou e cutucou o ombro do rapaz. O ombro de Paul Elliot Miller. Sua camiseta de beisebol meio esgarçada, de mangas pretas, estava quente e úmida de suor.

Suor de Paul Elliot Miller.

Ele olhou para ela, contemplando o corpo esguio de Janie, seus olhos desiguais, um verde-azulado e o outro castanho-esverdeado, contornados por delineador preto.

— Você não pode subir aqui — falou ele, por fim, voltando a se concentrar no alto-falante.

— Ah — respondeu Janie, arrasada pelo comportamento indiferente dele. Finalmente tinha conseguido reunir coragem para dizer oi, e ele respondeu: "Não pode subir aqui"? Por que não tinha dito "Eu te amo"?

Será que ele não se lembrava das falas?

— Vim falar com a Amelia — disse Janie, com o máximo de autoconfiança que foi capaz de reunir.

— Gostaria de poder ajudar você — murmurou, depois girou outro botão. Girar botões, pelo visto, era uma tarefa árdua.

— Ah, por favor, vai — pressionou ela, rezando para ele não perceber o tremor da sua voz, como ela estava percebendo. — Onde ela está?

— Olha só — disse aquela boca linda. — Amelia me disse que não posso deixar ninguém entrar nos bastidores. É tipo assim, como ver a noiva antes do casamento, sacou?

— Ela não é noiva.

— É vocalista, tá? As regras são as mesmas.

— Mas acontece que eu preciso entregar isso a ela! — insistiu Janie, erguendo um saco de papel pardo. Paul olhou-a empinando aquele seu nariz aristocrático e sardento. Rolou um palito de uma extremidade do lábio até a outra. — Isso aqui é o *vestido de casamento* dela — explicou Janie, entrando no jogo dele.

Ele suspirou, cuspindo o palito semidigerido no chão. Janie olhou a cena, extasiada. Se ele não estivesse bem ali, diante dela, ela teria se abaixado na mesma hora e catado o palito antes de ele tocar o chão, aninhando-o na palma da mão. Teria levado o palito mastigado para casa e o protegido em um saquinho plástico. Teria usado pinça esterilizada para manipulá-lo. Mas Paul estava bem ali diante dela, portanto só dava para olhar firme para ele e dizer:

— Que nojo!

Paul sorriu de orelha a orelha, adorando a reação de Janie. E aí, sem aviso, pulou do palco. Atravessou um grupo de garotas de braceletes de couro e franjinha Bettie Page, um bando de rapazes de blusões com capuz desleixados e cintos cravejados de tachas. Eles ficaram vendo Paul passar, sugando as cervejas como bebês mal-humorados. Ele virou-se, olhando para Janie com um desprezo agressivo.

— *Você vem ou não?*

— Ah, sim — respondeu ela, assustando-se, e, obedientemente, desceu os degraus. Paul não esperou por ela; aliás, andou até mais rápido. Janie esforçou-se para alcançá-lo. Seguiu-o atrás do bar, passando por fileiras de garrafas de bebida alcoólica cintilantes, sentindo fedor de urina de gato e vômito seco. Atravessaram uma porta dupla no estilo de um salão do velho oeste americano. Viam-se lençóis pretos presos ao teto. As paredes estavam cobertas de pichações, como se fossem teias. A música soava latejante, como um coração distante batendo. Janie concentrou-se na parte inferior das costas de Paul. *Me possui*, pensou ela. *Me empurra contra essa parede engordurada e nojenta e me possui.*

— Ameeelia! — chamou Paul, empurrando um lençol preto esfarrapado. Entrou em um corredor estreito e bateu com força em uma porta preta. — Amelia! Ei!

— Só um minuto! — gritou uma voz feminina.

Paul encostou-se na parede e olhou para Janie. Ela retribuiu o olhar, sentindo o sangue latejar nas veias. Os olhos dele pararam no trio de rosas de cetim pretas na altura da cintura dela.

— Que foi? — perguntou, fazendo um esforço hercúleo para arrancar as palavras do fundo da garganta.

Ele voltou a bater na porta uma segunda vez, em vez de responder.

— Anda! — berrou, numa voz que parecia situar-se entre Sid Vicious (a lenda do *punk rock*) e Sid Firestein (o avô mal-humorado de Janie). Alguém abriu ligeiramente a porta. Paul apontou Janie com o polegar de unha pintada.

— Seu par do baile de formatura chegou — zombou ele.

Janie corou, percebendo exatamente o que ele queria dizer. Ela estava em Choque com C maiúsculo. Mas não só o vestido conflitava com *quem* ela era, mas também com *onde* estava. Estava Chocada com C maiúsculo à segunda potência.

— Nosssaaaa! — gritou Amelia, abrindo um pouco mais a porta.

— Você está lindona! — E Janie entrou, o mais rápido que pôde, batendo a porta às suas costas. Não podia mais suportar a cara que Paul estava fazendo, fosse lá o que ela significasse. Sem dúvida "lindona" era a última palavra que ele usaria para descrever a aparência dela, presumindo-se que ele a tivesse olhado, o que ele, sem dúvida nenhuma, não tinha feito.

— Obrigada — murmurou Janie, quando as duas ficaram a sós.

— Não tem de quê — resmungou Amelia, procurando refrear a exibição de camaradagem inicial. Ela quase havia se esquecido de que ela e Janie estavam *de mal* uma com a outra, o que significava que por mais feliz que estivesse, precisava agir de uma forma totalmente contrária.

— Então, o que veio fazer por aqui? — indagou Amelia, procurando alguma coisa na sua grande bolsa de couro branco. — Pensei que tivesse que ir àquela sua baladinha "Você fala com o capeta".

— E tenho que ir sim — respondeu Janie, notando duas pontas de cigarro inchadas dentro do vaso sanitário. — Se elas descobrirem que eu fugi, estou frita.

— Então vai embora — disse Amelia, indiferente, indo até a porta.

— Espera aí! — insistiu Janie. E entregou a bolsa de papel marrom a Amelia, uma bolsa quase igual à que havia entregue a Charlotte horas antes. — Eu precisava te entregar isso.

— O que é isso? — perguntou Amelia, derretendo um pouco. Ela adorava presentes.

— Abre.

Amelia hesitou, voltando-se para o espelho manchado de água.

— Vamos entrar no palco em dois minutos — anunciou, aplicando mais uma camada de batom vermelho-escuro. Janie notou que era NARS, uma marca que Amelia decididamente não tinha dinheiro para comprar. Mas isso não importava. Sua melhor amiga era ladra de loja das mais peritas, algo ao qual se referia brincando como "ter um ataque de Winona". Às vezes Janie achava graça. Às vezes não.

Ela comprimiu os lábios e beijou a parede para tirar o excesso.

— Abro depois do show — disse, lançando um olhar severo a Janie. — Agora, se você me permite...

E saiu, batendo a porta atrás de si. Janie ficou parada no meio do banheiro, zonza. Tão zonza que não ouviu a maçaneta da porta estalar nem o som dos passos de Amelia voltando.

— Eca! — Amelia estremeceu, torcendo as mãos como se tivesse pisado em uma coisa nojenta. — Fui tão grossa com você!

Enquanto abraçava a amiga, Janie ria aliviada.

— Não me deixa fazer isso nunca mais — murmurou Amelia no ouvido de Janie. — Eu fiquei tipo, traumatizada, sabe.

— AAAMMMEEEELIIIIAAA! — berrou Paul do corredor. Amelia revirou os olhos. Para alguém que tinha fama de anarquista, Paul era um fanático por pontualidade.

— Vou ter que ir para o palco — desculpou-se ela. Janie interpôs-se entre ela e a porta.

— Só depois que abrir isso! — exigiu ela, balançando a bolsa pela alça.

— Tá bom — rendeu-se Amelia, pegando a sacola em pleno ar. Ela rasgou camadas de papel de seda como um animal enlouquecido.

— Ai, meu Deus. — E arquejou, incrédula. — Será que é o que eu acho que é?

Janie riu, batendo palmas.

Amelia imediatamente arrancou seu vestido baby-doll azul-marinho e vestiu a criação de Janie. O dinheiro de Charlotte tinha dado para comprar materiais não para um, mas dois vestidos. O primeiro serviu como teste; Janie errou uns pontos, fez umas pregas malfeitas. Mas aprendeu com seus erros, e o segundo saiu perfeito.

— O Vestido da Leiteira Vampira de Londres! — murmurou Amelia enquanto Janie fechava o zíper das costas. — Incrível, cara!

A distância, o baterista da banda, Max, começou um solo de bateria à guisa de introdução. O recado era claro: ou a Amelia aparecia em três segundos ou sua cabeça ia rolar.

— Ih, cara. Vou nessa. — E Amelia voltou a arquejar, abraçando Janie uma vez mais. Janie viu-a sair caminhando saltitante e ofegante pelo corredor. Um momento depois, a plateia soltou gritos de admiração. Amelia chegou perto do microfone e pigarreou.

— Calem a boca — murmurou. A multidão desatou a rir. — Seus ingratos, nojentos. Seus parasitas sem-vergonha. Não é hora de limparem seus quartos? Será que não perceberam que somos...

— CRIATURAS DE HÁBITOS! — Explodiu a plateia, entendendo a deixa. Amelia riu, tangindo uma corda do baixo.

— Obrigada — sorriu ela, jogando os cabelos para trás. — Muito obrigada.

Nos bastidores, Janie sorriu, escondendo o sorriso atrás da cortina do palco. Amelia nunca tinha agradecido aos espectadores. E não estava agradecendo a eles agora.

Estava agradecendo a Janie.

Ela ainda mal podia crer que tinha pedido uma carona a Evan Beverwil, mas que escolha tinha? Jake, que tinha prometido que a levaria para o Spaceland, parecia ter desaparecido, mas, ao contrário do seu irmão, que tinha tomado chá de sumiço, Evan era *onipresente*. Janie só precisava virar-se para um lado que ele aparecia: no bar, no palco, atrás da escada, ao lado dos buquês, na pista de dança, no saguão. Estava até ao lado da porta do banheiro feminino. Mas ela nunca o via olhando para ela, pelo menos até ela dar um tapinha no ombro dele. No momento em que o tocou, Evan estava conversando com Bronwyn Spencer, e parou no meio de uma frase, colocando-se em posição de sentido. Janie notou as chaves do carro que ele trazia na mão. (Tentou não notar a cerveja na outra.)

— Sabe onde fica o Spaceland?

Quando ele concordou em levá-la até lá, Janie sentiu um alívio inacreditável. E foi o alívio dela que lhe ocupou os pensamentos quando eles saíram voando de Beverly Hills na direção de Silverlake. Naturalmente, quando eles *voltaram* para Beverly Hills, o alívio de Janie já havia passado, e sua mente estava livre para pensar em outras coisas.

Como o fato de que tinha aceitado uma carona de *um cara que tinha bebido cerveja.*

De repente o Porsche vermelho 911 conversível de Evan lhe pareceu desconfortavelmente perto do chão. Dava para Janie ver cada um dos calombos do cascalho na estrada. Depois ele passou a marcha. Em questão de segundos, os calombos já pareciam cometas a toda a velocidade. O coração de Janie estava quase saindo pela boca.

— Estamos indo meio rápido demais — gemeu ela, olhando de relance para a cerveja dele, no porta-copos.

— Ah, sem essa — disse Evan, acompanhando-lhe o olhar. Tomei só uma cerveja, durante essa noite inteira. Além disso, esse aqui é um *911.*

— Tá bem. — E ela fez uma careta, agarrada à lateral do banco. Tentou bloquear a imagem de seus miolos espalhados pela estrada.

— E aí — disse ele, passando direto por um sinal amarelo —, seu amigo gostou do presente?

— Está querendo dizer *amiga*, né — corrigiu ela.

— Espera aí... — E Evan fez cara de confuso. — Quem era aquele cara com quem você estava falando?

— Está se referindo ao Paul? — perguntou ela, ficando vermelha como o conversível.

— Sei lá. — Ele deu de ombros, deixando o braço cair nas costas do banco de Janie. Depois olhou de relance para ela. — Ele me pareceu meio boiola.

— Ele *não* é boiola.

— Estava de delineador.

Janie fez uma cara de chocada, encostando-se contra a porta do carro.

— E...?

Evan viu de relance a expressão dela e suspirou, voltando a pôr a mão no volante forrado de couro preto.

— Posso fazer uma pergunta? — disse ele. Janie o viu contrair e descontrair a mandíbula inferior. — Você está com raiva, tipo, *especificamente* de mim? Ou só... sabe, passa o tempo todo assim com raiva da vida?

O queixo de Janie caiu.

— Como é que é?

Evan não respondeu. Eles desceram a Sunset Boulevard e dobraram à direita na altura da La Brea. Janie olhou pela janela. Passaram pela Mashti Malone's, a loja do lendário sorvete de açafrão e água de rosas. Passaram pela oficina da Volvo no Santa Monica Boulevard, pelo Mega-Target e pelo Starbucks. E depois passaram pela Jet Rag, com seu luminoso de néon que parecia desaparecer nas nuvens. Só três letras estavam iluminadas, o resto apagado. Hoje elas formavam a palavra Tag.*

Evan parou no acostamento, o Porsche rosnando quando ele desligou o motor.

— Eu já volto — anunciou ele. E saiu do carro.

Janie espichou o pescoço no seu banco rebaixado, vendo-o descer todo estranho a calçada mal-iluminada. Será que ia deixá-la ali e sumir? Ela hesitou um pouco antes de abrir a porta do carro. Se detestava estar com Evan, detestava sua própria companhia mais ainda.

Saiu do Porsche, andando ao redor do carro como uma balsa sem rumo atada a um cais. Esperou que ele reaparecesse, esperou que ele a visse aguardando ali. Mas ele não voltou. Ele só ficou pendurado a uma cerca de alambrado, o rosto colado nela, o suficiente para sentir o cheiro da ferrugem.

O que ele estaria procurando?

Janie rendeu-se e começou a andar na sua direção. Estava curiosa. E se sentia só. Às vezes se perguntava se toda escolha que fizesse acabaria fazendo-a sentir essas duas coisas.

— Tudo bem? — disse ela, envolvendo o corpo com seus próprios braços.

— Eu só precisava de um pouco de ar — respondeu ele, olhando direto para a frente. — Desculpa.

Um poste de iluminação iluminava o alto da cabeça dele, projetando sombras no seu rosto. Janie apertou a testa contra a cerca de alambrado.

---
* Etiqueta, em inglês. Também quer dizer jogo de pega-pega. (*N.T.*)

— Hum... — murmurou ela, abraçando o corpo com ainda mais força.

O elefante parecia diferente à noite, iluminado pelas luzes verdes mortiças e exibindo as sombras entrecruzadas do capim. Janie não podia ver o alcatrão, mas sentia o cheiro. Também ouvia o ruído produzido por ele, um borbulhar semelhante ao de uma poção num caldeirão de bruxa.

— Eu costumava ter pesadelos com este elefante — disse Evan.

— É mesmo?

Evan confirmou.

— Fizemos uma excursão na escola, acho que foi tipo no segundo ano. E nosso guia nos disse que o elefante estava vivo de verdade, mas tentando ficar bem imóvel para não afundar no alcatrão, uma coisa assim.

— Nossa! — desabafou Janie, incrédula. — Acho que o seu era o mesmo guia da minha excursão!

Evan sacudiu a cabeça e riu.

— Aquele cara me traumatizou pra valer.

— A mim também!

— Ele devia ser tipo preso, ou coisa parecida.

— Ou devia ter sido jogado no poço de alcatrão — sugeriu ela.

— Ah, gostei dessa. — Ele sorriu. — Justiça poética.

Janie retribuiu o sorriso, permitindo que os olhos de ambos se encontrassem. O coração dela começou a bater na garganta. *Isso não faz sentido nenhum.* O irmão mais velho de Charlotte tinha os mesmos problemas com elefantes que ela? De todas as pessoas do mundo, Evan Beverwil era a única que *entendia*.

— Posso perguntar uma coisa? — indagou ele.

— Pode — sussurrou Janie, prendendo a respiração.

— Aquele cara, o do delineador...

— Paul — reagiu Janie, sentindo náusea. Como é que podia ter algo em comum com um cara que achava que o Paul Elliot Miller, o deus que ela idolatrava, era boiola?

Evan pigarreou.

— Ele mencionou como você está incrivelmente bonita hoje?

— Ah — respondeu Janie, corando com uma intensidade tal que era até capaz de lhe causar cegueira temporária. — Não.

Janie sentia que ele estava olhando para ela. Não conseguiu olhar para trás. Só ficou ali parada, grudada à calçada como se tivesse raízes, absolutamente imóvel.

Estava paralisada.

Evan balançou a cabeça, indicando que tinha ouvido, e soltou a cerca. O alambrado produziu um ruído metálico como o de uma espora.

— Só pra saber.

Jake estava começando a entender por que Accutane e álcool não combinavam. Ele só tinha bebido duas taças de champanhe, e cinco minutos depois, *bam*. Já estava cambaleando feito Tara Reid. Com uma combinação de sorte e pura força de vontade, tinha conseguido dirigir seus passos cambaleantes até uma cadeira em formato de casca de melão rosado. Quinze minutos depois, ainda estava ali, a cabeça apoiada nas mãos, esperando o mundo parar de girar.

Mas ele só girou mais rápido.

— Oi, Jake!

Ele olhou para cima. Uma loura bonitinha de vestido roxo colado ao corpo estava olhando para ele, o rosto uma mancha só de rosas, brancos e azuis. Jake semicerrou os olhos até que o rosa entrasse em foco, formando os lábios e faces dela, o branco virasse sua testa muito mal empoada com base, e o azul seus olhos sôfregos e brilhantes.

— Sou eu, Nikki! Gostei da sua gravata!

Ele ficou olhando para o copo de vidro fosco na mão dela, contendo um líquido transparente.

— Isso aí é água? — conseguiu balbuciar.

— Ah, isso — disse ela, revirando os olhos. — Minha amiga me pediu para segurar isso pra ela. Está dizendo a todo mundo que é vodca pura, mas é água mesmo. Que babaquice.

— Posso tomar um pouquinho?

— Claro! — respondeu ela, entregando-lhe o copo. Jake bebeu feito um homem perdido no deserto, engolindo em goles barulhentos e ávidos. Nikki assistiu fascinada ao subir e descer do seu pomo-de-adão.

— Pois é, né... — E ela sentou-se ao lado dele com um baque desastrado. — Você está mesmo um gato — murmurou ela. — Posso te dizer isso?

— Há... pode. — E ele sorriu. — Você também está uma gata.

— Estou mesmo? — sussurrou Nikki. E ela tentou encostar a cabeça no ombro dele, mas errou completamente o alvo e caiu no colo do rapaz.

— Epa — disse Jake, enfiando a mão por sob o rosto dela. Jogou a cabeça de Nikki para cima, como se fosse uma panqueca. — Você está bem?

— *Estou me divertindo tanto!* — gritou ela, numa voz esganiçada. E foi aí que Jake percebeu que Nikki também não estava exatamente sóbria.

— Vamos. — Ele tentou erguê-la e pô-la de pé. — Vamos tomar ar fresco.

— Não. — E ela fez biquinho, agarrando-se ao colarinho da camisa de Jake.

— Ei. — Jake delicadamente afastou a mão dela de sua única camisa social boa. Nikki agarrou-lhe a mão, e ele permitiu que ela o arrastasse para o outro lado de uma parede divisória. Parecia uma dessas caixas de ovos de isopor, mas em vez de ser amarelo-canário, era verde-abacate.

— Aonde está me levando? — perguntou Jake, rindo. Uma fileira de provadores de vidro brilhavam sob a luz.

— Quer ver uma coisa? — perguntou Nikki, oscilando no corredor.

— O quê? — Jake hesitou, olhando em torno de si. Estava começando a se sentir culpado, mas não sabia por quê. Seguiu-a para dentro de um provador. — O que é? — disse de novo, quando ela fechou a porta de vidro.

— Olha lá para fora — apontou Nikki. Jake olhou pela porta de vidro. A multidão estava se movimentando sob as luzes de discoteca, as pessoas colidindo umas nas outras, soltando gritinhos como se estivessem sendo fervidas vivas. O DJ estava tocando o sucesso do Daft Punk "Harder, Better, Faster, Stronger" a todo volume. Todos estavam se esforçando para dançar o mais depressa, melhor e mais vigorosamente possível. Jake sentiu-se como se fosse um garotinho, apontando um telescópio para o Sol.

E aí, de repente, a porta de vidro transformou-se em uma parede branca opaca. A festa desapareceu.

— Ih, cara! — exclamou ele, recuando. Nikki riu. Jake ficou olhando boquiaberto a parede opaca voltar a se transformar em uma porta de vidro transparente.

— Olha. — E ela apontou de novo. Um domo prateado parecido com um cogumelo se destacava no chão cor de ardósia. A palavra PRIVACIDADE encontrava-se gravada no alto dele. — Aperta isso — instruiu Nikki, como um personagem de *Alice no país das maravilhas*.

Ele pisou no domo prateado com a ponta do sapato.

— Cacete! — riu-se ele, tocando o domo várias vezes seguidas. A porta de vidro bruxuleou como um fantasma. Jake sorriu, radiante.

— Parece coisa do futuro!

Nikki voltou a rir, pisando no pé dele. Jake prendeu a respiração. Foi gostoso sentir a pressão do pé dela sobre o seu. Tão gostoso que ele a deixou apertar mais, até o domo prateado afundar no chão, a porta virar uma parede, e, de um instante para o outro, eles ficaram a sós.

— É melhor eu sair — disse Jake. Ela afastou o pé do dele e concordou, olhando para a porta.

— Desculpa — disse ela, baixinho.

— Ei. — E ele de repente sentiu-se mal e empurrou o ombro de Nikki. — Ei — disse de novo, dessa vez surpreso. Segurou o ombro dela e tentou acostumar-se com a sensação. E aí sentiu que ela estava totalmente trêmula.

— Escuta — murmurou Jake, prendendo uma mecha dos cabelos de Nikki atrás da orelha dela. E aí, sem pensar, aproximou-se dela e beijou-a. Foi por caridade, porque ela gostava tanto dele e, por isso, *ele se sentia mal*. Mas acontece que depois que começaram a se beijar, ficou gostoso. E depois foi ficando cada vez melhor. E exatamente por isso Jake deixou de se sentir mal por causa de Nikki e começou a sentir-se mal por uma outra pessoa.

— Não posso fazer isso — declarou ele, afastando-se. — Desculpa.
— E Jake fechou os olhos, a sala girando ao seu redor. — Que coisa idiota que eu fiz.

Quando ele abriu os olhos, esperava que Nikki estivesse olhando direto para ele, arrasada. Mas ela não estava. Estava olhando através da porta, que, para grande confusão dos dois, tinha voltado a ser transparente.

Eles deviam ter pisado no domo enquanto se beijavam.

Quando ela finalmente olhou para Jake, não estava com cara de arrasada. Estava apavorada. Mais ou menos a seis metros de distância dos dois, com um vestido esquisito e todo mal-ajambrado, Charlotte estava postada como o próprio Anjo da Vingança. Estava com os dedos crispados em torno de uma garrafa de champanhe Cristal como se ela fosse uma arma medieval. Luzes estroboscópicas piscavam sobre o seu rosto como se fossem relâmpagos.

— Charlotte! — Jake chamou. — Espera!

Ele empurrou Nikki para um lado e saiu do provador como um louco, ziguezagueando através da multidão. Um grupo de dançarinos bloqueou o caminho de Charlotte durante tempo suficiente para que ele a alcançasse.

— Charlotte! — E ele agarrou o braço da menina.

— Não *encosta* em mim! — A garrafa de champanhe gelada lhe escorregou dos dedos, espatifando-se no chão.

— Charlotte — suplicou ele —, por favor, foi um acidente!

— Não! — respondeu ela, sacudindo a cabeça. — Eu *vi* você!

— Eu sei, mas precisa acreditar em mim. Eu nem mesmo sei o que houve. Eu fiquei de porre e...

— Você tomou só uma taça de champanhe! — E lágrimas começaram a rolar pelas faces dela.

— Acho que é por causa do Accutane.

— O quê?

— O meu remédio...

— É para personalidade múltipla? — Tremendo, ela enxugou as lágrimas quentes do rosto. — Por que *não está fazendo efeito*!

— É para a pele. Para acne — disse Jake, em tom suplicante de novo, sentindo-se péssimo. A última coisa que Jake queria era recordar a Charlotte quem ele era antes, e quem, nos seus piores momentos, ele acreditava que ainda era: um joão-ninguém todo coberto de espinhas e infestado de pus. Com toda a coragem que conseguiu reunir, Jake olhou nos olhos frios e verde-piscina dela. Não conseguiu adivinhar o que ela estava pensando.

Charlotte estava pensando no jardim lá em cima, nos limoeiros em vasos de terracota, nos ciprestes pequenos e bem podados, na lavanda, nas rosas trepadeiras. Pensou no jasmim noturno florescendo na treliça e na toalha xadrez debaixo dele, como ela a havia estendido cuidadosamente, prendendo as pontas com potinhos cheios de mirtilos e framboesas. Pensou na sua cesta de piquenique de palha, que tinha enchido a ponto de quase explodir: baguetes e queijo, quiche e maçãs, figos e amêndoas cobertas de chocolate. Havia peras envoltas em papel dourado e minúsculos biscoitinhos *madeleines*. Potinhos minúsculos de caviar. Ela havia iluminado o caminho com velinhas bruxuleantes e, por último mas não menos importante, também havia salpicado no caminho balinhas Sweet Tarts. Ela as atirou no chão, como se fossem alpiste — ou arroz em uma cerimônia de casamento. E certificou-se de que cada balinha fosse verde.

— Ai, meu Deus — suspirou ela, com uma risadinha arrepiante.
— Não posso acreditar que fui tão burra.
— Charlotte — suplicou Jake outra vez, dessa vez estendendo a mão para pegar a dela. Ela desvencilhou-se dele como um peixe, escapando numa fração de segundo. Ele ficou parado no meio do salão. A garrafa de champanhe quebrada a seus pés cintilava. Cinco minutos antes, aquela garrafa valia 7 mil dólares. Mas Jake não sabia disso.

Só sabia que agora não valia mais nada.

Sentiu uma coisa amarga revirar-se na boca do estômago.

Melissa saiu cambaleando da butique da Prada com o globo transparente pesadíssimo nas mãos. O ventilador interno estava desligado e todas as etiquetas brancas haviam caído no fundo. Ela o abaixou até o chão, tirando os horríveis tamancos Bjorn de Petra para prender o globo e evitar que rolasse. A última coisa que queria era vê-lo rolando pela rua abaixo, um outro convidado "partindo". Mas "partindo" era a palavra errada.

"Sendo chutado pra fora" era a expressão mais correta.

— Muito bem, agora é oficial — suspirou Charlotte, vindo encontrar-se com ela na rua. — Nunca mais vamos poder entrar na Prada.

Melissa fechou os olhos. Vivien ia *adorar* essa.

— Não acredito. — E sacudiu a cabeça. — Que injustiça!

— Ah, bem — suspirou Charlotte —, *c'est la vie*.

— Pra você é fácil dizer isso. — E Melissa semicerrou os olhos. — Não foi o *meu* namorado que vomitou na pista de dança inteira.

— Ele *não* é meu namorado! — protestou Charlotte, empalidecendo.

Como se esse detalhe fosse importante, pensou Melissa. E não o fato de o vômito de Jake Farrish ter provocado uma debandada de proporções épicas. Pobre Jake. Depois que Charlotte lhe deu o fora, ele não foi capaz de se segurar, percebeu que não ia poder evitar. O vômito subiu como um gêiser, esguichando a uma distância de pelo menos três metros. A princípio ninguém notou. Mas aí Kate Joliet escorregou, caindo bem no meio daquele pântano fétido. Ela soltou um grito a plenos pulmões.

E aí começou uma zorra infernal.

Melissa ainda podia escutar os sons dos gritos das pessoas, as milhares de mãos agitando-se a procurar a saída. Não sabiam por que estavam correndo, só que todos os outros estavam correndo, o que era motivo suficiente para correr. Mas aí o sapato de salto Sergio Rossi de Bronwyn Spencer espetou a cauda do longo azul-escuro de Deena Yazdi e ela caiu ao comprido de cara no chão — bem entre as pernas de um manequim feminino. Aí uma fileira inteira de manequins foi caindo feito dominós, até o último da fila: um manequim masculino gigantesco. Tinha três metros de altura e se partiu ao meio. Os manequins femininos caíram aos seus pés como fãs histéricas de bandas de rock. O Manequim Masculino balançou para a frente e para trás; depois caiu no chão, apenas a algumas polegadas dos adorados escarpins Dior de couro de crocodilo preto de Laila Pikser. Laila gritou quando o Manequim Masculino se partiu com a força do impacto, seus membros gigantescos rolando escada abaixo como troncos traiçoeiros. Seu torso gigantesco caiu por último, tombando escada abaixo como o pai mais furioso do mundo. Depois veio o horrível e inevitável som de vidro partido. A festa tinha chegado ao fim.

Assim como — pelo que parecia — suas vidas.

Imagine a confusão de Janie quando, por volta das 12:15, ela e Evan chegaram e encontraram a butique da Prada — antes toda feérica e esfuziante — vazia, escura e silenciosa como um túmulo. Quando Evan pisou de leve nos freios, Melissa, Charlotte e Petra foram para a rua, enfileirando-se na calçada como patinhos. Janie afundou no banco.

Os patinhos pareciam zangados.

— Ora vejam, não são o Veloz e a Furiosa? — disse Melissa, zombeteira, sugando as bochechas. — Que gentileza de vocês aparecerem — acrescentou. Todos os olhos estavam pregados em Janie, o que Petra interpretou como uma oportunidade para acender um baseado.

— Ah, relaxa — respondeu Evan, com a mão na alavanca de câmbio. — Só fomos dar uma volta.

— Ah, disso eu tenho certeza — ironizou Charlotte, olhando para a descabelada Janie. Seus olhos se encontraram. — Não encosta no meu irmão — avisou Charlotte.

Evan rangeu os dentes.

— Cala a boca, Charlotte.

— Ah, Evan, que se dane. — retorquiu Charlotte. — Eu só não quero que cometa o mesmo erro que eu.

— Do que está falando? — E Janie saiu do carro, batendo a porta. — Cadê o Jake?

— Jake precisou chamar um táxi — respondeu Petra, exalando uma fina torrente de fumaça.

— Por quê? — perguntou Janie, girando e encarando Charlotte.

— O que você fez?

Os olhos de Charlotte soltaram faíscas.

— O que *eu* fiz?

— Graças ao seu *irmão* — anunciou Melissa —, nós fomos expulsas da Prada por *pelo menos* três anos.

— Ai, grande coisa a Prada! — replicou Charlotte, os olhos ficando vidrados. — *Prada n'existe pas!*

Melissa arquejou. Não precisava entender francês para saber quando alguém proferia uma blasfêmia.

Enquanto as meninas continuavam batendo boca, Petra tirou de mansinho os excruciantes sapatos de salto agulha de Melissa e calçou os tamancos Bjorn que tinham ficado na calçada. Sentiu-se meio entorpecida de alívio, tão entorpecida que levou alguns segundos para perceber o globo transparente rolando pela rua. Ficou só parada olhando. Depois, com toda a energia que tinha restado nela, disse:

— Há... pessoal?

As três seguiram a direção na qual ela estava apontando e olharam para o fim da rua. Em um segundo já estavam correndo, disputando pescoço a pescoço como um bando de cavalos Saratoga.

— Aposta em quem? — brincou Evan, indo ficar ao lado de Petra na calçada. Ela sugou o baseado que ficava cada vez menor, e fez cara de pensativa.

— Em ninguém. — E inalou, prendendo a respiração. — Todas vão perder.

— Não a Janie — insistiu Evan. Mesmo de salto alto Janie estava vários metros à frente de Melissa e Charlotte. Evan ficou assistindo às sombras saltitantes de suas pernas perfeitas através da gaze diáfana de seu vestido amarelo-claro. Sentiu um aperto familiar no estômago, pedindo para olhar para outra coisa. Ficou olhando fixamente um chiclete cinzento grudado na calçada.

— Não a Janie? — provocou-o Petra, vendo o seu rosto melancólico. — Acho que vocês dois andaram dando um amasso mesmo, hein.

Evan sacudiu a cabeça.

— Por que é que as meninas pensam que tudo tem a ver com sexo? Que coisa mais chata.

Petra corou, evitando o olhar dele. No outro extremo da rua, Janie, Charlotte e Melissa corriam de um lado para outro, catando o máximo de etiquetas que podiam. O globo transparente bateu na sarjeta e dividiu-se em duas metades perfeitas.

— Ótimo! — Melissa gritou enquanto algumas Ferrari passavam correndo. Centenas de etiquetas brancas voaram pelo ar e caíram ao longo da rua. Janie, Charlotte e Melissa lançavam-se atrás delas, agarrando o máximo que podiam. Outro carro passou, buzinando alto.

— Eu acho que... eu devia ir lá ajudá-las — murmurou Petra. O Porsche de Evan respondeu com um ronronar gutural. Petra olhou para cima e viu o carro descendo a rua, como uma flecha. Ela suspirou, andando na direção das outras meninas.

Uma das etiquetas veio flutuando pela calçada. Ela inclinou-se para pegá-la, desdobrando-a enquanto andava. Uma única palavra estava escrita nela:

Melissa sentou-se na calçada, olhando as etiquetas uma por uma. Sacudiu a cabeça, incrédula, e seu coração começou a bater mais depressa.

— Que diabo é isso? — A etiqueta rígida e branca tremia entre seus dedos. — Alguma piada?

— Tem escrito a mesma coisa em todas — percebeu Charlotte, desdobrando outra etiqueta. Janie concordou, atônita.

— *Poseur* — leu em voz alta, abaixando uma etiqueta e pondo-a no colo.

— Alguém aprontou essa pra gente — disse Melissa, trêmula. — Alguém abriu o globo e trocou as etiquetas.

— Ou todo mundo acha que somos *poseurs* — sugeriu Petra.

— É porque estamos vestindo roupas que uma outra fez — Melissa disse, olhando furiosa para Janie. — Eu *sabia* que essa não era uma boa ideia!

— Ah é — Janie respondeu, irritada. — Mas nós seríamos menos *poseurs* se não fizéssemos nada.

Nome:
POSEUR
o nome da grife:

— E você sabe o que é *poseur*? — disse Charlotte, erguendo uma sobrancelha. — Ratas do Vale que vêm perambular por Beverly Hills.

— Ha! — disse Janie, fechando o tempo. — E gente que age como se fosse francesa quando é *obviamente americana*? — Ao ouvir isso, Melissa abafou uma risada. Os olhos de Charlotte lançaram dardos de pura maldade.

— E fingir que é estilo gueto glam quando se foi criada em *Bel Air* por acaso é melhor? — disse Charlotte, fervendo de raiva. O rosto de Melissa ficou paralisado, mas Charlotte insistiu. — Que tal agir como se fosse famosa quando não é *ninguém*?

— Ai, céus. — Petra sacudiu a cabeça. — Mas que infantilidade!

— Ah, por favor! — desabafou Melissa. — Você é a pior *poseur* de todas!

Petra cruzou os braços e franziu o cenho.

— Jura?

— Cai na real — concordou Charlotte revirando os olhos. — Você age com *naturalidade*, quando provavelmente fez cirurgia plástica. É muito rica, mas se veste feito uma mendiga. E fica agindo como se fosse um anjo de bondade quando, sabe o que mais? Está sempre chapada demais para cometer qualquer maldade.

— E *nós* é que somos infantis — riu-se Melissa.

— Tá certo — contra-argumentou Petra. — Nenhuma de vocês sabe *nada* sobre a minha vida. Mas continuem! Ajam como estão agindo! Porque isso faz de vocês o *pior* tipo de *poseur* que existe.

— Ah, buuuuu! — Charlotte enxugou uma lágrima inexistente.

— Petra... — Janie estendeu a mão para ela. Sem pensar, Petra deu-lhe um tapa.

— Não, eu tô fora! — anunciou ela, pondo-se a caminhar pela rua. — Não acredito que me envolvi com gente como vocês!

— Digo o mesmo! — Charlotte cruzou os braços.

— Passem muito bem! — Melissa saiu andando na direção oposta. — Mal posso esperar para ficar sozinha!

— ESPERA AÍ! — Janie recusava-se a ficar sozinha com Charlotte. — Não temos que voltar juntas para casa?

As outras duas pararam na mesma hora.

Cinco minutos depois, o Geração de Tendências estava sentado na cabine do Bentley cinza-escuro dos Beverwils, os braços cruzados sobre o peito.

— Depois dessa, não contem mais comigo — resmungou Petra.

— Nem comigo.

— Somos três.

— Quatro.

O motorista de Charlotte, Julius, deu partida no carro e saiu, entrando na parte norte da Rodeo. As quatro garotas olharam pelas suas respectivas janelas de vidro fumê. Lá fora, as etiquetas brancas rolavam pelo asfalto, pegando sujeira e ficando todas encardidas.

Amanhã estariam cinza.

Depois de algumas sessões lacrimosas no seu sofá estampado com criaturas silvestres, a Srta. Paletsky concordou em dissolver o Geração de Tendências. Mas, como ela ressaltou, o ano escolar já estava muito adiantado para as garotas escolherem outra matéria. Ela decidiu que faria daquela uma hora às quartas-feiras um horário de estudo. As meninas entraram em êxtase, até a Srta. Paletsky explicar que os horários de estudo a) não eram oportunidades para socializar b) só podiam ser usados dentro dos limites da escola. Em outras palavras, não tinham privilégios para sair do campus.

O êxtase pode transformar-se bem depressa em chatice.

Essa proibição de sair da escola era um sacrifício e tanto, mas não foi difícil resistir a socializar. Os únicos que não estavam tendo aula eram vinte alunos do sétimo ano que estavam com tempo livre. As que antes eram conhecidas como Geração de Tendências não iriam, é claro, descer a ponto de falar com *eles*.

Ao mesmo tempo, elas *definitivamente* não iriam conversar entre si.

Quando chegou a quarta-feira, todas já haviam se conformado. Passaram a estudar. Melissa sentava-se em um banco ao lado do canil. Enquanto Emilio Totó babava uma orelha de porco desidratada, ela folheava o exemplar de *Quando os coelhinhos se preocupam: a vida emocional dos animais*. Charlotte encontrou um parapeito tranquilo onde podia ler *Frock and Roll: o ABC de como se vestir como uma estrela do rock*. Janie espichava-se à sombra dos chorões da Winston, punha os fones de ouvido e apertava o PLAY. "*Écoute et répète*", dizia uma voz gravada em francês. "Adoro minhas amigas... *J'adore mes amies.*"

"*J'adore mes amies*", repetia para as árvores.

Apenas Petra engatinhava até seu lugarzinho de costume no morro, atrás do ginásio, onde revirava a bolsa e tirava seu mais ilegal vício até o momento...

O mais recente número da revista *W*. O mais recente da *Allure*. E, naturalmente, o mais recente número da *Vogue*.

Tocou o sinal e Janie escondeu o seu iPod contrabandeado. Foi até o armário, evitando cuidadosamente o olhar de Petra. Passou por Charlotte sem lhe dirigir a palavra. Fingiu que não viu Melissa e seu círculo de amigas histéricas. Janie fechou o armário com um estrondo e foi para a aula de Espanhol IV. Ela só se permitiu fazer uma expressão correspondente ao que sentia quando se viu a uma distância segura: patética. Sentia saudades do Geração de Tendências, mas era a única. Disso tinha certeza.

Petra, Melissa e Charlotte sentiam exatamente a mesma coisa.

Os pais de Petra saíram para o Jantar do Casal (que Petra rebatizou de "Jantar Infernal"), deixando-a de babá de Sofia e Isabel. Apesar dos protestos da irmã mais velha, as duas irmãzinhas sempre insistiam em brincar de Barbie. Quando Petra tentou explicar os perigos da Barbie em um mundo pós-feminista, as garotinhas fingiram que ficaram sem fôlego e estavam morrendo. Quando Petra notou que suas bonecas eram louras e de olhos azuis, resolveu fazer de tudo que estivesse ao seu alcance para encontrar alternativas asiáticas.

— ESSAS BONECAS SÃO UM HORROR! — gritaram as garotinhas. No dia seguinte, Petra encontrou Miko da Ilha da Diversão e Kira a Heroína Aviadora decapitadas no gramado.

Mas, naquela noite, Petra tentou não se preocupar com o desenvolvimento da autoimagem de Sofia e Isabel. Elas brincaram de "ir às compras". Petra pintou um delicado floco de neve na parede sul de seu quarto. Reservava uma parede para cada uma das quatro estações, mas sua parede preferida era a do inverno. Enquanto mergulhava o pincel em um tantinho de tinta prateada, o celular tocou.

— Posso atender? — perguntou Isabel, ansiosa.

Petra deixou de lado o pincel e concordou.

— Alô, residência dos Greenes? — atendeu Isabel, exatamente como uma recepcionista de hotel. — Pode me dizer quem deseja? Sim... só um instante.

— Quem é? — murmurou Petra, pegando o telefone. Isabel deu de ombros, voltando a Whitney Divertida de Malibu.

— Não me lembro — disse ela. Petra suspirou, apertando o fone contra o ouvido.

— Alô?

— Oi, Petra. Eu estava procurando minha saia fúcsia rodada, que é a única coisa que combina com minha blusa de cashmere preta, e lembrei que ainda estava aí com você.

Um longo bip de espera de ligação interrompeu a voz de Charlotte. Era Melissa. Petra olhou para o baú de pirata a um canto do quarto. Tinha se esquecido dele.

— Pode esperar um segundinho? — pediu ela, mudando para a outra linha.

— Você está com a minha blusa estampada de moranguinhos — respondeu Melissa, indo direto ao assunto. — Precisa trazer o baú para a escola na segunda-feira.

— Espera um instantinho só? — disse Petra, mudando para a linha de Charlotte. — Olha. Eu vou levar o baú na escola na...

— Está me gozando? — interrompeu Charlotte. — Eu me recuso a ser vista com um baú de pirata na escola.

— Só um instante — suspirou Petra, passando para Melissa outra vez.

— Tá bem — concordou Melissa, resignando-se. — Eu vou aí à sua casa.

— Não dá — disse Petra, entrando em pânico. Os pais iam voltar a qualquer momento do Jantar Infernal, o que significava que provavelmente estariam brigando.

— Mas então o que vou fazer? — suspirou Charlotte um segundo depois. — Tenho um encontro no Chinois amanhã à noite. Essa saia é *fundamental* para o meu look.

— Traz o baú aqui pra minha casa — respondeu Melissa quando Petra lhe comunicou a queixa de Charlotte. — Diz à Charlotte e à Janie para estarem aqui às oito e meia.

— Tá bom — suspirou Petra, fechando o telefone. Lançou um olhar severo a Isabel. — Vou contratar outra secretária.

— Não sou sua secretária — respondeu Isabel. — Sou sua patroa.

— É — confirmou Sofia.

Petra sorriu.

— Perdão — desculpou-se ela. Depois sacudiu a cabeça e discou o número de Janie.

Janie avisou a Petra que ia passar para pegá-la, e não, ela não se importava se suas irmãzinhas viessem. Sofia e Isabel sentaram-se no banco traseiro, os rostos paralisados numa máscara de desânimo. Por que o carro de Janie não tinha uma minigeladeira? Onde estava o DVD player? Por que tinha fita adesiva prateada na porta?

Que barulho esquisito era aquele?

Quando elas pararam diante dos monstruosos portões com relevos em ouro da casa de Melissa, Sofia e Isabel estavam transbordando de tantas perguntas.

— Ei — Melissa cumprimentou-as na porta da frente. Estava usando calça cargo Baby Phat com uma blusa rosa de malha sobre uma camiseta colante branca. Nos pés, chinelos de plástico branco que combinavam com seus óculos Chanel reluzentes e com as pontinhas quadradas de suas unhas feitas à francesinha.

— A Charlotte já chegou — disse ela. Sofia e Isabel ficaram acariciando Emilio, que estava tirando uma soneca. Petra e Janie pegaram o baú de pirata pelos pegadores metálicos decorados e seguiram Melissa até um corredor grandioso todo revestido de lambris de madeira. Uma longa fileira de fotos reluzentes e álbuns de platina cintilava atrás de grossas vitrines. Melissa chutou uma bola de Pilates para fora do caminho e levou as quatro até uma sala de recepção, com carpete felpudo. Charlotte esperou ao lado do piano de cauda Steinway branco e brilhante, sua mão delicada sobre a estante de música. Parecia que estava posando para um retrato de coluna social.

— Muito bem — disse Petra, abaixando o baú de mogno até o chão. Parou, notando horrorizada o tapete branco felpudo, que, ao ser examinado mais de perto, parecia feito da pele de algum animal.

— Não esquenta — disse Melissa. — É artificial.

As meninas reuniram-se ao redor do baú, colocando as quatro chaves nas fechaduras e girando-as. Petra ergueu a tampa. As pilhas de roupa, que elas tinham deixado todas arrumadinhas, estavam desorganizadas agora. A viagem tinha misturado tudo. As roupas estavam todas enroscadas umas nas outras, como alguma coisa que houvesse sido trazida à praia pelo mar.

Quando Charlotte tirou do baú sua saia rodada fúcsia, viu que a camiseta vermelha de Janie estava pendurada na fita de seda.

— Foi mal — desculpou-se Charlotte, tirando a blusa da fita e entregando-a a Janie.

— Ei, espera aí — disse Melissa, entregando o jeans a Petra. — Esta calça é sua.

— Espera aí. — Petra meteu a mão no cinto e tirou uma meia.

— Isso é meu — disse Janie, pegando a meia clandestina.

Depois de separarem as roupas, que foram devidamente devolvidas às suas donas, as quatro tornaram a dobrá-las. Mas pareciam estar querendo adiar o momento da despedida. Vários minutos depois, quando Seedy Moon entrou arrastando os pés na sala de estar para uma rodada relaxante de Xadrez Radical, elas estavam ainda no meio do processo.

— Ah, muito bem, como vão vocês? — disse ele, sorrindo radiante ao cumprimentá-las. Ao ouvirem sua voz, Charlotte, Petra e Janie deixaram as roupas de lado e ficaram paralisadas. Seedy Moon era uma das mais iradas vozes do rap. E estava ali, em pessoa, cumprimentando-as, como se fosse o mestre de cerimônias do programa Mr. Rogers' Neighborhood.

— Sou o pai da Melissa — explicou a elas, depois deu uma piscadela marota para a filha. — Acho que essas são suas *colegas*, não?

As meninas entreolharam-se.

— Acho que estamos mais para *ex*-colegas — explicou Charlotte depois de hesitar um instante.

— Ex? — E Seedy esperou uma explicação.

— O grupo se desfez, pai.

— Estou entendendo — respondeu ele, sentando-se na sua poltrona reclinável Louis Boy. Descansou as mãos fortes no colo e franziu o cenho. Seus chinelos do Pernalonga exibiam aquele seu olhar parado e caolho. — Alguém pode me dizer o que houve?

— Não temos nada em comum — voluntariou Janie, confirmando sua afirmação com olhares às outras moças. Elas comprovaram com um meneio de cabeça. — Nós brigamos, tipo assim, o tempo todo.

— Nós somos apenas pessoas muito diferentes — explicou Petra.

— Nós... — E olhou para Charlotte, como quem pede auxílio.

— Nós vivemos *em choque* — opinou Charlotte. As outras murmuraram, concordando. — "Choque" era a palavra, sem tirar nem pôr.

Seedy tamborilou nos joelhos com os dedos enfeitados de anéis.

— Choque, é? — e comprimiu os lábios, balançando a cabeça.

— Ah, não. — E Melissa sacudiu a cabeça, começando a entender. — Nem vem, papai.

— Nem vem, por quê? — disse Seedy, fingindo inocência. Sorriu para Janie, erguendo o queixo para um canto da sala imensa. — Está vendo aquelas duas varas de bambu ali?

— Papai! — E Melissa deu uma palmada no carpete felpudo.

Seedy nem ligou para a filha.

— Pode me trazer aquelas varas? — pediu a Janie. Ela levantou-se, lançando a Melissa um olhar rápido e intrigado. O que estava havendo?

Ela entregou a Seedy as duas varas de bambu.

— Ai, pronto — murmurou Melissa.

O pai agarrou as duas varas, uma em cada mão.

— Temos aqui duas varas de bambu. Ambas exatamente iguais. — Após uma pausa, ele bateu com uma vara na outra. — Elas produzem este som. Vamos experimentar de novo. — E bateu com uma vara na outra de novo. — Olha só. O mesmo som. As mesmas varas. Tudo *exatamente igual*. Vocês acharam isso interessante?

As meninas apenas o olharam, num silêncio perplexo.

Melissa amassou sua camiseta estampada de morangos transformando-a em uma bola e encostou-a no rosto, lamuriando-se:

— Vocês devem responder que *não*!

— Não — cantarolaram as outras três mocinhas.

— Ótimo. — E Seedy concordou, abaixando uma vara e colocando-a no chão. — Agora — continuou ele, ainda segurando a outra vara — escolham alguma coisa desta sala aqui. Qualquer coisa que quiserem.

Depois de hesitar um pouco, Charlotte apontou para o Grammy dele.

— *Não*, isso não! — disse ele, estremecendo. — Qualquer outra coisa.

Petra apontou para um tigre de porcelana branco no meio da longa mesa de centro de vidro. Ele circundou o tigre devagar, com a vara de bambu atrás das costas. E depois, antes que qualquer uma delas entendesse o que estava acontecendo, ele vibrou a vara de bambu no ar. Ouviu-se um súbito ruído de algo cortante, seguido de um estilhaçar explosivo. As meninas arquejaram, abaixando-se para se protegerem.

O tigrinho estava reduzido a estilhaços.

— MUITO BEM, AGORA, ME DIGAM! — ressoou a voz de Seedy. — Esse tigre está igual ao que era antes? NÃO ESTÁ, NÃO!

Quando objetos semelhantes entram em contato, o que acontece? Nada. Mas quando objetos *diferentes* entram em contato um com o outro, o que acontece? UMA MUDANÇA! Destroem-se e criam-se coisas. Portanto — e ele começou a andar de um lado para outro na sala —, o que tem isso a ver com vocês?

Ninguém disse nada.

— Estão dizendo que não se dão bem? Pensam que o Eminem seria *sequer a metade* do que é se ele e a Kim *se entendessem às mil maravilhas*? Acham que o meu álbum de platina *Mo'tel* iria ser a obra de arte incontestável que é se eu e o Slick Willi não tivéssemos tido lá nossas... *diferenças criativas*?

E, em um movimento rápido como um relâmpago, Seedy abriu seu blusão Adidas e revelou seu peito nu. As informações divulgadas na capa do *Mo'tel* não estavam exagerando. Slick Willi tinha mesmo atacado Seedy com o gume cego de um abridor de latas durante um bate-boca sobre a faixa do violoncelo da música "Kim Chee Killa". A cicatriz arqueava-se sobre o abdômen rígido como rocha de Seedy como um cometa furioso.

— Vocês, meninas, precisam *valorizar* esses desentendimentos! — bradou ele. — Precisam *amar o ódio*! Precisam entrar em choque, e voltar a entrar em choque, e depois entrar em choque *outra vez*. Por quê? Porque a *criatividade* nasce do *conflito*!

Ao dizer isso, Seedy voltou a fechar o blusão, escondendo o peito (e o passado) da vista de todos.

— Toda arte grandiosa — concluiu ele, com um olhar longo e solene — nasce do conflito.

— Pode crer — murmurou Petra, depois de uma pausa meio desconfortável.

— Isso foi — disse Charlotte, pigarreando — comovente.

— É — concordou Janie.

— Acabou? — indagou Melissa, danada da vida.

— Acabei — respondeu o pai. — Mas só mais uma coisa. — E Seedy franziu o cenho, olhando para o chão, escolhendo cuidadosamente as palavras. — O conflito — disse ele, pausadamente — nem sempre significa que vocês se odeiam. Às vezes, bem lá no fundo, significa que vocês se amam.

As meninas entreolharam-se pela primeira vez desde que haviam batido à porta de Melissa. Um silêncio significativo caiu entre elas.

— Não — confessou Charlotte por fim. — Estou quase 100% certa de que nos odiamos.

— Com certeza — as três outras concordaram.

— Pode ser — admitiu Seedy. — Mas só porque se odeiam não precisam desistir da Geração de Tendências. Certo?

— Acho que não. — Charlotte deu de ombros. As outras três concordaram, meio desnorteadas.

— Não vão se arrepender disso. — Ele sorriu, depois foi arrastando os pés até a parede e apertou o botão do interfone.

— Sim, Sr. Seedy — respondeu uma voz anasalada no alto-falante, junto com a estática.

— Ô Zelda, e aí, tudo bem? — respondeu ele, coçando a nuca.

— Há... tem uma coisa quebrada na sala de estar? Eu sei. É. Não sei como foi que isso aconteceu. Ah, qual é, Zeldinha... Acha que eu teria coragem de mentir pra você?

Enquanto Sofia e Isabel brincavam na sala de estar com Emilio Totó, as integrantes do recém-recomposto Geração de Tendências decidiram reunir-se na cozinha dos Moons para decidirem o futuro da grife. Em primeiro lugar, criaram cargos específicos com base nos seus pontos fortes. Depois de debaterem o assunto durante algum tempo, Melissa redigiu uma lista oficial:

NOME, CARGO	DEFINIÇÃO DAS RESPONSABILIDADES
Janie Farrish Diretora de Arte	Supervisiona todos os desenhos de moda. Responsável por quatro desenhos de moda de nível profissional por mês (um por reunião) de acordo com a visão coletiva do GERAÇÃO DE TENDÊNCIAS. Dar uma aula de desenho na primeira quarta-feira de cada mês.
Charlotte Beverwil Chefe de Costura	Supervisiona todos os trabalhos de agulha, inclusive costura, bordado e remendos. Responsável por transformar um desenho de moda (a ser determinado pelo GERAÇÃO DE TENDÊNCIAS) em um traje inteiramente executado de padrão industrial (ou seja, que possa ser usado). Dar uma aula de costura na terceira quarta-feira de cada mês.
Petra Greene Secretária do Interior	"Interior" significa alma coletiva, consciência, e integridade moral do GERAÇÃO DE TENDÊNCIAS. A Secretária do Interior realiza todas as pesquisas, levantamento de fichas corridas, e cuida das obras de caridade. O GERAÇÃO DE TENDÊNCIAS jura manter padrões contrários à crueldade com os animais.
Melissa Moon Diretora Executiva Relações-Públicas	Supervisiona a organização e execução de: Press releases, planejamentos de festas, desfiles de moda, viagens (?)

Uma vez definidos os cargos oficiais, as meninas decidiram comemorar com um jantar. Petra cortou todos os legumes da casa: pimentões vermelhos, verdes e amarelos, cenourinhas de cor bem viva, pepinos fresquinhos e batata crocante. Janie fez um molho especial, de iogurte com endro. Melissa fez uma tigela enorme de pipocas estouradas na pipoqueira elétrica, e Charlotte fez sua sobremesa *du jour*: crepes e sushis de nutella. As quatro meninas ficaram olhando para o banquete diante de si, salivando, loucas para provar de tudo. Estavam esfomeadas! Mas a regra era não comer até escolherem um nome para sua grife. Afinal de contas, não podiam chamá-la de GERAÇÃO DE TENDÊNCIAS para sempre.

— Muito bem — disse Janie, depois de cinco minutos de profunda reflexão. — Pode parecer loucura, mas e se a gente usasse o nome "Poseur" para a grife?

— O quê? — disse Melissa, quase engasgando.

— Não sei — refletiu Petra, dando de ombros em sinal de consentimento.

— Você não sabe? — disse Melissa, pasma. — Essa palavra é um insulto! Quer dizer, não vai pegar bem para a gente.

— Eu sei — concordou Janie. — Mas sabe, se alguém usa uma palavra pra te insultar, você não pode se deixar *irritar* por ela. Tem que adotar essa palavra como se fosse sua. Depois que você *adota* a palavra do inimigo e começa a agir como se ela te deixasse orgulhosa, ela perde o poder.

— Excelente discurso — elogiou Charlotte. — Bravo, *Pompidou*.

Ao ouvir essa palavra, Janie enrubesceu, sentindo a velha e familiar raiva. Mas aí percebeu que Charlotte estava apenas testando o seu argumento, para ver se ela estava mesmo falando sério. Se sua teoria sobre "Poseur" tivesse algum valor, teria que se aplicar a "Pompidou" também. Ela virou-se para encarar Charlotte, sua suposta maior inimiga, e sorriu. Pela primeira vez, Charlotte não tinha usado Pompidou como um termo ofensivo. Tinha usado essa palavra com a intenção de presentear Janie.

— Tá legal, tá legal — riu-se Janie, erguendo repetidamente o punho, fingindo triunfo. — Eu sou Pompidou! — E bastou isso. Por fim a palavra pertencia a ela.

— Então acho que vou ter que adotar o apelido de Cachorlotte — anunciou Charlotte, girando um dedo para comemorar.

— E eu sou a Petrificada! — disse Petra. As três meninas riram juntas, olhando todas para Melissa.

— E eu não vou participar — disse ela, franzindo a testa. — E, dito isso, Janie... Entendo o que quer dizer. Meu pai chama isso que você está dizendo de... como é que ele chama mesmo?...

— Apropriar a linguagem do opressor! — disse a voz de Seedy, ecoando pelo corredor.

— *Obrigada*, pai! — respondeu Melissa, com uma entonação provocadora.

— Então — sorriu a Janie — todas nós concordamos?

Todas aguardaram Melissa abrir o estojo de couro liso da Tiffany que continha seu martelinho da Tiffany. Ela ergueu o martelinho de leilão no ar.

— Todas estão a favor de sacanear quem nos xinga! — E o martelinho prateado reluziu. — Digam apoiado!

— Apoiado! Apoiado!

— Todas que estão a favor de pegar a palavra *deles* e torná-la *nossa*, digam apoiado!

— Apoiado! Apoiado!

— Todas que são a favor de dar o nome Poseur a nossa grife e mandar todo mundo pra ponte que caiu!

— *Ponte* que *caiu*?

— É só dizer apoiado!

— Apoiado! Apoiado!

Melissa então bateu com o martelinho na mesa, quatro vezes, uma para cada menina.

— Espera aí um pouco — interveio Janie, entre os assobios e aclamações que se seguiram. — Isso significa que temos que fazer camisetas com a palavra POSEUR no peito?

As quatro entreolharam-se e tentaram prender o riso, sem conseguir, quase perdendo o fôlego.

— É isso aí! — gritou Melissa.

— Que barulheira foi essa? — disse Seedy Moon, metendo a cabeça pela porta da cozinha. Ao ver seu rosto fingindo seriedade, o Geração de Tendências tentou conter o riso, mas não deu.

— Ora, veja, então vocês estão *se entendendo*, hein, senhoritas? — Seedy sacudiu a cabeça, fingindo desânimo. — Depois de *tudo* que eu lhes disse!

— Não, papai — disse Melissa, pondo a mão na boca, para esconder o sorriso e sacudindo a cabeça.

— *Não* estamos nos entendendo — acrescentou Charlotte.

— Nós nos detestamos — sussurrou Petra.

— Até o fundo da alma — guinchou Janie.

— Sim, excelente trabalho, moças. — O pai de Melissa continuou sacudindo a cabeça. — Continuem assim.

E, depois de dizer isso, Seedy Moon foi para o corredor, deixando-as a sós. Melissa olhou para Janie. Janie olhou para Petra. Petra olhou para Charlotte. Todas as quatro estavam sorrindo. Sorriam porque haviam entendido o que não tinham coragem de dizer: a aparência da gente pode ser o oposto de quem a pessoa realmente é. O que se diz pode ser o oposto do que realmente se quer dizer. E quem a gente pensa que não consegue *suportar...* pode ser exatamente a pessoa de quem precisamos.

Sorriram porque, sabendo disso, podiam admitir o que ninguém mais podia:

Elas não passavam de um bando de *poseurs*.

www.MoonWalksOnMan.com

4 de outubro, 22:13

Colegas winstonianos, fashionistas e *fabulazzi*:

Agora é para valer mesmo. Nosso grandioso ensaio de não-aguento-mais, nosso exercício ousado de deixar-rolar-pra-ver-no-que-dá (ou seja, nossa festa "Na nossa moda você faz a etiqueta!") chegou ao seu inevitável final trágico. Sem dúvida, a esta hora, tem gente deitada na cama, olhando pro teto e imaginando o que ainda lhe resta fazer da vida. E nós lhe afirmamos: relaxem! Tem mais festas vindo por aí, baladas tão piradas que fazem do amarelo o novo preto. Por quê? Nossa grife estreante tem um nome novinho em folha. E qual é, perguntarão vocês?

POSEUR.

É, vocês leram corretamente.

Escolhemos **POSEUR** porque (admitam!) é difícil sempre "ser você mesmo". Como podemos ser nós mesmos se ainda estamos tentando entender quem somos? Portanto, se pensa que é uma coisa num dia, mas muda de ideia no dia seguinte, nós, da **POSEUR**, dizemos: isso é irado! E talvez até chique.

Atenciosamente, com uma cerejinha em cima,

Melissa, Janie, Charlotte, Petra

PS.: Nosso vencedor da eleição do nome para a grife, que é MUITO TÍMIDO, atualmente continua anônimo. Portanto, se tiverem alguma pista de quem seja essa pessoa, por favor, passe para nós. Detestaríamos que essa pessoa tão incrivelmente perfeita estivesse por aí, perambulando, sem receber sua devida recompensa...

Nas palavras de William Shakespeare,
"o mundo inteiro é uma passarela",
e já é hora de você desempenhar seu papel.

E aí, afinal, quem é você?

Você pode ser uma Janie, uma Charlotte, uma Petra, uma Melissa... ou até uma combinação maluca de todas as quatro (hummm... será que você é uma Petrottemelanie?)

Seja o que for que decida, vire a página e faça desses visuais o seu visual. A Compai, uma grife de Nova York, lhe mostra como fazer. É mais fácil do que dizer um, dois, três... banho de loja!

SAIA RODADA ESTILO DISCO

Você vai precisar de: 1 cortina comprida (pelo menos 1,50 m de largura por 2,10 m de comprimento) ou qualquer tecido legal
Tempo de confecção: 30 minutos

1. Corte uma faixa de 12,5 cm de largura da beirada da cortina.

2. Corte um círculo no tecido restante. Quanto maior o diâmetro, maior o comprimento da sua saia.

3. Corte uma fenda no meio da saia (mais ou menos 30 cm, para um tamanho médio).

4. Faça uma costura em ziguezague ao redor da fenda e da beirada da saia.

5. Costure a faixa em torno da fenda (com as bordas costuradas em ziguezague do lado interno da faixa), deixando tecido suficiente nas extremidades para poder amarrar as pontas em um laço na altura do cinto.

CAMISETA REGATA SEXY

Você vai precisar de: 1 camiseta velha folgada e bem confortável
Tempo de confecção: 12 minutos

1. Corte as mangas da camiseta, deixando a gola intacta, conforme o desenho.

2. Corte as bainhas das mangas e separe para usar depois.

3. Corte as costas, de modo que deixe as mangas bem abertas, tipo regata.

4. Costure as bainhas das mangas dos dois lados da blusa na altura da cintura, e amarre-as nas costas.

TOMARA-QUE-CAIA FELPUDA

Você vai precisar de: 1 retalho de tecido felpudo stretch (o comprimento deve ser igual à circunferência do seu busto mais 10 cm)
Tempo de confecção: 28 minutos

1. Corte uma tira de 2,5 cm de largura na parte de baixo do tecido, no sentido do comprimento.

2. Corte uma fenda de 10cm no meio da borda oposta (superior) do tecido.

3. Dobre para cima a beirada inferior do tecido, e costure-a formando uma bainha, conforme o desenho.

4. Costure a borda superior do tecido com pontos em ziguezague.

5. Coloque um alfinete de segurança no final da tira, e passe-a por dentro da bainha que você acabou de fazer.

6. Costure as duas bordas mais curtas do tecido, unindo-as, e amarre as pontas da fenda conforme a figura, enfeitando o decote.

BOLSA ESTILO CULT

Você vai precisar de: 1 echarpe comprida e fina e um lenço de cabeça grande e quadrado
Tempo de confecção: 16 minutos

1. Dê vários nós na echarpe.

2. Dobre o lenço ao meio e passe a ferro a dobra, vincando-a.

3. Amarre as pontas do lenço dos dois lados, bem apertado.

4. Pegue uma das pontas inferiores do lenço e puxe-a para cima, amarrando-a ao nó já feito. Repita a operação do outro lado. O resultado vai ser uma bolsa em formato de rede.

5. Costure a echarpe de cada lado da bolsa para finalizar.

Este livro foi composto na tipologia Adobe Garamond Pro, em corpo 11/17,7, e impresso em papel offwhite 80g/m² na gráfica Markgraph.